무한투

無限鬪

무한투 6

류진 新무협 판타지 소설

초판 1쇄 찍은 날 § 2002년 4월 12일
초판 1쇄 펴낸 날 § 2002년 4월 22일

지은이 § 류진
펴낸이 § 서경석

편집장 § 문혜영
편집책임 § 김희정
편집 § 장상수 · 박영주 · 권민정 · 이종민
마케팅 § 정필 · 강양원 · 김규진 · 안진원

펴낸곳 § 도서출판 청어람
등록번호 § 제1081-1-89호
등록일자 § 1999. 5. 31
어람번호 § 제2-0079호

주소 § 경기도 부천시 원미구 심곡1동 350-1 남성B/D 3F (우) 420-011
전화 § 032-656-4452 팩스 § 032-656-4453
http://www.chungeoram.com
E-mail § eoram99@chollian.net

값 7,500원

ISBN 89-5505-281-2 (SET)
ISBN 89-5505-346-0 04810

무한투

류진 新무협 판타지 소설

無限鬪

6 죽음은 그녀의 가슴을 타고

도서출판

청어람

CONTENTS

우리는 지금 황금도로 간다

제43장 우리는 지금 황금도로 간다

그들은 황급히 땅을 박찼다. 그들이 채 오 장도 가기 전에 산발을 한 주적자는 구파 장문인들과 기선진이 있는 곳까지 다다라 있었다. 멀리서 보기에도 주적자의 기세는 뭔가 심상치 않았다. 아니나 다를까, 질풍처럼 달려온 주적자는 사람들이 '어어' 하는 사이 그대로 혁련제의 멱살을 움켜잡았다.

대화산파의 장문인이며 무림 십대고수 중 한 명인 혁련제의 멱살을 어린애 손목 잡듯이 비틀어 쥔 주적자가 외쳤다.

"여신우! 여신우, 어디 있나?"

뒤늦게 정신을 차린 도현 진인과 현현 신니가 버럭 소리를 지르며 검으로 손을 가져갔다.

"이런 건방진 놈! 당장 그 손 놓지 못할까!"

그들은 양쪽에서 일제히 주적자의 머리를 향해 검을 내려쳤다. '지라는 말을 뱉을 때 검 손잡이를 잡았는데 '할' 이라는 말이 나올 때는 이미 주적자의 머리에 닿을 정도로 가까워져 있었다. 무림 십대고수라는 명성에 걸맞게 빠르고 파괴적인 일검이었다. 하지만…….

짜장!

전력으로 뛰어가던 소소자와 사도철광이 우뚝 멈출 정도로 놀라운 일이 벌어졌다. 주적자는 맨손으로 도현 진인의 검날을 잡아끌어 현현 신니의 검을 막은 것이다.

그토록 번잡하던 부두는 주적자가 있는 곳에서부터 침묵의 물결이 휩쓸고 지나가는 것처럼 조용하게 잦아들었다. 저 끝에 있는 사람들은 영문도 모르고 입을 다물었으리라.

밀려오는 물결의 부딪힘에서조차 고요가 배어 나왔다. 귀에서 이명이 울릴 정도의 조용함 속으로 주적자의 목소리가 울렸다.

"여신우… 어디 있나?"

이 사이에서 새어 나온 목소리에는 숨길 수 없는 증오가 묻어 있었다. 소소자는 멈췄던 신형을 다시 솟구쳐 올렸다. 주적자의 기세로 보아 여신우의 소재를 파악하지 않으면 저기 있는 사람들을 모두 죽여버릴 것 같았다.

"이, 이놈! 감히 어디서!"

지체 높은 멍청한 영감들이 대부분 그렇듯 혁련제가 똥오줌 구별 못하고 버럭 소리를 질렀다. 주적자는 검을 밀쳐 도현 진인과 현현 신니를 떨어지게 한 후 혁련제의 배를 주먹으로 내질렀다.

"우욱!"

깊숙하게 허리를 꺾은 혁련제의 배에 다시 주먹이 꽂혔다.

"우웩!"

견디지 못한 혁련제가 급기야 황토색의 오물을 토해냈다. 무림 십대 고수 중 한 명의 모습으로는 너무도 처참했다. 새우처럼 허리를 숙인 혁련제는 주적자의 손에 대롱대롱 매달렸다.

"여신우는 어디 있나?"

곁에 선 기선진은 그저 멍청하게 보고 있을 뿐이었다. 두려움에 부들부들 떨고 있는 것이 멀리서도 보일 정도였다. 불과 네 자밖에 떨어져 있지 않았는데 공포 때문에 도망가지도 못했다.

"이 천하에 발칙한 놈!"

도현 진인과 현현 신니가 다시 검을 고쳐 쥐었다. 늙어서 두려움이 뭔지 잊어버렸거나, 너무 오래 산 탓에 삶에 미련이 없거나 둘 중 하나일 것이다. 주적자가 뒤로 고개를 돌렸다. 그 번들거리는 눈빛이 무엇을 뜻하는지 소소자는 너무도 잘 알고 있었다.

살기!

저대로 두면 도현 진인과 현현 신니는 운이 좋아야 반신불수였다.

"멈춰!"

소소자는 이 장여를 남기고 몸을 날렸다. 그와 거의 동시에 도현 진인과 현현 신니도 주적자에게 공격해 들어갔다. 주적자의 손이 가슴까지 올라갈 때…

퍼억!

소소자는 도현 진인의 허리를 잡을 수 있었다. 나아가는 힘 때문에 곁에서 같이 공격을 하던 현현 신니까지 한 덩어리가 되어 자갈밭을 뒹굴었다. 현현 신니가 맨 밑에 깔리고 그 위에 도현 진인, 다행히 소소자는 위에서 여유롭게 안도의 한숨을 쉴 수 있었다.

이들이 주적자에게 폭발할 정도의 신경을 모으고 있지 않았더라면 헛손질로 끝났을 것이다.

"소 의원!"

늙은 목소리가 날카롭게 그의 귀를 후벼팠다. 아픔 때문인지 수치 때문이지 알 수 없지만, 현현 신니의 얼굴은 벌겋다 못해 보라색으로 변해 있었다.

"고맙다는 인사는 안 해도 되오이다."

그는 가슴에 느껴지는 고통을 참으며 옷을 툭툭 털고 일어섰다. 주적자의 얼굴은 그를 봤음에도 여전히 딱딱하게 굳어 있었다.

"무사했구나."

주적자는 그에게도 같은 질문을 던졌다.

"여신우는 어디 있냐?"

소소자는 직감적으로 주적자의 신변에 무슨 일이 일어났다는 것을 알 수 있었다.

"혹시… 관 노사와 혜진이가……?"

주적자는 대답없이 부릅뜬 눈으로 그를 볼 뿐이었다. 소소자는 여신우가 들어갔던 맨 끝의 배를 가리켰다.

"저기로 기어 들어가는 것을 봤다. 네가 왔다는 소식을 듣고 도망치지는……."

주적자는 그의 말을 끝까지 듣지도 않고 혁련제를 팽개친 후 땅을 박찼다. 소소자와 사도철광이 황급히 따라갔지만 도저히 따라잡을 수가 없었다. 이건 빨라도 너무 빨랐다. 원래 강했고 경공 또한 타의 추종을 불허했지만 이 정도는 아니었다.

'뭐지? 뭐가 저 녀석을 저렇게 변하게 만든 거지?'

의문을 품고 달리던 소소자는 중간쯤에서 걸음을 멈췄다. 주적자가 일꾼으로 보이는 사내의 손가락 방향으로 날듯이 사라졌기 때문이다.

"무섭군, 무서워."

사도철광의 목소리가 가늘게 떨렸다. 소소자도 그제야 자신의 손이 경련을 일으키고 있다는 것을 깨달았다. 그는 가늘게 떨리는 손을 꽉 움켜쥐었다. 떨림은 멎었지만 가슴 한 켠에 남은 두려움의 잔재는 쉽게 지워지지 않았다.

소소자는 주적자가 사라진 방향을 보았다. 여신우가 잡힌다면 분명 죽을 것이다. 아무리 이상한 신체로 변했다 하더라도 저런 주적자를 당할 수는 없었다. 그걸 알고 있기 때문에 도망쳤으리라.

'그래, 차라리 지금 죽여 버리는 것이 좋겠지.'

그는 생각을 하고 뒤를 돌아보았다. 혁련제가 도현 진인과 현현 신니의 부축을 받으며 일어나고 있었다.

'내가 치료해 주면 병 주고 약 준다고 할까?'

그래도 명색이 의원인데 환자를 보고 지나칠 수는 없었다. 물론 과거에 많이 지나쳤고 앞으로도 그럴 테지만.

아니나 다를까, 그들은 소소자의 치료를 거부했다. 의원이 진료 거부를 하는 것이 아니라 환자가 진료 거부를 한 것이다. 그렇다고 치료를 마음먹었는데 그냥 돌아설 소소자가 아니었다.

그는 아직도 정신을 못 차리고 있는 기선진의 손을 잡아끌어서 손바닥에 활기단(活氣丹) 두 알을 얹어주었다.

"오늘 한 알 먹이고 내일 또 한 알 먹이시오."

돌아서는 그의 눈에 멀리서 걸어오는 주적자가 보였다. 그는 황급히 주적자에게 다가갔다. 그보다 먼저 도착한 사도철광이 몸을 세우기도 전에 물었다.

"어떻게 됐나?"

주적자는 잔뜩 굳은 얼굴로 고개를 저었다.

"그 여우 꼬랑지가 잘도 빠져나갔군."

소소자는 가장 가까이 있는 배에 올라타며 말했다.

"가자."

누구도 그들을 말리지 않았다. 주적자 일행이 탄 배는 가장 빨리 부두를 떠났다. 그리고 황금도로 떠났다. 흡혈야황이 있는 황금도로.

주적자는 바람에 흩날리는 머리칼을 뒤로 쓸어 넘겼다. 뱃머리에 선 그의 몸이 상하로 두 자 이상 흔들리지 않을 만큼 물결은 잔잔했다. 그는 난간에 두 손을 얹고 하얀 포말로 부서지며 지나치는 물결을 물끄러미 내려다보았다. 화백도 난간에 앉아 주적자가 보고 있는 곳에 시선을 두고 있었다. 처음 만났을 때 원망하듯 그의 가슴을 두드리며 울던 모습은 이제 찾아볼 수 없었다.

"뭘 그렇게 넋을 잃고 쳐다보냐?"

뒤에서 소소자의 목소리가 들렸다. 주적자는 돌아보지 않고 독백처럼 뇌까렸다.

"내 삶도 저렇게 부서지고 있는 것일까?"

"뭐라구?"

소소자의 되물음에 주적자는 화들짝 놀라 정신을 차렸다. 무의식 중에 흘린 대답이 왠지 처량하게 느껴졌다.

"아니다."

소소자는 '녀석, 싱겁긴' 하며 주적자 곁에 같은 자세로 섰다. 화백의 머리를 툭툭 건드리며 장난을 치던 소소자가 입을 열었다.

"관 노사와 혜진이는… 죽었나?"

오래 망설였을 것이 분명한 물음에 주적자는 굵은 침을 삼키고 대답했다.

"응."

너무 간단한 대답은 그래서 더 현실적으로 들렸다.

"그랬구나. 그랬어, 결국……."

소소자는 멍한 눈으로 바다 같은 동정호 저쪽을 보았다. 주적자는 미안하다는 말을 억지로 삼켰다. 미안해할 이유도 없을 뿐더러 그런 말은 그나 소소자에게 아무런 위로도 되지 못했다.

"어떻게… 아니, 관두자. 알아봤자 열만 받을 테니까."

소소자는 말끝으로 긴 한숨을 쉬고 주적자를 보았다.

"너 그곳에서 무슨 일 있었지?"

소소자의 물음에는 그럴 것이라는 확신이 들어 있었다. 주적자는 초점없는 눈으로 소소자를 보았다.

"왜 그렇게 생각하냐?"

소소자는 턱짓으로 그를 가리키며 말했다.

"네가 나타날 때의 모습을 보고 그런 생각을 하지 않는다면 그게 더 이상하잖아."

주적자는 불과 반 시진 전의 일을 회상하며 쓴웃음을 지었다. 오직 감정만이 지배한 자신을 돌아본다는 것은 썩 유쾌한 일이 아니었다.

"말해 봐."

소소자가 다시 채근했다. 주적자는 대답 대신 자신의 손을 내려다보았다. 언제부터인가 자신의 정체성에 혼란이 올 때면 가장 먼저 시선이 닿는 부위가 손이 되어버렸다. 무림인이란 이름으로 검을 쥐고 살며 가장 격렬하고 많은 움직임을 보일 수 있는 신체이기 때문인지 모른다. 이유야 어떻든 거칠고 투박한 손을 보고 있노라면 마음이 차분히 가라앉는 것을 느꼈다. 손은 마치 그에게 '내가 움직이는 한 넌 아직 사람이야'라고 말을 하는 것 같았다.

"말할 수 없는 거냐?"

소소자는 한층 조심스러워진 목소리로 물었다.

"글쎄……."

주적자는 잔물결이 일렁이는 수면으로 시선을 돌렸다.

"말한다고 달라질 것도, 안 한다고 좋아질 것도 없겠지."

주적자는 애써 입가에 웃음을 매달았다.

"난 이제 사람이 아니다."

"무슨 뜻이냐? 사람이 아니라니?"

주적자의 시선은 여전히 수면에 머물렀다.

"말 그대로야. 난 이제 사람이 아니라 흡혈귀야."

얼굴을 보지 않아도 소소자의 거칠어지는 숨결에서 놀라움을 읽을 수 있었다.

"너… 설마!"

비로소 주적자의 시선이 소소자의 커다란 눈에 담겼다. 그 안의 그는 다행히도 웃고 있었다.

"우습지 않냐? 이미 두 번이나 죽었는데 난 아직 살아 있어. 주체할 수 없는 힘과 영생의 신체를 가지고 말이야. 축복받은 인생이지. 피 맛만 즐길 수 있다면 더 이상의 행운은 없겠지."

소소자는 부릅뜬 눈으로 보고 있다 주적자의 어깨를 잡고 거칠게 돌려세웠다.

"그게 정말이냐? 정말 흡혈귀가 된 거냐?"

"이게 농담이라면 세상에서 제일 재미없는 농담이 되겠지."

소소자의 손은 그의 어깨에서 가슴과 배를 거쳐 힘없이 미끄러졌다. 배고픈 붕어처럼 자꾸 입을 달싹였지만 끝내 어떠한 말도 뱉어내지 못했다.

"그런 얼굴 할 것 없다. 흡혈야황을 만나면 원래의 나로 돌아올 수 있을 테니까."

"하지만… 하지만……."

소소자가 하고 싶은 말은 '확실하지 않잖아' 일 것이다. 주적자는 그저 미소를 머금고 고개를 끄덕이는 행위로 소소자의 걱정을 덮었다. 세상에 확실한 것이 어디 있겠는가? 인간은 반드시 죽는다는 명제조차 깨져 버린 지금…….

"그래도 괜찮은가 보구나?"

"뭐가?"

소소자는 하늘의 중앙에 걸린 해를 힐끔 쳐다봤다. 주적자는 육각의 파편으로 끊임없이 부서지는 태양을 정면으로 응시했다. 잠깐 눈이 따갑나 싶더니 아픔은 이내 나타날 때 만큼이나 빠르게 사라졌다. 이글거리며 타오르는 태양은 그에게 어떤 형태의 고통도 주지 못했다.

"괜찮아."

독백처럼 말한 그는 흐릿한 미소를 지었다. 바라기는 그의 이런 얼굴이 처량하게 보이지 않기를.

소소자는 애써 밝은 얼굴로 주적자의 가슴을 툭 쳤다.

"잘될 거야. 설사 그렇지 않더라도 네가 주적자인 것만은 변하지 않아. 그 외에 뭐가 될 수 있겠냐?"

'흡혈귀.'

그는 이 말을 삼키고 고개를 끄덕였다.

"그래, 난 나지."

"그래, 넌 너야."

"그래, 난 나야."

"그래, 넌 너야."

"그래, 난……."

주적자는 말을 하다 말고 피식 웃었다. 그 웃음이 부족했는지 소소자의 입이 더 크게 벌어졌다. 그리고 그들 입에서 동시에 커다란 웃음이 터져 나왔다.

"하하하하……!"

웃음을 멈출 수가 없었다. 아무 감정 없이, 아니, 아픔을 가진 채로 터져 나오는 웃음은 웃음을 위한 웃음이 되어 더 크게 퍼져 나갔다. 얼굴이 화끈하게 달아오르고 가슴이 답답해질 때까지 그들의 웃음은 멈추지 않았다.

그리고 겨우 이상한 웃음이 가라앉았을 때 주적자의 눈에는 눈물 한 방울이 고여 있었다. 소소자의 눈 또한 물빛으로 보이는 것은 그의 눈이 젖은 때문만은 아닐 것이다. 소소자는 웃음의 여운이 남은 얼굴로 주적자를 물끄러미 보고 있다가 휙 돌아섰다.

"잠깐 변방(便房:화장실)에 좀 갔다 오마."

소소자는 한 번도 돌아보지 않고 선실로 들어갔다. 서둘러 가는 소소자의 어깨가 잘게 떨리는 이유를 굳이 설명할 필요는 없을 것이다.

주적자는 자꾸 흐려지는 시야를 수면 위로 돌렸다. 소소자의 등에라도 그의 이런 모습을 보이기는 싫었다.

웃음 뒤에 찾아온 이런 먹먹한 슬픔은 그래서 더 서러웠다. 그가 흡혈귀로 변한 것에 끊임없이 분노했지만 슬픔이 밀려오기는 처음이었다. 인간으로의 회귀가 불가능해진다면… 이런 상상을 끊임없이 했지만, 만일 그렇다면 정말 슬플 것 같았다. 그 외의 분노라든가 허무함 같은 감정은 그 깊고 깊은 슬픔에 묻혀 버리리라.

왕장창! 쾅!

커다란 나무 상자가 선실 벽에 부딪혀 깨지며 안에 있던 집기들이 산산조각으로 부서졌다. 더 부술 것이 없나 하고 주위를 두리번거리는 소소자의 어깨를 사도철광이 잡았다.

"진정하게."

소소자는 그 손을 거칠게 뿌리쳤다.

"날 제발 놔둬요! 난… 난… 빌어먹을!"

소소자는 벽에 밀착된 침상에 털썩 주저앉았다. 슬픔 뒤에 찾아온 분노는 주체할 수 없을 정도로 그의 몸을 지배했다. 분노의 상대가 자신이라는 것에 더 화가 났다.

"자네가 이런다고 주 아우가 사람으로 돌아오지는 않아."

"알아요! 내가 무슨 지랄 발광을 하더라도 주적자가 변하지 않는다는 것은 나도 안다구요!"

그는 양손을 머리에 얹고 몸을 둥그렇게 구부렸다. 아무리 낮은 자세를 취해도 분노는 사그라들지 않았다. 사도철광이 곁에 앉는 것이 느껴졌다.

"자네가 그처럼 자학하는 이유를 모르겠군."

소소자는 성난 눈으로 사도철광을 보았다.

"주적자가 누구 때문에 저렇게 됐는데요?"

"그거야 흡혈야황과 여신우……."

"아뇨! 나 때문입니다! 내가 녀석을 이 일에 끌어들이지만 않았어도 녀석은 여전히 나를 찾아 헤매고 있을 거라구요! 그냥 온전한 사람으로 남아 있었을 텐데… 처음 만났을 때 치료만 해주고 그냥 보내주었어야 했는데… 내 같잖은 정의감 때문에……."

소소자의 마지막 말은 흐느낌으로 끝났다. 사람에서 흡혈귀로의 변환이 죽음보다 더 아프게 느껴졌다.

"소 의원, 난 말일세……."

사도철광은 하던 말을 끊고 소소자를 물끄러미 쳐다보았다. 그의 늙은 눈은 어느 때보다 깊게 가라앉아 있었다.

"우리의 만남이나 흡혈야황과의 관계가 운명이 아닐까 하는 생각을 가끔 하네. 보이지 않는 어떤 초자연적인 끈에 엮여서 하나가 될 수밖에 없는 운명 말일세. 설사 자네가 주 아우를 이 일에 끌어들이지 않았다고 해도 어차피 주 아우는 흡혈야황과 어떤 식으로든 적이 되었을 것이네."

"그건……."

"아네, 알아. 이것이 억지에 가까운 소리임을. 하지만 세상 이치라는 것이 반드시 상극이 있기 마련인데, 만약 주 아우가 없다면 누가 흡혈야황을 막을 것인가? 결국 주 아우는 흡혈야황의 상극으로 운명 지어졌다고 봐도 그리 틀린 말은 아닐 것이네. 나나 자네, 나 소저는 주 아우를 도와주는 조력자라는 거야. 우리가 할 수 있는 일은 주 아우를

거들어 어떻게든 흡혈야황을 물리치는 것이네. 만약…….'

사도철광은 큰 숨을 들이키고 말을 이었다.

"주 아우가 영원히 인간으로 돌아올 수 없다고 한다면 그것 또한 필연적으로 그렇게 되어야 하는 이유가 있겠지."

사도철광의 얼굴은 담담했지만 그의 심사가 결코 편하지 않다는 것은 누구보다 소소자가 잘 알고 있었다.

"하지만 그건 너무 불공평하지 않소? 어떤 인간들은, 특히 나쁜 새끼들은 평생 호의호식 잘 먹고 잘 사는데 태어나서 지금까지 호강이라고는 벼룩의 간만큼도 해보지 않은 주적자가 저런 꼴을 당한다는 것은 너무 억울하지 않느냔 말이오!"

"어느 누가 세상이 공평하기를 바라지 않겠나? 하지만 그건 꿈같은 얘기지. 주적자나 우리 같은 사람들이 있으므로 많은 보통 사람들이 더 안락한 삶을 누리는 것 아니겠나?"

마치 공자님 같은 말이었지만 소소자는 반박할 수 없었다. 그가 탈명침이란 이름으로 걸어온 길이 결국 같은 뜻이므로…….

"우리가 아무리 괴롭다 한들 당사자만큼이나 하겠나? 우린 그저 곁에서 주 아우가 어느 길로 가는지 지켜보기로 하세."

사도철광은 말끝으로 그의 어깨를 툭 두드린 후 일어섰다. 소소자는 무거운 걸음으로 선실을 나가는 사도철광을 보다 고개를 떨궜다. 나무 판자가 세로로 대어진 그 금들이 끝나지 않는 주적자의 앞날을 가리키는 것 같았다.

"주적자는 다시 사람으로 돌아올 거야. 반드시…….'

왕청일은 정의맹의 배를 물끄러미 쳐다보았다. 그가 탄 배와 나란히 가던 여덟 척의 배 중 한 척이 시야에서 점점 멀어지고 있었다. 황금도가 언제 나타날지 알 수 없지만 여덟 방향으로 나눠서 섬에 올라야 하니 미리 간격을 벌이는 것이리라.

왕청일은 망망대해 같은 동정호의 수면 저쪽으로 시선을 돌렸다. 그 시선 끝에 금방이라도 황금도가 걸릴 것 같았다. 황금도가 빨리 나타나는 시간만큼 그의 야망이 이뤄지는 시간 또한 앞당겨지는 것이다.

"문주님, 왕족발 소문주님과 아가씨께서 용두장으로 들어가셨다고 연락이 왔습니다."

뒤쪽에서 들린 송마강의 목소리에 그는 돌아보지 않고 고개를 끄덕였다.

"두 분을 구출할 시각은 언제로 정했으면 좋겠습니까?"

왕청일은 이마에 주름을 만들고 생각에 잠겼다. 황금도가 언제 나타날지 알 수 없기 때문에 시간을 정하기가 곤란했다. 동정호가 아무리 넓다 해도 저녁까지는 도착할 수 있겠지만 정확한 위치를 알지 못하므로 헤맬 가능성도 염두에 둬야 한다. 너무 빠르거나 늦으면 안 된다.

빠르면 황금도의 일이 수포로 돌아갈 수 있고 늦으면 왕족발의 생명이 사라질 수도 있었다.

'언제가 좋을까?'

왕청일의 고민은 길게 이어지지 않았다.

"오경(五更:새벽 세 시부터 다섯 시 사이)으로 해라."

늦어도 저녁까지 황금도에 도착한다고 가정했을 때 그 정도 시간이 가장 적당할 것이다.

"그렇게 전하겠습니다."

그는 돌아서려는 송마강을 불러 세웠다.

"황금도의 준비는 완벽하게 끝났겠지?"

이미 수십 번 보고를 받아 알고 있었지만 다시 한 번 확인했다.

"네. 축융세가(縮㶱世家) 사람들과 물질에 능한 수하들이 열 길 이상 깊숙한 곳에 묻어두었으니 들킬 염려도, 잘못될 가능성도 전혀 없습니다."

송마강의 자신감 넘치는 말에 가슴 한구석의 기우가 조금은 옅어졌다.

"정무문의 정예가 빠져나오는 대로 진천뢰(振天雷)를 터뜨려라."

"정예만 말씀입니까?"

"그렇다. 어차피 황금도로 떠나는 부하들의 대부분은 하급 무사이니 우리에게 그리 큰 타격은 없다. 대를 위해 소를 버리는 것은 당연한 일이지."

"알겠습니다."

송마강이 깊게 읍을 하고 배 뒷전으로 사라졌다.

"후후후… 오만한 정파 놈들, 가장 화려한 무덤을 만들어주마."

"절대 주적자 그놈을 가만둬서는 안 되오이다!"

현현 신니의 말에 도현 진인이 맞장구를 쳤다.

"당연하지요. 아무리 무공이 고강하다고는 하나 무림에는 엄연히 질서가 있는 법인데 많은 사람들 앞에서 그런 짓을 하다니……"

그는 새삼스럽게 분노로 몸을 부르르 떨었다. 잠자코 있던 무각 대사가 입을 열었다.

"뒤늦게 도착하기는 했지만 소림의 십팔나한(十八羅漢)이 있으니 힘을 합하면 주적자를 제압할 수 있을 겁니다."

주적자에게 당한 부상 때문에 안색이 창백하게 변한 혁련제가 긴 한숨과 함께 말했다.

"이번 일은 그냥 묻어두는 것이 좋겠습니다. 최소한 황금도에서만큼은……."

혁련제의 말에 도현 진인이 의아한 얼굴로 물었다.

"그냥 묻어두다니요? 이건 구대문파의 체면이 걸린 일입니다."

혁련제는 가라앉은 눈으로 도현 진인을 보았다.

"우리의 체면보다는 중원의 안위가 더 중요하지 않겠습니까?"

맞는 말이기는 했지만 평소 혁련제라면 절대 저런 식으로 말하지는 않을 것이기에 선실에 모인 사람들은 의아할 수밖에 없었다.

"전 피곤하니 이만 제 방으로 가서 쉬어야겠습니다."

힘없이 처진 어깨로 걸음을 옮기던 혁련제가 걸음을 멈추더니 뒤를 돌아보았다.

"여러분들께 당부드리는데 행여 이번 일로 주적자와 맞서는 일이 없었으면 합니다. 아니, 이번 일 뿐만 아니라 어떤 경우에도 되도록 그와는 싸움을 피하십시오."

"혁 장문인……!"

현현 신니의 부름에 혁련제는 쓴웃음을 지었다.

"그는 이미 우리가 상대할 사람이 아닙니다. 여러분은 못 느끼셨겠지만 전… 전……."

그는 말끝으로 긴 한숨을 쉰 후 자신의 방으로 갔다. 그의 모습이 사라질 때까지 사람들은 어이없는 시선으로 혁련제를 보았다.

"대체 왜……?"

도현 진인의 물음이 끝나기도 전에 잠자코 있던 상통걸이 말했다.

"직접 겪어봤으니까 그럴만도 하지."

"주적자와 손을 섞은 것은 혁장 문인뿐만이 아니오. 우리도……."

도현 진인의 말을 상통걸이 끊었다.

"그것과는 다르죠. 최소한 두 분은 주적자의 손에 잡히지는 않았잖소? 피부와 피부가 맞닿은 것과 검과 검이 부딪치는 것은 엄연히 다른 것이오. 몇십 년 동안 무림에서 살았으면서 그 차이도 모른단 말이오?"

아무도 상통걸의 말에 반박하지 못했다. 그들이 누군가에서 감당치 못할 두려움을 느낀 적은 없다 하더라도 상통걸이 말한 느낌의 차이는 알고 있기 때문이다.

"정말 혁 장문인은 주적자가 두려워서 그런 말을 한 것일까요?"

현현 신니는 자신의 생각을 확신하지 못하고 누군가의 입에서 그것을 확인하려 했다. 역시 상통걸이 대답했다.

"나도 멀리서 주적자와 여러분의 대결을 지켜봤소. 내가 만약 혁 장문인의 입장이었다면 그 자리에서 오줌을 지렸을 것이오."

"상 방주, 그런……!"

"심한 표현이란 말이오? 하지만 사실이 그렇소이다. 오십여 장이나 떨어진 내게까지 뻗쳐 오는 막대한 살기를 가진 녀석에게 목을 잡혀 휘둘리는 데 어찌 겁이 나지 않겠소? 혁 장문인의 당부대로 되도록 주적자와 부딪히지 않는 것이 그나마 말년을 편하게 보내는 지름길이 될 것이오."

도현 진인이 무거운 어조로 말했다.

"주적자가 희대의 살인마라도 된단 말이오?"

상통걸은 거슴츠레한 눈으로 도현진을 보았다.

"도현 진인께서는 어떤 이유를 대서라도 주적자와 싸우고 싶은 것이오?"

"……."

"내가 평생을 빌어먹고 살면서 남보다 그래도 탁월하다고 생각하는 것은 사람 보는 눈이오. 내가 본 주적자는 살인마가 될 가능성이……."

상통걸은 배를 두어 번 벅벅 긁더니 손톱 사이에서 시커먼 때를 벗겨 손가락 사이에 굴리며 말을 이었다.

"이 때만큼도 없으니 그런 걱정일랑 하지 마시오."

현현 신니가 그 모습에 눈살을 찌푸리며 말했다.

"상 방주께서는 주적자를 너무 좋게 보고 계시는 것 같군요."

상통걸이 히죽 웃으며 대꾸했다.

"최소한 여신우 장로와 그 정체 모를 술법사보다는 주적자에게 훨씬 믿음이 가오이다. 최소한 황금도에 관해서는 말이오."

"어찌 구대문파의 일석을 차지한 곤륜의 장로보다 주적자를 믿는단 말씀이오?"

"뭐 구체적으로 이유를 대라면 딱히 할 말은 없지만… 주적자가 그토록 여 장로를 증오하는 것을 보면 뭔가 꺼림칙해서 말이오."

"그거야 여 장로와 주적자는 해묵은 원한이 있으니 그런 것 아니겠습니까?"

상통걸은 고개를 갸웃했다.

"이십 년이 넘게 참아온 원한을 이제 와서 그토록 격렬하게 풀려고 한단 말이오? 내 생각에는 분명 다른 이유가 있을 것이오."

상통걸의 말이 끝남과 동시에 선실의 문이 열리며 기선진이 들어왔다. 그녀는 자리에 앉기도 전에 입을 열었다.

"황금도에 오를 준비는 모두 되셨는지요?"

"나야 개 잡는 몽둥이 하나면 충분하지."

상통걸이 허리에 찬 타구봉(打狗棒)을 툭 치며 말하자 기선진의 면사가 웃음으로 작게 흔들렸다.

"정 진인께서 써주신 부적은 모두 소지하고 계시겠죠?"

그녀의 말에 모두 고개를 끄덕였지만 상통걸만 몸 여기저기를 뒤적였다.

"가만, 내가 그걸 어디 놔뒀더라… 맞아!"

손가락을 퉁기는 상통걸에게 기선진이 물었다.

"왜 그러세요?"

"아까 변방에를 갔는데 거기 밑 닦을 휴지가 없어서 어쩔 수 없이……."

기선진은 말끝을 흐리는 상통걸을 어이없는 눈으로 보았다.

"그 부적을 쓰셨다는 말씀이세요?"

"뭐 일부러 그런 것은 아니고 종이가 있어서 얼씨구나 하고 닦았는데 지금 생각해 보니 그게 그 부적이었네그려."

상통걸은 계면쩍은 듯 뒤통수를 긁적였다. 기선진은 한숨과 함께 말했다.

"어쩔 수 없군요. 밖에 있는 무사 것을 가지고 오는 수밖에."

상통걸은 황급히 양손을 저었다.

"그럴 필요 없네. 어찌 하급 무사보다 내 목숨이 귀하다고 장담할 수 있겠나? 난 그냥 이대로 버티겠으니 내게 너무 신경 쓰지 말게."

상통걸이 일부러 부적을 버린 것 같았지만 그 문제에 대해 누구도 말을 꺼내지는 않았다.

"언제쯤 도착할 것 같으냐?"

현현 신니의 물음에 기선진은 빈 의자에 앉으며 대답했다.

"황금도의 위치를 정확히 파악하고 있지 않기 때문에 확실하지는 않지만 해 지기 전에는 찾을 수 있을 겁니다. 동정호가 아무리 넓다 해도 결국 호수니까요."

도현 진인이 물었다.

"주적자는 어디쯤 가고 있는가?"

기선진은 고개를 저었다.

"우리보다 훨씬 일찍 출발했으니 아마도 한참 앞서지 않았을까 생각됩니다. 배에 탄 인원도 얼마 되지 않아 속도 또한 빠르겠지요."

주적자의 배에는 이미 대기하고 있던 선원 여덟 명만이 타고 있었다. 주적자 일행을 포함해 봐야 달랑 열둘밖에 되지 않았다. 때문에 그 배에 탈 인원이 정천맹 앞으로 할당된 세 척에 나눠 탈 수밖에 없었다.

"뭐 주적자가 일찍 도착하는 것이 좋겠지."

모두들 상통걸에게 의아한 눈길을 던졌다.

"주적자가 일찍 가는 것이 좋다니요?"

"먼저 가서 흡혈야황인가 뭔가를 잡아버린다면 우리야 손 안 대고 코푼 격이니 어찌 좋다 아니할 수 있겠소?"

"상 방주는 구대문파의 체면 따위는 안중에도 없는 것이오?"

도현 진인의 말에 상통걸은 고개를 절레절레 흔들며 일어섰다.

"체면이 아무리 중한들 목숨만이나 하겠소? 에구, 벌써 개봉의 내 움막이 그리워지는구먼. 그곳으로 다시 돌아갈 수 있으면 좋으련만……."

밖으로 나가며 중얼거린 상통걸의 말은 선실 안에 오랜 여운을 남겼다.

선실 창고는 쌓아놓은 음식 냄새가 진동했다. 더욱이 가장 후미진 곳의 좁은 공간에 몸을 구겨 넣고 있었기 때문에 냄새는 더욱 지독했다.

여신우는 무릎을 가슴에 댄 자세로 손가락을 하나하나 힘주어 폈다. 너무 오래 긴장한 채 주먹을 쥐고 있었던 탓에 손가락을 움직이는 것조차 힘들었다.

그는 아직도 손이 가늘게 떨리는 것을 느끼며 손바닥을 마주 잡았다. 주적자에 대한 두려움은 쉽사리 가시지 않았다. 멀리서 보는 것만으로도 주적자가 자신보다 월등히 강하다는 것을 알 수 있었다. 그에 대한 증오의 부피까지 뼛속에 와 닿을 정도였다.

지금의 자신이라면 주적자와 능히 일전을 겨룰 수 있을 거라 생각했는데 풍곡에 다녀온 주적자는 이전보다 배는 더 강해진 것 같았다.

"결국 곤륜사수는 모두 죽은 것일까?"

제자들의 죽음에 대한 슬픔 같은 것은 느껴지지 않았다. 주적자를 죽이지 못한 것이 분할 뿐이었다.

"어쨌든 상관없겠지. 황금도에서 흡혈야황의 힘만 흡수하면 무적이 될 테니까."

중얼거림 뒤로 '과연 그럴까? 그토록 강한 주적자를 이길 수 있을까?'라는 생각이 따랐다. 하지만 여신우는 고개를 저어 그 생각을 지웠다.

"황금도에서 주적자를 죽일 것이다. 황금도에서……."

*　　　　*　　　　*

　　왕족발은 왕족쌍의 방문에 손을 얹었다가 이내 힘없이 내려뜨렸다. 아버지 왕청일이 말한 사실을 알려줘야 할지 말아야 할지 결정을 내릴 수 없었다. 그녀가 왕청일이 황금도에서 꾸미고 있는 계획을 알고 있다 하더라도 그 외의 일은 짐작조차 하지 못할 것이 분명했다. 아무리 왕족쌍이 똑똑하다고 해도 말이다.

　　'어떡한다… 족쌍이가 알게 되면 길길이 날뛸 텐데… 아니, 그보다 아버님이 절대 말하지 말라고 하셨는데…….'

　　다른 사람의 명령이었다면 절대 듣지 않았을 것이다. 하지만 그에게 드리운 왕청일의 그림자는 너무도 거대하고 짙었다. 지금까지 살아오며 단 한 번도 왕청일의 말을 거역한 적 없었고, 그것은 앞으로도 마찬가지일 것이다.

　　'그래, 관두자. 족쌍이 고년 없으면 앞으로 내 인생이 편하고 좋지.'

　　생각을 하고 돌아서려 했지만 마음과는 달리 몸이 따라주지 않았다. 왕족쌍의 방 앞에서 한 치도 움직일 수 없었다. 어찌 되었든 왕족쌍은 그녀의 동생이었다. 사지인 줄 뻔히 아는 곳에 버려두고 혼자 도망친다는 것은 옳지 않았다. 물론 그는 옳은 일보다 그렇지 않은 일을 더 많이 하고 살 것이다.

　　하지만 세상의 잣대와 자신의 잣대는 엄연히 달랐다. 그에게는 자신 고유의 가치관이 있었고, 왕족쌍의 일은 그의 가치관에 비춰봐도 분명 옳지 않은 일이었다.

　　그렇다 해도 왕족발은 이 그른 일에 선뜻 맞설 수 없었다. 왕청일이란 벽은 너무 높고 단단해서 그가 이겨내기에는 역부족이었다.

그는 한참 동안 서성이다 다리에 힘을 주어 몸을 돌렸다. 한 발자국을 내딛기도 전에 분노가 치밀었다. 회랑 곳곳에 느껴지는 감시의 눈길들을 모두 끄집어내서 패주고 싶은 것을 참는 데는 엄청난 인내가 필요했다.

'미안하다, 족쌍아.'

*   *   *

지하의 돌벽에 세워진 유리관은 주위를 덮고 있는 어둠보다 더욱 검었다. 그리고 그 안의 액체의 빛은 더욱 짙어 내용물이 전혀 보이지 않았다.

보글보글…….

관 안의 액체는 끊임없이 둥근 기포를 생성, 소멸시키고 있었다.

묵룡은 관의 양쪽에 위치한 사람 형태의 홈을 보았다. 그와 여신우가 들어갈 그곳과 관에는 황금으로 만든 대롱이 연결되어 있었다. 사다리처럼 질서 정연하게 배열된 스물네 가닥의 대롱이 그와 여신우에게 무소불위의 힘을 안겨다 주는 통로였다.

간사한 여신우에게도 힘을 나눠줘야 한다는 것이 마음에 들지 않았지만 흡혈야황의 힘이 너무도 크니 혼자의 몸으로는 감당할 수 없었다. 그리고 여신우에게 준 힘도 다시 찾아오면 그만이었다. 원래 가지고 있는 술법에 흡혈야황의 힘까지 흡수해 그야말로 신의 경지에 다다르게 되는 것이다.

'오늘 드디어 내 오랜 숙원이 풀리는구나.'

여신우의 생각을 뚫고 목소리 하나가 뇌리를 파고들었다.

"그들은 이곳으로 오고 있느냐?"

가는 남자의 목소리 같기도 하고 거친 여자의 음성 같기도 한 그 목소리는 귀가 아닌 골을 직접 때리는 것 같았다. 묵룡은 놀란 가슴을 진정시키며 황급히 대답했다.

"오늘 아침 이곳으로 떠난다는 연락을 여신우로부터 받았으니 오후쯤이면 도착할 것입니다."

대답을 하는 그의 가슴이 서늘하게 가라앉았다. 분명 가사상태에 빠져 의식이 없어야 마땅한데 흡혈야황은 이상하게 또렷한 정신을 가지고 있었다.

'일원이분기가 잘못된 것일까?'

그럴 리가 없었다. 이날을 위해 수십 번이나 만들고 부수기를 반복했다. 의식이 없더라도 본능만으로 완벽하게 만들 수 있는 것이 일원이분기였다.

'그런데 왜 저처럼 의식이 또렷한 거지?'

그에게 불안을 안겨준 목소리가 다시 울렸다.

"계획에 차질은 없겠지?"

묵룡은 힘주어 고개를 끄덕였다.

"모든 계획은 완벽합니다."

"좋아… 묵룡."

흡혈야황은 한층 낮아진 음성으로 그를 불렀다.

"네."

그의 대답이 떨어지고 난 한참 후에야 흡혈야황의 목소리가 들렸다.

"만약 일이 완벽하게 이루어지면… 그러면 내 부탁을 한 가지 들어주어야 한다.”

“부탁이라니요? 그게 무슨 말씀입니까?”

흡혈야황이 남에게 부탁을 한다는 것은 상상조차 할 수 없는 일이었다. 더욱이 이 시점에서는 더 더욱 그랬다.

“대답을 해라. 내 부탁을 들어주겠느냐?”

이해가 되지는 않았지만 묵룡으로서는 ‘네’ 라고 대답할 수밖에 없었다.

“무슨 부탁이든 다 들어드리겠습니다.”

“네 아버지의 이름을 걸고 약속 해라.”

묵룡은 가슴 한쪽이 철렁 내려앉는 느낌을 받았다. 그는 흡혈야황에게 아버지에 대한 얘기를 단 한마디도 꺼내지 않았다. 아니, 꺼낼수가 없었다. 흡혈야황은 그의 아버지가 누구인지 알아서는 절대 안되기 때문이다. 그런데 왜 하필 이런 때 그의 아버지를 들먹이는 것일까?

그가 대답이 없자 흡혈야황이 재촉했다.

“아버지의 이름을 걸고 약속할 수 있느냐?”

묵룡은 굵은 침을 삼키고 물었다.

“당신은… 제 아버지를 알고 계십니까?”

“알고 있다.”

그는 떨어지는 심장에 내장이 온통 헤집어지는 듯한 느낌을 받았다. 그의 아버지를 알고 있다는 것은 곧 그가 누구인지도 알고 있다는 뜻이었다. 눈앞이 순간적으로 캄캄해진 것은 동굴의 어둠 때문이 아니었다. 그는 가까스로 정신을 추스르고 다시 물었다.

“그런데도 절 믿는다는 말입니까?”

잠시의 사이를 두고 흡혈야황이 말했다.

"난 나 이외에 누구도 믿지 않는다. 다만 네가 네 아버지의 이름을 걸고 한 맹세는 믿을 수 있다. 자, 약속해라."

묵룡은 오래 망설이지 않았다.

"약속하겠습니다."

지금으로써는 약속을 하는 수밖에 없었다. 물론 지금 한 약속은 꼭 지킬 것이다. 그의 아버지 이름을 걸었기 때문에……

*   *   *

그 모습은 마치 물 위에 거대한 구름이 떠 있는 것 같았다. 그 정도로 짙은 안개가 동정호 위를 감싸고 있었다. 주적자는 옷이 축축해지는 것으로 황금도에 가까워졌음을 직감했다.

붉게 물든 태양은 곧 안개에 가려 그 특유의 색깔조차 비추지 못했다. 뱃전에서 발을 흔들며 앉아 있던 화백의 몸이 흠칫 굳더니 재빨리 주적자의 주머니 속으로 들어왔다. 그녀의 몸이 잘게 떨리는 것은 분명 두려움 때문이었다.

─쭈─ 쭈─

화백은 주적자의 옷깃을 잡아당기며 알아들을 수 없는 음성을 뱉어냈다. 아마 돌아가자는 뜻이리라.

주적자는 그런 화백을 다독여 안심시킨 후 안개 저쪽으로 시선을 모았다. 아직은 스멀스멀 피어 오르는 안개와 수면밖에 보이지 않았다.

"왠지 기분 나쁜 안개군."

뒤에서 사도철광의 목소리가 들렸다. 소소자가 그 말을 받았다.

"황금도에 가까워진 것이 아닐까?"

주적자도 돌아보지 않고 고개를 끄덕였다.

"확실히 그런 느낌이 와."

소소자는 보이지도 않을 텐데 좌우를 두리번거렸다.

"우리가 제일 앞서 온 거겠지?"

"가장 먼저 출발했으니까. 사람이 가장 적게 타기도 했고."

"여신우도 오겠지?"

소소자의 말에 주적자는 고개를 돌렸다. 안개 때문에 머리칼에서 물방울을 떨어뜨리고 있는 소소자의 얼굴은 차갑게 굳어 있었다. '여신우' 라는 인간에 대한 증오가 그 얼굴에 고스란히 담겨 있었다.

"올 거야."

아니, 반드시 와야 했다. 여신우가 꾸민 음모의 한복판에서 그의 심장을 갈라놓고 싶었다.

안개의 숲에 다다른 후, 배는 눈에 띄게 느려졌다. 점액질처럼 끈적한 안개 속에서는 바람 한 점 불지 않았다. 안개는 호수의 물로 만든 게 아니라 누군가 공중에서 끊임없이 알 수 없는 물질을 뿌려대는 것 같았다.

그들은 나란히 서서 안개 저쪽을 뚫어지게 쳐다보았다. 황금도가 나타나기만 하면 당장이라도 달려들 것 같은 기세가 온몸에서 줄기줄기 뻗어 나갔다.

"저……."

뒤쪽에서 잔뜩 억누른 목소리가 들렸다. 돌아보자 오십 대 초반의 선장이 어깨를 내려뜨리고 있었다.

"뭐요?"

소소자가 물었다. 그들이 배에 승선한 후 두려움에 말 한 번 붙이지 못한 선장이 겨우 입을 열었다.

"안개 때문에 더 이상의 항해는 힘들겠습니다."

검게 탄 얼굴에 유난히 짙은 주름을 가진 선장의 얼굴에는 난감함이 역력했다.

"그게 무슨 소리요?"

"그것이……."

선장의 목소리를 소소자가 끊었다.

"말은 필요없소이다! 배가 멈추면 당신의 숨도 멈출 테니 그리 아시오!"

소소자의 협박이 허투루 들리지 않았는지 선장은 배 밑창이 꺼질 정도로 한숨을 쉬고 돌아섰다. 선장의 등을 향해 주적자가 말했다.

"백 장만 더 갑시다."

"백 장이라니?"

소소자의 물음에 주적자는 안개 저쪽을 보았다. 백 장 너머에 황금도가 보였다. 다른 사람에게는 보이지 않겠지만 짙은 안개 속에서도 찬란한 금빛을 뿜어내는 황금도가 그의 눈에는 똑똑히 보였다.

"저곳에 있다."

소소자와 사도철광은 주적자의 시선을 따라 눈길을 돌렸다. 물론 그들이 보지는 못하겠지만 주적자의 말을 의심하지는 않았다.

"선장, 말 들었소? 백 장이오, 백 장!"

소소자의 말에 선장은 '네, 네' 하며 선장실로 향했다.

"모양이 어떻게 생겼나?"

"성질도 급하군. 조금 있으면 볼 텐데 뭘 그리 서두르나?"

사도철광의 핀잔에 소소자가 발끈했다.

"어떻게 생긴지 미리 알면 그만큼 빨리 대비를 할 것 아니오!"

"자네가 대비할 것이 뭐가 있다고. 어차피 몸만 달랑 들어갈 텐데. 황금도에 도착했으니 나 소저를 부르러 가야겠군."

소소자는 돌아서는 사도철광의 등에 대고 뭐라고 투덜거린 후 주적자 곁에 섰다.

"정말 섬 전체가 황금으로 되어 있냐?"

주적자는 고개를 끄덕였다. 안개 속에서 갑자기 모습을 드러낸 황금도는 섬 전체에서 금빛을 뿌려댔다. 회색의 바위나 초록의 나무 색깔은 먼지만큼도 찾아볼 수 없었다. 뿌연 안개 속에서 치솟는 찬란한 금빛은 누구라도 넋을 잃을 만했다. 거기에 그 거대한 섬의 크기라니… 한쪽의 길이가 족히 십 리는 넘을 것 같았다.

섬 중앙에 오십 장 정도로 탑처럼 솟은 부분을 빼고는 다른 섬과 형태는 비슷했다. 가까이 다가가자 섬을 좀 더 뚜렷하게 볼 수 있었다.

황금도에는 다른 섬과 마찬가지로 흙과 바위, 모래도 있고 나무 또한 우거져 있었다. 그것들이 모두 황금으로 되어 있다는 것이 다를 뿐…….

"아―!"

곁에서 소소자의 탄성이 터져 나왔다. 삼십 장 가까이 다가가자 그의 눈에도 보인 모양이다.

"정말 섬 전체가 황금이군. 그저 황금이 여기저기 널려 있는 그런 섬인 줄 알았는데……."

나인현을 데리고 나온 사도철광이 그 말을 받았다.

"어떻게 저런 섬이 눈에 띄지 않고 있었을까?"

"안개가 이렇게 짙은데 뭐가 보이겠소?"

"아무리 그래도 그렇지……."

사도철광의 말을 뚫고 선장의 목소리가 들렸다.

"더 이상 항해하기가 곤란하겠는데요?"

"또 무슨 문제요?"

신경이 날카로워진 소소자의 목소리는 잔뜩 가시가 돋아 있었다.

"주위에 바위가 많아 자칫하면 배가 부서질 위험이 있습니다."

"그럼 우리보고 헤엄이라도 쳐서 섬까지 가라는 것이오?"

"서, 섬이라니요?"

선장은 무슨 소리를 하느냐는 듯 주위를 둘러보았다. 하긴 이런 짙은 안개 속에서 보통 사람인 선장의 눈에 이십 장 저편의 섬이 보일 리 없었다.

"다른 말 할 것 없소. 암초가 있으면 피해 가면 그만 아니오?"

소소자가 막무가내로 말했지만 선장도 이번만은 순순히 물러서지 않았다.

"이런 안개 속에서 촘촘히 박혀 있는 암초를 피해 간다는 것은 거의 불가능합니다."

소소자는 선장의 턱밑으로 얼굴을 바짝 들이밀었다.

"그럼 우리보고 물에 뛰어들라는 얘기요?"

흠칫 하는 표정으로 주춤 물러선 선장은 배 옆면을 가리켰다.

"저쪽에 작은 배가 매어져 있으니 굳이 가시겠다면 그 배를 타고……."

주적자는 선장의 말이 끝나기도 전에 배의 옆면으로 갔다. 배 옆에는 네 척의 작은 배가 줄줄이 걸려 있었다. 비상시에 탈출용으로 쓰는 배인 것 같았다.

"저것으로 괜찮을까?"

다가온 소소자가 걱정스러운 듯 물었다. 주적자는 뒤쪽에서 불안한 표정으로 서 있는 선장에게 말했다.

"배를 내려주시오."

"네!"

기쁜 얼굴로 대답을 한 선장으로 안으로 들어가고, 잠시 후 네 명의 선원이 식량을 잔뜩 들고 밖으로 나왔다.

"그렇게 많은 식량은 필요없소이다. 건량이 든 것이 어떤 거요?"

포대를 짊어진 선원 하나가 멈칫거리며 다가왔다. 어지간히 그들을 두려워하는 듯 다리까지 후들거렸다. 건량을 받아 든 주적자는 피식 웃음을 터뜨렸다. 이제 이 안에 든 내용물은 그와는 상관없는 물건이 되어버렸다.

'흡혈귀의 본성이 나오기 전에 흡혈야황을 만나야 할 텐데……'

그의 걱정 속으로 삐거덕거리는 소리가 들렸다. 한 척의 소선(小船) 이 잔잔한 수면에 거친 물결을 만들며 떨어졌다. 먼저 소소자가 소선 으로 뛰어내리자 나인현을 안은 사도철광이 그 뒤를 따랐다.

주적자는 선장에게 '여기서 기다리시오.'라는 말을 남기고 소선으로 옮겨 탔다. 인원이 넷밖에 되지 않았기에 길이가 열 자 남짓한 소선으 로도 충분했다. 주적자는 건량이 든 포대를 내려놓고 양쪽에 달린 노 를 잡았다.

팔에 힘을 주자 돛을 달고 달리는 배보다 훨씬 빨리 앞으로 나아갔 다. 선장의 말대로 듬성듬성 암초가 보였지만 배를 젓는 데는 별 불편 함이 없었다.

"저럴 수가……!"

황금도에 십 장 가까이 다가갔을 때 나인현의 입에서 터져 나온 소리였다. 비로소 황금도를 본 그녀의 심정이 어떨까 하는 것은 말하지 않아도 알 수 있었다.

철썩철썩!

노가 수면을 때리는 소리가 낮게 들려왔다. 보통 때 들리는 소리보다 훨씬 낮았다. 그들을 둘러싼 짙은 안개에 소리가 먹혀 버리는 것 같았다.

배의 흔들림에 몸을 맡긴 그들은 침묵 속에서 점점 다가오는 황금도만을 뚫어지게 쳐다보았다. 황금도는 어스름한 햇빛에 반사된 것이라고는 믿기 힘들 정도로 밝은 금색을 내뿜고 있었다.

"정말 짙은 안개군."

사도철광은 흠뻑 젖은 옷자락을 비틀어 물을 떨구며 중얼거렸다.

주적자는 왼편으로 뱃길을 잡았다. 금빛을 뿜어내는 절벽의 좌측에는 부드러운 사금(砂金) 밭이 자리해 있었다.

턱!

배 앞 부분이 사금에 파묻히며 멎었다. 주적자는 밧줄을 팔에 감고 훌쩍 뛰어 사금 밭 위로 내려섰다. 삼 장 넓이의 사금 밭은 저쪽 안개에 가려 보이지 않을 정도로 길게 널려 있었다.

"정말 금인 것 같은데?"

소소자가 사금을 손가락 사이로 흘리며 말했다. 사도철광도 사금을 집어보고 고개를 끄덕였다.

"그렇군."

주적자는 배와 연결된 밧줄을 툭 튀어나온 금덩이에 걸고 쭈그려 앉

아 사금을 손가락으로 집었다. 그리고 그것을 혀에 갖다 대 맛을 보았
다. 한참 동안 쩝쩝거리던 주적자는 입 안의 이물질을 뱉고 말했다.

"금이 아니야."

지상에서 지하로

제44장 지상에서 지하로

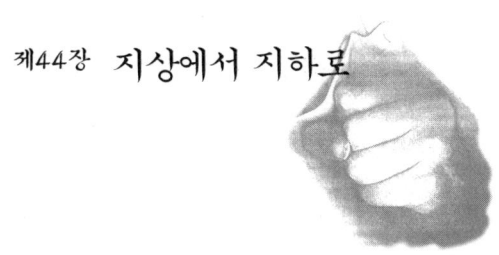

"뭐?"

소소자가 놀란 눈으로 물었다. 주적자는 일어서서 주위를 둘러보며 말했다.

"이건 그냥 모래야. 눈은 속일 수 있어도 맛은 속일 수가 없지."

그의 말에 소소자와 사도철광이 동시에 사금을 입 안으로 집어 넣었다.

"퉤! 정말 그렇군. 이건 흙 맛인데."

사도철광의 말에 소소자가 보기 드물게 동조했다.

"그렇네요. 흙과 금을 간식으로 먹지 않았어도 그 정도는 알 수 있겠군요."

소소자는 섬에 널린 금 바위와 금 나무를 가리키며 말했다.

"그렇다면 저것들도 모두 가짜란 말이잖아?!"

"틀림없이 그렇겠지."

소소자는 그래도 확인을 해야 직성이 풀리겠는지 모래밭을 가로질러 금빛 바위 앞에 섰다. 주먹으로 바위를 부순 소소자는 잘려진 단면을 보았다. 그곳은 여전히 황금색을 띠고 있었다. 손으로 바위 한쪽을 가루로 만든 후 입에 넣은 소소자는 곧 그것을 뱉어냈다.

"역시 그냥 바위군. 대체 섬 전체를 어떻게 금으로 보이도록 만들어 놓았지?"

"술법이 아닐까?"

사도철광은 말을 하고 나인현에게 물었다.

"나 소저, 술법으로 이런 일들이 가능한가?"

어리둥절한 얼굴로 그 광경들을 보고 있던 나인현은 고개를 저었다.

"저런 술법이 있다는 소리는 들어본 적이 없어요. 하지만 이것이 만약 술법에 의한 것이라면 찾아낼 수는 있어요."

"어떻게 말인가?"

그녀는 허리에 찬 주머니에서 부적 한 장을 꺼냈다.

"파술출행법(破術出行法)으로 찾아낼 수 있을 거예요."

나인현은 빨간색으로 그림이 그려진 부적을 손가락 사이에 끼우고 수결을 맺은 후 주문을 외우기 시작했다.

"우혼영영(牛魂英英) 마혼령령(馬魂靈靈), 부안패인(負鞍佩印) 일행천리(日行天理), 한혈류신(汗血流身) 염여축수백단(念汝畜數百端)……."

주문을 외움에 따라 손가락 사이에 끼어져 있던 부적이 공중으로 떠오르더니 어느 순간 앞쪽으로 빠르게 날아갔다.

"저쪽이에요!"

나인현이 소리치며 뛰어가자 나머지 사람들도 부적을 따라 몸을 날렸다. 부적은 모래사장을 넘어 바위 더미를 지나더니 숲의 가장 앞쪽에 자리한 나무와 나무 사이의 흙 속에 반 넘게 박혔다. 금색 찬란한 나무가 뿌리를 박고 있는 흙 또한 같은 빛으로 반짝이고 있었다.

나인현이 뭐라고 하기도 전에 소소자가 부적이 박힌 흙을 파헤쳤다. 한 자 정도 땅을 파자 금색이 아닌 회색의 정이 그곳에 박혀 있었다. 소소자는 물어보지도 않고 정을 쑥 잡아 뺐다. 그러자 그토록 눈부시게 빛나던 금빛이 감쪽같이 사라져 버렸다.

주위는 특유의 나무와 바위, 흙으로 뒤덮인 평범한 모습으로 그들을 감싸고 있었다.

"결국 이것이 우리의 눈을 현혹시키고 있었군."

소소자는 정을 나인현에게 내밀었다.

"무엇인지 알겠소?"

나인현이 정을 받아 드는 것을 보고 주적자는 주위를 살폈다. 그들이 서 있는 방원 백 장 정도를 제외하고는 아직도 금빛이 번쩍이고 있었다. 결국 나인현이 들고 있는 정 말고도 몇십 개, 혹은 몇백 개의 정이 섬 곳곳에 박혀 있다는 뜻이었다.

"모르겠어요. 여기에 새겨진 술법문은 전혀 본 적이 없어요."

그녀의 말에 실망한 사람은 아무도 없었다. 어차피 달라질 것은 없으니까.

"일단 섬을 한 바퀴 돌아보는 것이 좋겠군."

주적자가 말을 하고 걸음을 내딛자 세 사람은 묵묵히 그의 뒤를 따랐다. 어차피 그들이야 황금에 아무 욕심이 없지만 보통 사람들이라면 눈이 뒤집힐 것이다. 발에 밟히는 낙엽조차 황금으로 보일 테니 어찌 그렇지 않겠는가?

그들은 편한 물가의 모래 길 대신 숲 속을 택했다. 조금 더 많은 것을 보기 위해서였다. 하지만 일각 동안 나무가 듬성듬성 심어진 숲과 바위가 덮인 곳을 걸었지만 별다른 것은 보이지 않았다.

그사이 희미한 해는 완전히 붉은색으로 물들어 수면 위에 놓여졌다. 그들은 도끼로 쪼개놓은 듯한 황금빛 절벽 위에서 걸음을 멈췄다. 여전히 짙은 안개 너머로 동정호를 보고 있던 주적자의 시야에 무엇인가가 잡혔다. 오래 보지 않아도 배라는 것을 알 수 있었다.

"이제야 도착하는군."

개미처럼 작게 보이게 두 척의 배는 황금도를 향해 천천히 다가오고 있었다. 거대한 안개의 숲에 깔려 금방이라도 찌그러질 것 같았다.

"배들이 오고 있는 거냐?"

소소자가 주적자의 눈길을 따라 시선을 돌리며 물었다. 그의 눈에는 아직 보이지 않을 터였다.

"두 척이 오는군. 반 시진 정도면 도착하겠는데."

"저 멍청한 인간들과 따로 움직이는 것이 좋을까?"

"군이 그럴 필요 없겠지. 흡혈야황이 노리는 먹이가 저들일 테니, 저들과 같이 있으면 흡혈야황과 만나기가 쉽지 않을까?"

주적자의 말에 소소자와 사도철광의 고개가 동시에 끄덕여졌다.

"하긴, 처음 내 생각도 그랬었지. 하지만 저 굼벵이들과 같이 움직이면 절로 둔해질 것 같아서 말이야. 그보다……."

소소자는 걱정이 덕지덕지 묻은 얼굴로 물었다.

"넌 아직 괜찮냐?"

"뭐가?"

주적자는 묻는 것과 동시에 소소자가 무엇을 걱정하는지 깨달았다.

"아직은……."

아직은 아무 느낌도 오지 않았다. 그러나 피를 필요로 하는 본능은 갑자기 찾아오기 때문에 언제 어느 때 변할지 알 수 없었다. 일이 완전히 끝날 때까지 흡혈귀로 변하지 않기만을 바랄 뿐이었다.

다가오는 배를 한참 동안 바라보던 주적자는 몸을 돌렸다.

"섬을 마저 돌아보자."

그들은 가파른 바위 언덕을 내려갔다. 바위틈에서 힘겹게 버티고 있는 키 작은 황금 나무들 외에는 온통 황금색의 바위투성이였다. 나인현은 사도철광이 부축해 주지 않으면 한 걸음도 떼기 힘들 정도로 험한 길이었다.

주적자는 평탄한 길을 가든 험한 길을 가든 경계를 게을리 하지 않았다. 흡혈야황과 같은 공간 안에서 숨을 쉬고 있다는 것만으로 솜털까지 뻣뻣하게 곤두서는 느낌이었다.

절벽 곁의 가파른 길을 내려오자 비로소 완만한 구릉이 그들을 맞이했다. 그들이 부드러운 땅을 밟고 구릉의 정상에 오르자 수면에 반쯤 잠긴 해를 볼 수 있었다. 이미 힘을 잃은 태양은 밀려오는 어둠을 막기에 역부족이었다.

"야영을 하고 날이 밝으면 움직여야 할까?"

소소자의 물음에 주적자는 완강하게 고개를 저었다.

"그럴 시간 없어."

그가 언제 흡혈귀로 변할지 알 수 없었다. 아니, 그 이유보다는 촌각이라도 빨리 흡혈야황을 찾고 싶은 마음이 더 컸다. 그들이 구릉을 내려와 새로운 모래사장에 발을 들여놓을 때였다.

삼십 장 정도 떨어진 왼쪽의 커다란 바위섬 뒤편에서 배 한 척이 천천히 모습을 드러냈다. 시야를 모으자 배 위에 선 인물들의 모습이 보였다. 기선진을 비롯해 구파의 네 수장과 무각 대사였다.

뒤늦게 배를 발견한 소소자가 말했다.

"정천맹일까, 아니면 정무문일까?"

"정천맹이야."

그는 짧게 말한 후 어떻게 할까 망설였다. 기다려야 할지, 아니면 섬을 마저 살펴야 할지 선뜻 판단이 서지 않았다. 그러는 사이 배에서 작은 배 여덟 척이 내려졌다. 그 위에는 사람들이 예닐곱 명씩 타고 있었다.

"이왕 같이 다닐 거면 저들을 기다리는 것이 좋겠군."

사도철광의 말이 주적자의 갈등에 종지부를 찍었다. 주적자는 모래와 숲의 경계에 위치한 바위에 앉아 다가오는 배들을 보았다. 네 명이나 노를 젓고 있는 데도 배는 지루하도록 느리게 움직였다. 아마도 그의 마음이 급해서일 것이다.

"저들이 우리와 같이 움직이려 할까요?"

소소자가 걱정스런 음성으로 사도철광에게 물었다. 나루터에서 주적자와 불미스런 일이 있었으니 소소자의 걱정은 당연했다.

"저들도 여기까지 와서 흡혈야황 외에 다른 사람과 싸우려들지는 않겠지. 백해무익(百害無益)이라는 것을 알고 있을 테니까."

"쳇! 체면만 따지는 정파 놈들에게 그런 생각이 있을지 모르겠구려."

소소자의 말에 사도철광은 그저 입맛만 다실 뿐이었다. 그들이 얘기를 하는 사이, 배는 소소자와 사도철광이 위에 탄 사람의 얼굴을 알아볼 정도로 가까이 갔다. 맨 앞의 배에 탄 도현 진인의 표정이 놀라움으

로 덮었다. 도현 진인은 황급히 배 뒤쪽으로 가더니 뒤따라오는 상통
걸에게 무언가 얘기를 했다.

"거참! 걱정할 것 없다니까요! 저들이 우리와 무슨 철천지 한이 있다
고 황금도까지 와서 싸우려고 기다리겠소?"

상통걸의 낮추지 않는 목소리로 보아 무슨 얘기가 오갔는지 짐작할
수 있었다.

"하여간 구파 장문인이란 것들이 아녀자보다 더 소심하다니까."

"아녀자가 다 소심한 건 아니에요."

나인현의 말에 소소자가 찔끔하는 표정으로 말했다.

"그거야… 물론 그렇죠."

소소자는 화제를 바꾸려고 얼른 입을 열었다.

"그런데 정파에서는 상당히 많은 인원을 파견했을 텐데 수뇌부들이
저렇게 우르르 몰려다니면 다른 곳의 지휘는 누가 하는 걸까?"

소소자의 대상없는 물음에 사도철광이 말했다.

"검권이선이나 화산삼검 같은 장로들이 있잖나. 그리고 저렇게 고수
들이 같이 다녀야 죽을 확률도 적지. 다른 자들이라면 모를까 구파의
장문인 정도 되면 보통 목숨이 아니잖아."

"쳇! 저희들 목숨 줄은 금으로 되어 있나?"

소소자는 뭔가 말을 더 하려다가 배가 가까이 다가갔기 때문에 입을
다물었다. 제일 먼저 혁련제가 무늬만 사금 밭 위로 뛰어내렸다. 그 뒤
를 경공이 뛰어난 장문인들과 기선진이 따랐다. 그들은 주적자 일행을
일별한 후 주위의 풍경으로 시선을 돌렸다.

부릅떠진 눈에 금방 핏발이 섰고, 벌린 입에서는 연신 탄성이 터져
나왔다.

"어떻게 이런 곳이 있을 수가 있단 말인가?"

혁련제가 중얼거리듯 말했다. 뒤늦게 도착한 정천맹의 무사들 또한 주위 풍경에 벌린 입을 다물지 못했다. 그중 몇몇은 미리 준비해 왔는지 커다란 보자기에 금을 주워 담았다.

"당장 그만두지 못할까!"

상통걸이 그들의 모습을 발견하고 버럭 소리를 질렀다. 찔끔한 무사들은 상통걸의 눈치만 살필 뿐 주운 금을 내려놓으려 하지 않았다.

"당장 손에 든 것을 버려라! 너희들이 이곳에 온 목적을 잊었단 말이냐!"

그의 이런 역정에 이마에 커다란 사마귀가 있는 삼십 대 중반의 사내가 말했다.

"이왕 여기까지 왔으니 주워간다고 나쁠 것은 없지 않습니까, 상 방주."

금을 주운 무사들의 얼굴에는 사내의 말에 동조하는 표정이 역력했다.

"이놈들이 황금에 눈깔이 돌아가도 유분수지 감히……!"

팔을 걷어붙인 상통걸은 금방이라도 무사들의 골통을 깨버릴 듯 다가갔다. 그런 그에게 소소자가 말했다.

"거지 영감, 관두시오. 어차피 녀석들 힘만 뺄 테니까."

상통걸은 걸음을 멈추고 소소자를 보았다.

"힘만 빼다니?"

소소자는 어깨를 으쓱하고 나인현에게 시선을 돌렸다. 고개를 끄덕인 그녀는 예의 그 부적을 꺼내 주문을 외운 후 말렸다. 부적은 주적자의 곁을 스쳐 어스름한 어둠이 깃든 숲 속으로 쏜살같이 날아갔다.

소소자가 부적을 따라 몸을 날린 얼마 후, 갑자기 주위 풍경이 바뀌었다. 모래는 모래로, 바위는 바위로, 나무는 나무로 그렇게 변한 것이다. 모두들 넋이 나간 얼굴로 제자리에서 빙빙 돌며 주위 풍경을 보았다. 그리고 저마다 주운 황금덩이를 꺼냈다. 그것들은 아무짝에도 쓸모없는 돌멩이로 변해 있었다.

"어떻게 된 건가?"

상통걸의 물음에 소소자는 모래를 한 움큼 집어 들었다.

"보다시피 이것들은 그냥 원래의 그것들이오. 단지 술법으로 사람들의 눈을 현혹시켰던 것뿐, 뭐 별로 이상할 것 없잖소? 이 섬 전체가 황금으로 되어 있다면 그게 더 이상한 거지. 안 그렇소?"

"그거야 그렇지만……."

상통걸은 고개를 절레절레 흔들었다.

"정말 술법이란 것의 한계를 모르겠군."

황금에 탐욕을 가졌던 자들은 허탈한 마음으로 집었던 돌멩이들을 땅에 던졌지만 아직 황금빛으로 번쩍이는 다른 곳에 미련이 남은 것 같았다.

번쩍거리는 나무와 바위를 보며 '저건 혹시 진짜 금이 아닐까?' 하는 기대를 가지고 있는지도 모른다. 상통걸은 그들을 보다가 긴 한숨을 쉰 후 소소자에게 다가갔다.

"그래, 이 섬에서 또 다른 것은 찾아내지 못했나?"

"지금 둘러보고 있는 중이오."

뒤에 처져 있던 도현 진인이 앞으로 나섰다.

"그럼 계속 찾아보게. 우리는 우리대로 갈 터이니."

목소리와 말뜻에 담긴 고까운 기운을 못 느낄 정도로 소소자는 둔하지 않았다.

"누가 당신네들 하고 같이 가고 싶다고 했소?"

"당신네들이라니? 감히 어디서 그런 말버릇을……!"

"홍! 내가 당신들 제자도 아닌데 이렇게 말한들 무슨 상관이란 말이오? 체면만 따지는 늙은이들 같으니라구."

마지막 말은 아주 낮았지만 못 들을 정도는 아니었다. 도현 진인과 현현 신니의 얼굴이 벌겋게 달아올랐다.

"소 의원! 아무리 안하무인(眼下無人)이라고 해도 말이 너무 심하군! 정녕 정파와 등을 돌리고 싶은 건가?"

"그깟 정파가 내 적이 되도 상관없소이다!"

언성이 차츰 높아지자 사도철광이 나섰다.

"그만 진정들 하시오. 서로 힘을 합해야 할 마당에 내분이 일어나면 되겠소이까?"

"내분이라는 표현은 잘못됐구려. 우린 어차피 같은 편이 아니니."

도현 진인의 말에 사도철광이 너털웃음을 지었다.

"허허허… 같은 일을 해결하기 위해 이곳에 왔으니 마음이야 어떻든 같은 편이 아니겠소? 자, 그러지 말고 황금도에서만큼은 서로 힘을 합해 봅시다. 두 손보다는 네 손이 나은 법 아니겠소?"

"손도 손 나름이지. 어험!"

도현 진인은 기분이 상해 돌아섰고, 대신 상통걸이 나섰다.

"사도 형의 말이 옳소이다. 최소한 이곳에서만큼은 서로 협력해야지요!"

현현 신니가 상통걸을 향해 얼굴을 붉혔다.

"상 방주! 혁 장문인 일을 벌써 잊었소이까?"

"그건 아니지만 사안이 사안이니만큼……."

상통걸의 말을 뚫고 혁련제의 목소리가 들렸다.

"일단 힘을 합하기로 합시다."

"혁 장문인!"

도현 진인과 현현 신니가 동시에 혁련제를 불렀다. 혁련제는 손을 들어 그들을 진정시켰다.

"두 분의 기분은 알겠지만 황금도의 일은 어쩌면 전 중원의 운명이 걸린 일일 수도 있습니다. 당연히 사사로운 감정은 버려야겠지요. 저들과 해결할 문제가 있다고 해도 그건 나중으로 미룹시다."

가장 큰 피해자라 할 수 있는 혁련제가 저렇게 나오니 도현 진인이나 현현 신니도 어쩔 수 없는 모양이다.

"자, 그럼 같이 움직이는 것으로 결정이 났고, 슬슬 야영 준비를 하는 것이 좋지 않겠소? 뱃속에 새끼 거지들도 일어날 시간이 됐으니 말이오. 헤헤헤……."

상통걸의 방정맞은 웃음 사이로 주적자의 목소리가 파고들었다.

"우리에게는 쉴 시간이 없습니다."

"잉? 무슨 뜻인가? 요기도 하지 않고 이 해질녘에 산으로 들어가자는 말은 아니겠지?"

그 물음에 소소자가 대답했다.

"요기는 가면서 건량으로 때우면 되잖소? 설마 거지 주제에 그런 것은 입에 안 맞아 못 먹는다는 소리는 하지 않겠죠?"

"나야 뭐 주둥이에 들어갈 수 있는 것은 다 먹지만……."

상통걸은 나머지 수뇌부들을 힐끔 봤다. 그들이 주적자의 의견대로 움직일 리가 없었다. 절대……!

"끄응!"

방윤재(房尹財)는 바위 사이에 매어놓은 배를 힘껏 위로 끌어올렸다. 금 바위에 닿은 배 밑바닥에서 연신 '가가각' 하는 소리가 들렸다.

"젠장! 왜 사금 밭 근처에 안 대고… 이런 금 바위 틈에 배를 쑤셔 박아놔 가지고… 사람 애를 먹이나 그래."

그는 투덜거리며 겨우 배를 평평한 금 바위 위에 올려놓았다.

"휴―!"

긴 한숨을 쉰 그는 허리에서 도끼를 꺼내 들었다. 주위는 온통 황금빛인데 그가 들고 있는 도끼만이 저문 해의 영향으로 붉게 물들어 있었다.

"퉤!"

양손에 침을 뱉은 방윤재는 도끼를 머리 위로 들어 올렸다가 힘껏 내리쳤다.

꽈직!

배 한 귀퉁이가 단숨에 산산조각나며 바위 위에 흩어졌다. 음식을 만들기 위해 불을 피워야 하는데 사방에 널린 것은 금덩이뿐이니 천상 타고 온 배 중 하나를 부숴야 했다.

재차 도끼질을 해서 잘게 부순 방윤재는 나무를 차곡차곡 품에 안았다. 금덩이가 든 허리의 큰 주머니가 자꾸 걸리적거렸지만 나무를 버릴지언정 주머니를 버릴 수는 없었다. 오히려 더 큰 주머니가 없어 아쉬울 지경이었다.

이렇게 금을 모은 사람은 그뿐만이 아니었다. 그와 같이 온 정무문 무사 대부분이 자기 몸무게보다 더 많은 금을 주운 상태였다.

그들을 통솔하고 있는 화린십장(火麟什長) 종대국(宗垈國)부터 솔선수범(?)을 하는데 부하들이라고 금 줍기를 마다할 리 없었다.

툭!

막 돌아서려던 그는 무언가 떨어지는 것을 느끼고 발치를 보았다. 허리에 매고 있던 주머니가 금 무게에 못 이겨 떨어진 것이다.

"젠장, 귀찮게 하는군."

그는 나무를 내려놓고 금이 든 주머니를 허리에 꼼꼼하게 묶었다.

"야! 뭐 하고 있어! 나무 빨리 가져와!"

바위 뒤편에서 종대국의 목소리가 들렸다.

"지금 갑니다! 지미랄, 왜 나만 못살게 굴고 지랄이야."

낮게 투덜거린 그는 나무를 다시 품에 안았다. 그런 그의 시선이 다시 바닥에 고정되었다. 꼭 품에 넣고 다니라며 안겨준 부적이 떨어진 것이다. 잠시 망설이던 방윤재는 '부적 따위가 무슨 소용이람' 하며 돌아섰다.

그가 몸을 돌려 한걸음을 내디딜 때였다. 긴 그림자가 그의 발 밑에 놓여졌다. 처음엔 자신의 그림자라고 생각했는데 아니었다. 정체를 알 수 없는 그림자는 그가 움직이지 않는 데도 점점 길어지고 있었다.

얼음이 등줄기를 타고 내려가는 듯한 느낌이 전해졌다. 그는 천천히 뒤로 돌아섰다.

크르르—!

형태보다 소리가 먼저 귀를 파고들었다. 그리고 눈앞에 나타난 것은…….

"우린 야영을 할 테니 가려면 자네들이나 가게."

도현 진인은 소소자에게 말한 후 뒤에 우두커니 서 있는 부하들에게 명령했다.

"어서 짐을 풀고 적당히 묵을 곳을 찾아라! 어서!!"

그 명령이 떨어지자마자 대기를 가르는 비명이 들려왔다.

"으아아악—!"

먼 곳에서 들렸지만 귓가에 대고 지르는 소리만큼 똑똑히 들렸다. 사람들의 시선이 일제히 비명이 들린 우측으로 향했다. 비명의 진원지는 짙은 안개와 스멀스멀 밀려드는 어둠에 가려 있었다.

"드디어 시작인가?"

주적자는 중얼거리며 자리에서 일어섰다. 희미하게 비추던 그림자가 자취를 감추었다. 어둠은 그렇게 갑작스럽게 찾아왔다. 그토록 눈부신 태양조차 미약한 밝음밖에 주지 못했는데 하물며 이제 뜨기 시작한 달빛이 저 짙은 안개를 뚫을 수는 없었다.

어둠이 뒤덮인 세상은 사람들에게 묘한 불안감을 건네주었다. 비록 어둠 속에서 사물을 뚜렷이 볼 수 있다 하더라도 그 압박감만은 어쩔 수 없었다.

비명이 던져 놓은 고요는 그래서 더욱 깊었다.

"꿀꺽!"

누군가에게서 난 침 넘어가는 소리까지 고스란히 들렸다.

"가봐야 되지 않겠냐?"

소소자가 길지 않았지만 깊은 침묵을 깨고 주적자에게 말했다.

"갈 필요 없다. 어차피 이곳이라고 피해 오지는 않을 테니까."

증거없는 그의 말에 반박하는 사람은 없었다. 모두들 본능적으로 그것을 느끼고 있으리라.

"우아악!"

두 번째 비명이 같은 자리에서 들려왔다. 그리고 뒤이어 '피해!', '어서 산 위로 올라가라!' 같은 외침이 희미하게 들려왔다.

심장을 토해내는 듯한 소리가 난 것은 우측만이 아니었다. 그들의 왼쪽에서도 곧 비명과 함께 고함 소리가 울려 퍼졌다. 섬 곳곳에서 동시 다발적으로 무언가 사람들을 공격하고 있는 것이 틀림없었다.

"물가에 있는 사람들은 빨리 이쪽으로 오는 것이 좋을 거요."

주적자의 말에 흠칫 놀란 사람들은 영문도 모르고 산 쪽으로 걸음을 옮겼다.

"왜?"

"아까 들린 소리로 보아 사람들을 공격하는 것은 섬 가에서 나타나는 것 같다."

그의 예상이 맞았다는 것을 증명하는 데는 그리 오랜 시간이 필요치 않았다.

"허억! 저, 저건……!"

불안한 눈길로 연신 뒤를 돌아보며 주적자 쪽으로 오던 무사 하나가 두려움에 찬 음성을 토해냈다. 모든 사람들의 시선이 무사의 눈길이 머문 수면으로 돌아갔다.

그곳!

물속에서 머리 하나가 솟아나고 있었다. 눈은 마치 머리 꼭대기에 붙어 있는 듯 자리해 있었고, 날카로운 이빨을 드러낸 주둥이는 두 자나 툭 튀어나와 보기조차 역겨웠다. 서서히 모습을 드러내는 괴물의 목은 뱀의 그것처럼 마디가 나뉘어 앞뒤로 끄덕끄덕 움직였다.

"저파룡(猪婆龍)!"

나인현이 괴물의 정체를 토해냈다.

"저파룡이라면 악어를 말하는 것이 아니오?"

소소자의 말처럼 괴물의 모습은 악어와 흡사했다. 하지만 차츰 몸 전체를 드러내자 보통 악어와는 뚜렷하게 알아볼 수 있을 정도로 차이가 났다. 일단 나타난 저파룡의 팔은 사람만큼이나 길었고, 손톱 또한 두 자 가까이 되었다.

거기에 결정적으로 다른 것은 이족보행(二足步行)이라는 것이다. 물을 철퍽거리며 밖으로 나온 저파룡은 분명 두 다리로 걷고 있었다.

"저건 보통 저파룡이 아니에요. 일명 타(鼉)라고 하는데 정괴의 한 종류죠. 보통 양자강(揚子江) 근처에서만 출몰하는데 이곳에 나타난 것을 보면 무슨 이유가 있겠죠."

"젠장, 저것도 혹시 용두장에 나타났던 태세처럼 변이된 정괴가 아닐까?"

그들이 얘기하고 있는 사이 저파룡의 수는 점점 불어나고 있었다.

그르르— 그르르—

이상한 소리를 내며 물 밖으로 나오는 저파룡의 수는 어림잡아 쉰 마리는 넘어 보였다.

스릉—!

뒤늦게 정신을 차린 혁련제가 황급히 검을 빼 들었다. 앞다투어 무기를 드는 사람들의 얼굴에는 곤혹스러워하는 표정이 역력했다. 정괴를 상대로 싸움을 해본 적이 없으니 당황스러울 수밖에 없었다.

사람들은 저파룡이 다가오는 거리만큼이나 물러서기에 바빴다.

"억!"

주춤주춤 물러서던 무사 중 하나가 모래 사이에 튀어나온 돌부리에 걸려 넘어졌다. 무공을 익힌 자가 그런 식으로 넘어진 것을 보면 어지간히 긴장을 한 모양이다. 무사가 땅에 떨어진 검을 황급히 줍고 일어서려 할 때였다. 이제껏 느릿하게 다가오던 저파룡 중 한 마리가 갑자기 무사를 향해 몸을 날렸다.

크워엉!

마치 맹수의 그것 같은 소리를 지르며 덮쳐 오는 저파룡의 속도는 일류 고수의 몸짓만큼이나 빨랐다. 미처 자세를 잡지 못한 무사는 검을 휘두르는 것은 고사하고 비명조차 지르지 못했다.

갑작스런 사태에 모두들 몸만 움찔하는 상황에서 저파룡의 거대한 몸이 무사를 덮쳤다. 그런데 갑자기 저파룡이 다가올 때만큼이나 빠른 속도로 물러섰다.

마치 뜨거운 불길을 대하듯 저파룡은 무사의 주변만 배회할 뿐 감히 다가서지 못했다. 그것은 다른 저파룡들도 마찬가지였다.

"혹시……."

기선진이 품에서 부적을 꺼내며 말을 이었다.

"이 부적 때문이 아닐까요?"

도현 진인이 그녀의 말에 고개를 끄덕였다.

"그럴 가능성이 높군. 역시 정 진인이 써준 부적 덕분에……."

"아악!"

도현 진인의 말은 목젖까지 토해내는 듯한 비명에 묻혀 버렸다. 황급히 시선을 돌린 그들의 눈이 족히 두 배는 커졌다.

"아니, 왜……?"

저파룡 중 하나가 무사의 목에 그 긴 이빨을 박아 넣고 있었다. 기선진이 믿을 수 없다는 표정으로 말했다.

"저 저파룡은 부적을 두려워하지 않는 거지?"

주적자는 천천히 앞으로 나가며 말했다.

"그렇게 만들어졌을 테니까."

확실히 그럴 것이다. 주적자는 무사의 목을 물어뜯은 저파룡이 나타날 때부터 저놈은 다르다는 것을 알았다. 크기도, 생김새도 모두 같았지만 저 저파룡의 콧등에는 희미하게 알 수 없는 글자가 새겨져 있었다.

콧등에 글자가 새겨진 저파룡은 한 마리만이 아니었다. 거의 백 마리로 불어난 저파룡 중 열세 마리가 콧등에 글자를 달고 있었다.

소소자가 그의 곁에 따라붙으며 말했다.

"그렇군, 그래. 사람들을 물러나게 하려면 직접적으로 위협을 가하는 놈도 있어야겠지."

소소자는 뒤쪽의 산을 힐끔 보며 말을 이었다.

"저 방향으로 몰이를 하려는 것 같은데?"

주적자는 대답 대신 고개를 끄덕였다. 결국 그들이 가야 할 곳이 정해진 것이다. 일단 눈앞의 저파룡들을 처치한 다음에…….

크아앙—!

콧등에 글자를 단 저파룡 한 마리가 주적자를 향해 덮쳐 왔다. 주적자는 모래에 뚜렷한 발자국을 남기고 앞으로 짓쳐들었다.

서걱!

그의 발자국 소리만큼이나 낮은 마찰음이 들린 후, 저파룡의 목에서 핏줄기가 치솟았다. 주적자는 내쳐 저파룡이 모여 있는 한복판으로 몸을 날렸다. 저파룡들이 털 뽑힌 닭에게 달려들듯 주적자에게 덮쳐들었다.

그는 팽이처럼 몸을 회전시켜 일거에 네 마리의 목을 날려 버렸다. 녀석들의 죽음은 확인할 필요도 없었다. 발 밑에 떨어지는 머리를 차고 날아오른 주적자는 후류퇴로 한 마리의 저파룡 머리를 박살 낸 후 동시에 세 마리의 정수리를 반으로 갈라놓았다.

한때 찬란한 황금빛으로 반짝이던 모래사장은 순식간에 검붉은 색으로 변해 버렸다. 피가 튀고 괴물의 비명과 인간의 고함, 날카로운 쇳소리가 주위를 지배했다. 이리저리 몸을 날리는 사이 주적자의 온몸은 피로 범벅이 되었다.

얼마나 검무를 추었을까? 주적자는 어느새 서 있는 저파룡이 없는 것을 깨닫고 움직이는 것을 멈추었다. 저파룡의 토막난 시체 때문에 발디딜 틈조차 없었다.

주위를 둘러보던 주적자는 자신을 보고 있는 사람들의 경악 어린 시선을 느꼈다. 그 시선들은 그와 눈길이 마주칠 때마다 황급히 다른 곳으로 비껴나고는 했다.

감출 수 없는 두려움!

주적자는 그들이 느끼는 기분을 고스란히 가슴에 안았다. 사람들이 그를 두려워한다고 좋아할 것도, 슬퍼할 이유도 없었다. 어차피 지금의 그는 인간의 틈 속에서 부대껴 살기에는 이질적인 존재니까.

"역시 싸우지 말아야 할 상대였어. 내가 고작 두 마리를 해치우는 동안……."

부지불식간에 흘린 것이 분명한 혁련제의 목소리를 들으며 주적자는 동정호의 물속으로 걸음을 옮겼다. 물은 저파룡의 피로 붉게 물들어 있었다. 피가 아직 번지지 않은 곳에 다다른 주적자는 몸에 묻은 이물질을 씻은 후 밖으로 나왔다.

너덜너덜 조각난 저파룡의 시체 외에 재수없이 죽음에 발을 담근 사람은 네 명이었다.

"가자."

그는 옷에 피 묻은 침을 닦는 소소자에게 말한 후 산 위로 걸음을 옮겼다. 주적자 일행이 앞장 서자 잠시 머뭇거리던 사람들이 하나둘 뒤를 따랐다. 그들은 어둠이 짙게 깔린 숲 속으로 천천히 스며들었다.

완만하던 산은 중간쯤 다다르자 갑자기 가파른 경사를 이루었다. 기어 올라가야 할 정도였다. 금빛을 뿌리는 바위와 나무를 지나는 사람들의 눈에 탐욕은 찾아볼 수 없었다.

그것들이 진짜 나무와 바위라는 것을 인지해서라기보다는 저파룡에 대한 충격과 사방에 널린 황금색 때문에 감각이 무뎌진 탓이리라.

육십 명에 달하는 사람들은 하나의 긴 줄을 만들며 천천히 산 정상으로 향했다. 발자국을 떼는 것조차 조심스러워 기척은 거의 들리지 않았다.

이 장 정도의 절벽을 기어 넘어가던 주적자는 움직이던 것을 멈추었다. 그가 손을 짚었던 절벽 위에 두 구의 시체가 놓여 있었다. 흔적으로 보아 저파룡에게 죽은 것이 아니라 앞쪽에 놓인 사 장 높이의 절벽을 오르다 떨어진 것 같았다.

주적자는 폭이 일곱 자 정도 되는 절벽과 절벽 사이의 공간에 서서 주위를 둘러보았다. 금색의 절벽과 금색의 나무, 흙, 바람 한 점 없는 공기까지 금색으로 물든 듯했다.

손을 담그면 검은색이 묻어날 것 같은 동정호를 보던 주적자는 이내 가던 길을 재촉했다. 그에게 절벽을 오르는 일은 그리 어렵지 않았다. 경공으로 단숨에 올라갈 수도 있지만 사람들과 보조를 맞추기 위해 느린 걸음으로 옮기고 있을 뿐이었다. 하지만 주적자에게는 쉬울지 몰라도 빛 한 점 없는 어둠 속에서 절벽을 오른다는 것은 평범한 무사로서는 결코 쉬운 일이 아니었다.

설사 구대문파의 이대 제자 이상 된다고 해도 그것은 마찬가지였다. 압박하는 두려움을 어깨에 짊어지고 있는 상태에서는 더욱 그랬다.

"아악!"

뒤쪽에서 긴 비명이 들렸다. 저파룡 따위의 습격을 받은 것이 아니라 절벽을 오르다 떨어졌다는 것을 쉽게 알 수 있었다. 주적자는 그저 뒤를 힐끔 돌아봤을 뿐 가는 길을 늦추지 않았다.

바위투성이 지대를 통과하자 비로소 숲이 나왔다. 검은색에 가까운 금빛으로 물든 숲은 화려하게 보여야 함이 마땅한데도 이상한 음침함을 풍기고 있었다. 피부에 닿는 공기의 감촉조차 꿀처럼 끈끈하게 느껴졌다.

"안 돼! 크으악—!"

멀리서 간간이 처절한 비명 소리가 들렸다. 하지만 누구도 다른 곳에서 들리는 비명에 놀라지 않았다.

"목표는 정하고 가는 것인가?"

어느새 바짝 따라붙은 상통걸이 주적자에게 물었다. 주적자는 섬의 가장 중앙에 위치한 탑처럼 생긴 곳을 보며 말했다.

"사방에서 동시에 공격이 들어온 것을 보면 사람들을 어느 곳으로 몰아넣으려는지는 자명하죠."

상통걸은 산 위를 한참 동안 쳐다보다 입을 열었다.

"자네가 의심하는 것은 희미하게 보이는 저곳인가?"

주적자는 그저 고개를 끄덕이는 것으로 대답을 대신하고 걸음을 빨리 했다. 급해지는 마음을 억누르기가 힘들었다. 주적자가 서두르자 소소자가 황급히 그의 곁으로 따라붙었다.

"사람들과 보조를 맞춰야지."

주적자는 뒤쪽을 돌아보고 말했다.

"여기까지 왔으니 굳이 내가 저들과 몰려서 갈 필요는 없겠지. 먼저 가서 살피고 있을 테니까 넌 저들과 만약의 사태에 대비해라."

"하지만……."

소소자의 다음 말이 이어지기 전에 주적자는 땅을 박찼다. 나무를 차고 몸을 쭉 빼는 그와 사람들의 거리는 단숨에 멀어졌다.

"조심해라!"

소소자의 목소리가 희미하게 들렸다.

주적자는 나무의 꼭대기를 차고 달리며 주위 살피기를 게을리 하지 않았다. 끈적한 공기가 그의 피부에 부딪쳤다 뒤로 후다닥 달아나기를 반복했다.

어둠에 잠긴 섬은 깊은 고요를 품고 있었다. 그의 날카로운 눈에 걸리는 것이라고는 여전히 금색의 풍경뿐이었다.

섬 꼭대기의 탑은 빠르게 가까워졌다. 탑이 가까워질수록 주적자는 피부가 따끔거리며 얼굴이 화끈 달아오르는 것을 느꼈다. 흔히 직감이라고 말하는 그 느낌에 주적자는 아무런 의심도 품지 않았다.

'흡혈야황이 저곳에 있어!'

주적자는 단숨에 칠 장을 격하고 탑 앞에 다다랐다. 탑은 멀리서 보는 것보다 훨씬 컸다. 높이는 거의 백여 장에 이르렀고, 둘레도 족히 삼십여 장은 되어 보였다. 주적자는 탑의 둘레를 천천히 돌았다. 그가 처음 도착한 듯 사람의 흔적은 보이지 않았다.

황금빛을 뿌리는 탑에는 간간이 구멍이 뚫려 있었다. 어떤 것은 일 장이나 되고, 또 어떤 것은 기어서나 겨우 들어갈 수 있을 정도로 작았 다. 한 바퀴를 다 돌 동안 그런 구멍을 스물네 개나 발견할 수 있었다.

모두 지면에 닿아 있는 것이 아니어서 매우 무질서하게 보였다. 구 멍에 인공이 가미된 흔적은 전혀 없었다.

완전한 천연 탑이 이런 모양을 가지고 있다는 것이 조금은 놀라웠 다. 주적자는 처음 도착했던 그 자리에 돌아와 높은 탑을 한번 올려다 보고 안으로 들어갔다.

탑 안의 어둠은 밖의 그것과 비교할 수 없을 정도로 짙었다. 그는 영 향을 받지 않는다 하더라도 보통 무림인이라면 시야가 삼 장 이상 미 치지 못할 것이다. 어둠 안에서 몸을 채 한 바퀴 돌리기 전에 주적자는 밖과 확연히 다른 것을 알 수 있었다.

그것은 탑 안이 황색이라는 것이었다. 빛을 내는 금의 그 황색이 아 닌 흙 그대로의 색깔, 탑 안은 술법이 미치지 않는 곳인지도 모른다. 그리고 시각의 변화에 이어 촉각도 민감한 반응을 보였다.

차가움, 마치 날카로운 칼날을 대하는 듯한 한기가 피부에 와 닿았 다. 지하로 들어온 것도 아닌데 이런 급격한 기온의 변화는 분명 정상 이 아니었다. 주적자는 위를 올려다보았다. 천장과의 거리는 대략 이 장 정도. 탑의 높이에 비하면 턱없이 부족한 거리였기 때문에 더 위에 분명 무언가가 있을 것이다.

벽은 화강암이 섞인 듯 딱딱하고 차가웠다. 채로 친 듯한 고운 흙이 깔린 바닥에는 크고 작은 구멍이 스무 개가 넘게 뚫려 있었다. 흙에는 습기가 전혀 없는 듯 추운 곳에서도 딱딱하게 얼지 않은 상태였다.

탑 위로 올라가는 길이 있나 하고 걸음을 옮기던 주적자는 갑자기 왼발이 쑥 꺼지는 느낌을 받았다.

황급히 오른쪽 다리에 힘을 주어 뒤로 물러선 주적자는 아래쪽을 보았다.

터덩! 텅!

그가 디딘 자리에 생긴 세 자 넓이의 구멍에서 흙덩이 떨어지는 소리가 길게 울렸다. 바닥에 뚫린 많은 구멍이 어떻게 생겨났는지 알 수 있었다. 주적자는 한쪽 무릎을 꿇고 뚫린 구멍을 보았다. 짙은 어둠을 격하고 오 장 깊이의 바닥이 보였다.

고개를 넣어 살핀 그곳은 그가 있는 곳보다 더 컸고, 더 어두웠으며, 더 추웠다. 그리고 이십여 명의 사람들이 벽에 바짝 붙어 오돌오돌 떨고 있었다. 한기와 두려움이 섞인 몸짓이었다.

주적자는 일어서서 벽을 따라 조심스럽게 걸었다. 한눈에 올라가는 통로를 발견할 수 없었지만 벽이나 천장 어느 곳에 비밀 통로가 있을지도 몰랐다. 손가락 끝으로 벽을 더듬어 탑 안을 한 바퀴 돈 주적자는 원래 들어왔던 곳에서 걸음을 멈췄다.

이 안으로 들어오는 입구만 스물네 개가 있을 뿐 위로 올라가는 길은 보이지 않았다. 주적자는 다시 바깥으로 나갔다.

하늘을 덮은 안개 사이로 달도 없는데 별 빛 한 점이 희미한 빛을 뿌리고 있었다.

—쭈— 쭈—

어느새 고개를 내민 화백이 불안한 얼굴로 주적자의 옷깃을 잡아당겼다.

"괜찮아."

그는 화백의 머리를 쓰다듬고 탑에서 사 장 정도 떨어져 위를 올려다보았다. 화백도 불안과 호기심이 섞인 시선으로 주적자와 같은 곳에 눈길을 두었다.

누에가 토한 실같이 부드러운 안개를 온몸에 두른 탑은 겉의 껍질 외에 아무것도 보여주지 않았다. 작은 틈조차 없는 탑은 마치 철갑을 두른 거인처럼 자리해 있었다.

'위가 아닌 아래로 내려가는 것이 아닐까?'

주적자가 막 안으로 들어가려 할 때였다. 인기척이 빠르게 가까워지더니 일단의 사람들이 숲에서 뛰쳐나왔다. 소소자 일행이 아닌 다른 쪽에서 온 사람들이었다. 붉은 얼굴에 거친 숨을 쉬고 있는 것으로 보아 어지간히 급하게 온 모양이다.

고슴도치 털 같은 수염을 텁수룩하게 기른 사내가 맨 먼저 모습을 나타내더니 이내 탑 주변의 공터에 서른 명이 들어섰다. 주적자를 발견한 그들의 걸음이 동시에 멎었다.

"주적자!"

누군가의 입에서 그의 이름이 튀어나왔다. 그들의 기척이 가라앉기도 전에 다시 또 낯선 얼굴들이 우루루 나타났다. 검은 복장의 가슴에 무(無)라고 써진 것을 보니 정무문의 무사들 같았다.

뒤이어 나타난 사람들은 그를 쫓아온 소소자 일행이었다. 불과 백 평 남짓한 탑 주변의 공터는 금세 사람들로 빽빽하게 들어찼다. 어림잡아 백오십 명 가까이 되어 보였다.

소소자는 급한 걸음으로 주적자에게 오더니 말했다.

"정말 많이도 모였군."

뒤이어 따라온 사도철광이 소소자의 말을 거들었다.

"이 인원뿐 아니라 더 많은 사람들이 몰려올 것 같은데."

사도철광의 얘기를 증명하듯 급하게 땅을 박차는 소리가 사방에서 들려왔다.

크아아앙—!

밤 공기를 찢는 포효는 그 소리 자체로 듣는 사람의 심장을 도려낼 것만 같았다. 탑 주위에 모인 무사들 얼굴에 숨길 수 없는 두려움이 떠올랐다. 그들은 서로의 눈치를 보며 어쩔 줄 몰라 했다. 그러다 맨 뒤쪽의 어떤 이가 소리쳤다.

"빨리 탑 안으로 들어갑시다! 괴물들이 곧 쫓아올 거란 말이오!"

그 말을 기다렸다는 듯 사람들은 앞 다투어 탑 안으로 몸을 날렸다. 스물네 군데의 구멍은 백 명이 넘는 사람들을 단숨에 삼켜 버렸다. 남아 있는 사람들은 주적자와 함께 온 구파 장문인 일행뿐이었다. 구파의 이대 제자들 또한 빨리 탑 안으로 들어가고 싶은 기색이 역력했지만 명령이 떨어지지 않았기 때문에 움직이지 못하고 눈치만 살폈다.

"으악!"

탑 안에서 비명이 들렸다. 깜짝 놀란 소소자가 구멍으로 다가가며 주적자에게 물었다.

"뭐냐? 넌 들어가 봤겠지?"

"별것 아니다. 바닥이 부실해서 발을 잘못 디디면 아래로 떨어지는 것뿐이야. 죽지는 않을 것이다."

주적자는 말을 하고 '어쩌면 죽을 수도 있겠군'이라고 생각했다.

"어쨌든 우리도 들어가야 하지 않겠나?"

사도철광은 숲 너머의 검은 어둠을 보며 말을 이었다.

"그 괴물들과 여기서 기진맥진 싸우지 않으려면 말일세."

주적자는 고개를 끄덕였다. 괴물들과 싸우는 것은 두렵지도, 어렵지도 않았다. 다만 쓸데없는 싸움에 낭비할 시간이 없을 뿐이다. 황금도에서 흡혈야황이 있을 만한 곳은 눈앞에 있는 이 탑뿐이었다.

주적자가 먼저 걸음을 옮기자 오십여 명이 뒤를 따랐다. 탑 안으로 들어가자 불과 스물두 명만이 탑 벽에 등을 기대고 바닥에 뚫린 구멍을 쳐다보고 있었다. 처음 들어왔을 때보다 훨씬 많은 구멍이 뚫린 것으로 보아 여기 있는 사람들 외에는 모두 아래로 떨어진 모양이다.

"위에 누구 없어요!"

아래쪽에서 지른 소리는 수많은 분신을 만들며 길게 울렸다.

"아무것도 안 보여요! 살려주세요!"

지금 그 소리는 더 아래쪽에서 들린 것 같았는데 주적자처럼 청각이 초인적인 사람이나 들을 수 있을 정도로 가늘었다. 아마도 탑의 지하는 층층이 이루어진 모양이다. 계속해서 비명 같은 외침이 들렸지만 주적자가 그들에게 해줄 수 있는 것은 아무것도 없었다. 그 또한 그들 속으로 들어갈 것이기에……

무방비 지하

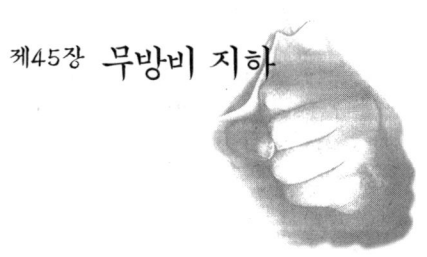

제45장 무방비 지하

　탑 주위의 공지에 발을 들여놓은 왕청일은 황급히 탑을 지나쳐 반대 편 숲 쪽으로 갔다. 어떻게든 황금도를 빠져나가 배에 올라야 했다. 그 래야 송마강이 진천뢰를 터뜨릴 테니까.

　탑 주위의 공지를 가로질러 반대 편 숲 경계에 다다른 왕청일은 걸 음을 멈췄다. 짙은 어둠 속에서 그만큼 검은 빛을 띤 괴물들이 희미하 게 보였기 때문이다.

　녀석들은 서두르지도 않고 어슬렁어슬렁 산을 오르고 있었다.

　"젠장!"

　그는 욕설을 뱉고 다른 쪽으로 달렸다. 하지만 그곳에서도 괴물은 올라오고 있었다. 또 다른 쪽도 괴물의 발길에서 자유롭지 못했다.

　가슴에 천 근 바위가 얹어진 것처럼 답답했다. 원래의 계획대로라면 지금쯤 황금도를 빠져나가 배에 타고 있어야 했다. 그런데 괴물들이 그런 기회를 주지 않았다. 그렇다고 무작정 뚫고 내려가기에는 부적에 아랑곳하지 않는 녀석들이 너무 강했다.

그는 억지로 떠밀려온 탑 곁에서 어둠 덮인 산 아래를 보았다. 어둠은 그 이름 값을 하려는 듯 그에게 아무것도 보여주지 않았다. 그의 마음은 바람 한 점 없는 눅눅한 밤만큼이나 무거워졌다.

'내가 빠져나가지 않았는데 진천뢰를 터뜨리지는 않겠지.'

하지만 그 생각이 안도를 주지는 못했다. 그가 이곳에 갇혀 버리면 결국 황금도에서의 계획은 물거품이 되고 마는 것이다.

"어떡한다?"

걱정스런 중얼거림을 뱉는 그의 눈에 유난히 큰 검은 그림자가 보였다. 그들을 쫓아온 괴물이 아니라 다른 곳에서 나타난 녀석들이었다. 왕청일은 탑으로 시선을 돌렸다. 지금으로써는 괴물들과 싸우든 탑 안에서 다른 길을 찾든 둘 중 하나를 택해야 했다.

결정을 내리는 데는 오랜 시간이 필요치 않았다. 어차피 이득도 없는 괴물들과의 싸움은 되도록 늦추는 것이 좋았다. 왕청일은 탑을 등지고 빙 둘러서 있는 수하들에게 소리쳤다.

"탑 안으로 들어가라!"

주적자의 예상대로 지하는 일층만이 아니었다. 탑 안의 지상과 마찬가지로 지하도 발을 디디면 아래로 빠지도록 만들어져 있었다. 인공을 가미하지 않았는데 이런 상태가 될 수 있다는 것이 놀라울 따름이었다.

주적자와 같이 왔던 일행이나 나중에 들어왔던 사람들도 발을 잘못 딛는 바람에 아래로 떨어지기 일쑤였다. 덕분에 그와 같이 있는 사람은 원래 있던 스무 명을 포함해서 서른다섯이 채 되지 않았다. 아래로 떨어진 사람 중에는 도현 진인과 현현 신니도 섞여 있었다.

"지랄맞게 춥군."

소소자는 손으로 양팔을 문지르며 물었다.

"어떻게 할까?"

이곳에 별다른 것이 없으니 선택은 한 가지뿐이었다.

"아래로 더 내려가 봐야지."

주적자는 가장 가까운 세 자 넓이의 구멍 속으로 몸을 집어넣었다. 바로 밑층까지의 거리는 대략 이 장 정도 되었다. 그야 어둠이 시야를 가리지 않기 때문에 별 위험은 없었지만 그렇지 않은 사람들에게는 위험한 높이였다.

그것을 증명하듯 그가 내려선 바로 옆 자리에 목이 부러진 시체 한 구가 놓여 있었다. 떨어지면서 미처 중심을 잡지 못하고 머리부터 떨어진 모양이다.

주적자는 벽으로 붙으며 빠르게 주위를 살폈다. 열두 명이 벽에 등을 밀착시키고 초조한 표정으로 서 있었다. 정천맹과 정무문 무사들이 섞여 있었는데 그들로서는 이 짙은 어둠 속에서 눈앞의 손가락조차 보기 힘들 것이다.

그가 떨어진 자리에 소소자와 나인현을 업은 사도철광이 연이어 뛰어내렸다. 사도철광에게 업힌 그녀의 입술은 추위 때문에 파랗게 멍든 것처럼 보였다. 연신 양팔로 자신의 몸을 문지르고 있었지만 한기를 쫓기에는 턱없이 부족한 몸짓이었다.

다른 구멍으로 뛰어내리던 무사 하나가 갑자기 땅이 꺼지는 바람에 바닥 아래로 추락했다. 이곳은 마치 짐승을 잡기 위해 구덩이를 파놓은 사냥꾼의 터전 같았다. 여기 모인 사람들은 사냥감일 테고······.

그렇게 네 명이 바닥 아래의 어둠 속으로 사라졌다. 주적자는 위에 있던 사람들이 모두 내려온 것을 확인하고 다시 구멍 안으로 고개를 집어넣었다.

"이대로 계속 내려갈 생각인가?"

상통걸이 제법 진지한 얼굴로 물었다. 그 대신 소소자가 나섰다.

"거지 영감한테 다른 좋은 수가 있소?"

"물론… 없지. 하지만 이렇게 무작정 간다면……."

상통걸은 위를 힐끔 보고 말을 이었다.

"지상과 점점 멀어질 텐데, 나중에 어떻게 하려구?"

주적자는 허리를 펴며 대답했다.

"나중 일은 나중에 생각합시다."

말을 한 주적자는 걱정스런 시선으로 나인현을 힐끔 보았다. 주적자의 시선을 느낀 그녀는 괜찮다는 듯 고개를 끄덕이고 입술을 움직였다. 웃으려고 한 것이 분명한데 그렇게 보이지가 않았다.

주적자는 고개를 짧게 끄덕이는 것으로 그녀를 위로하고 아래로 뛰어내렸다. 지금으로써는 택할 수 있는 다른 길이 없었다. 발끝이 지면에 닿음을 느끼고 무릎 관절을 부드럽게 할 때 갑자기 땅이 쑥 꺼졌다. 뚫린 구멍은 양팔을 쭉 뻗어도 닿지 않을 정도로 넓었다. 추락을 막을 방도가 없었다.

그는 아래쪽으로 시선을 옮겨 다음 충격을 대비했다. 그곳은 다른 곳보다 훨씬 높아 천장과 바닥의 거리가 거의 사 장에 가까웠다. 이미 떨어진 사람이 있는 듯 바닥에 열 개 남짓한 구멍이 뚫려 있었고, 벽에 붙어 있는 무사들도 네 명이 보였다.

주적자는 허리와 무릎을 살짝 구부려 충격에 대비했다. 그러나 이번에도 그는 땅에 내려서지 못했다.

퍼석!

땅은 위장된 함정처럼 또 꺼져 버려 그를 나락으로 내동댕이쳤다. 물을 통과하는 것처럼 조금의 탄력도 얻을 수 없었다. 드디어 귓가를 찢는 바람이 거세졌다. 지금 떨어진 거리만도 칠 장이 넘었다. 물론 이보다 네 배는 더 높은 곳에서 떨어진다 해도 다치지 않을 터였지만 소소자나 사도철광은 달랐다. 그들은 이런 어둠 속에서 그의 모습을 볼 수는 없을 것이다. 그래서 그는 위로 한껏 고개를 쳐들고 소리쳤다.

"내려오지 마!"

그의 목소리가 온전히 전달되었는지는 알 수 없었다. 이곳의 구조는 매우 이상해서 소리가 제대로 퍼지는 것 같지 않았다. 만약 정상적인 상태라면 더 깊게 떨어진 이들의 목소리가 낱낱이 들려야 했다.

한 치 앞도 보이지 않는 어둠 속에서 구원도 청하지 않고 벙어리처럼 숨죽이고 있을 리가 없기 때문이다. 여러 가지 생각을 하는 사이 지면이 빠르게 확대되었다. 이곳도 허방일 수 있지만 대비는 해야 했다.

무릎에 힘을 빼고 발끝을 곧추세웠다.

턱!

부드러운 흙의 느낌이 전해지며 짜르르한 느낌이 척추를 타고 위로 올라갔다. 그뿐 더 이상의 충격은 없었다. 주적자는 위를 올려다보았다. 그가 떨어진 구멍 저 끝에 소소자의 얼굴이 주먹만하게 보였다. 소소자가 입을 한껏 벌려 소리쳤다.

"괜찮냐?"

있는 힘을 다해 지른 소리가 분명한데 모기의 날개짓 소리보다 작게 들렸다. 주적자는 배에 힘을 잔뜩 주고 고함을 질렀다.

"이 구멍으로 내려오지 마!"

이렇게 어두운 곳이라면 소소자나 사도철광에게도 위험한 높이였다. 구멍에서 고개를 빼는 소소자의 표정으로 보아 그의 말을 알아들은 것 같았다.

주위를 둘러보는 그의 눈에 여섯 구의 시체가 걸렸다. 모두 떨어질 때 충격으로 척추가 부러졌거나 머리가 깨진 모습이었다. 시체의 수와 더 넓어진 평수 외에 위와 다른 것은 보이지 않았다.

'계속 이렇게 내려가면 뭐가 나올까?'

그의 생각 속으로 '퍼석!' 하는 소리가 파고들었다. 주적자는 소리가 난 쪽으로 시선을 돌렸다. 검은 물체 하나가 천장을 뚫고 떨어지는 것이 보였다. 눈에 힘을 주지 않아도 그와 같이 온 무당파의 이대 제자 중 하나라는 것을 알 수 있었다.

그는 비명을 지를 사이도 없이 낙하하더니 이내 주적자가 딛고 선 땅속으로 푹 꺼져 버렸다. 이어서 또 사내 한 명이 천장을 뚫고 떨어졌다. 역시 그와 동행이었고, 그 사내가 떨어진 바닥은 꺼지지 않았다. 대신…….

콰앙!

땅은 요란한 소리를 지르며 사내의 목을 분질러 버렸다. 생의 마지막에 토해야 할 비명에 의무조차 다하지 못한 사내의 주검은 그래서 더 처참했다.

또다시 천장에 구멍이 생기며 새로운 사람이 떨어졌다. 이번만은 주적자도 편한 마음으로 가만있지 못했다. 떨어진 사람이 소소자였기 때문이다.

주적자는 땅을 박차기 위해 한걸음을 내디뎠다. 그런데 갑자기 바닥이 쑥 꺼졌다. 황급히 중심을 잡으려 했지만 아래로 떨어지는 몸을 어쩔 수 없었다. 주적자는 팔을 뒤로 뻗어 딛고 있던 바닥을 잡았다.

하지만 그것마저 힘없이 주저앉아 추락을 막을 방법이 없게 만들었다. 위를 올려다보았지만 멀어지는 천장만 보일 뿐 소소자가 어떻게 되었는지 알 수 없었다. 주적자는 시선을 발 아래로 가져갔다.

빠르게 다가오는 시커먼 그것은 평평한 바닥이 아니었다. 호리병의 아랫부분처럼 비스듬한 벽이었다. 주적자는 벽을 차고 중심을 잡기 위해 발에 힘을 주었다. 그런데 쑥 꺼져 버린 벽이 그의 의도를 삼켜 버렸다.

벽 안쪽은 아래로 심하게 경사가 져 있었다. 주적자는 손가락을 곧추세워 바닥에 꽂아 넣었지만 너무 부드러운 흙은 그의 몸무게를 감당해 내지 못했다.

아래로 주루룩 밀려 내려가는 것을 느끼며 검 손잡이를 잡았다. 흙이 아무리 부드러워도 검을 꽂으면 멈출 수 있을 것이다. 하지만 그 기회조차 갑작스런 추락에 사라져 버렸다.

주적자는 암흑의 공간을 빠르게 낙하했다. 바람 찢어지는 소리가 귓불을 마구 할퀴고 지나갔다. 고개를 떨궈도 암흑뿐 바닥은 보이지 않았다. 어떻게 떨어지든 죽지는 않겠지만 이런 기분을 자주 느끼고 싶은 마음은 눈곱만큼도 없었다.

'소소자는 어떻게 됐을까?'

팔에 파란 힘줄이 돋을 정도로 힘을 주자 바위는 선심을 쓰듯 조금씩 옆으로 밀려났다. 바위 뒤쪽은 문어의 주둥이처럼 어둠을 머금은 동굴이 뚫려 있었다. 몸이 간신히 통과할 수 있을 정도로 바위를 젖힌 여신우는 긴 숨을 토한 후 안으로 들어갔다.

이 동굴은 일원이분기가 설치된 섬의 중앙으로 통하는 지름길이었다. 이 동굴을 아는 사람은 그와 묵룡뿐이었다. 묵룡의 말로는 흡혈야황조차 모른다고 했다.

동굴 안으로 십 장 정도 들어가자 한기가 밀려들었다. 세상에서 가장 강한 음기를 생성하는 위치에 있는 황금도이니 이 정도 한기가 이는 것은 당연했다. 묵룡의 말에 따르면 황금도만큼 흡혈야황의 힘을 흡수하기 좋은 곳이 없다고 했다.

생각해 보면 그는 이제껏 묵룡의 말만 믿고 움직이는 꼴이었다. 그렇다고 묵룡을 전적으로 믿는 것 또한 아니었다. 묵룡은 시간이 날 때마다 자신을 믿으라고 말하지만 그 말 자체를 그는 믿지 않았다. 묵룡이 거짓말을 하고 있다고 해도 상관없었다. 그에게는 가장 근본적인 비책이 있으니까.

동굴은 안으로 들어갈수록 복잡한 미로 같은 모양으로 변했다. 사방으로 길이 뻗은 것은 물론이고 급하게 경사를 이루거나 길이 끊어져 추락의 위험을 무릅쓰고 건너뛰어야 하는 곳도 있었다. 습기가 얼어붙어 보통의 동굴보다 훨씬 미끄럽기까지 했다.

하지만 그것들이 장애물은 될지언정 그의 발길을 막지는 못했다. 처음 이곳에 왔을 때도 그랬고 지금도 마찬가지였다. 그는 삼십여 장쯤 들어오고 나서야 품에 화섭자가 있다는 것을 생각해 냈다. 물론 불을 켜지 않아도 어둠 속을 가는 데 별 지장은 없었지만 그래도 밝은 편이 훨씬 나았다.

파란 불빛은 금세 어둠을 저만치 밀어냈다. 여신우는 거의 반 시진 만에 목적지 앞에 도착했다. 막다른 길같이 보이지만 이곳 또한 처음 들어왔던 곳처럼 바위가 가로막고 있을 뿐이었다.

그는 손바닥을 옷에 문지른 후 바위를 옆으로 밀었다. 동굴을 통과할 때도 추웠는데 바위에 손을 대자 추위는 뼛속까지 밀려드는 차가움으로 변했다.

그그긍—!

그가 지나온 동굴의 어둠보다 짙은 어둠이 문 안쪽에서 밀려나왔다. 화섭자의 불빛조차 삼킬 것 같은 어둠이었다.

"불을 끄십시오."

모습은 보이지 않고 목소리만 들렸다. 여신우는 묵룡의 말대로 화섭자의 뚜껑을 덮었다. 어둠은 단숨에 그의 몸을 휘감고 뒤로 내달렸다. 초인의 경지에 이르렀다고 자부하는 그조차 다섯 자 앞을 볼 수 없을 정도로 어둠은 깊었다.

그는 벽을 따라 목소리가 들린 쪽으로 걸음을 옮겼다. 흑룡이 있는 곳이 이백 평이 넘는 지하의 중앙이라는 것쯤은 이미 와본 경험으로 알 수 있었다.

"준비는 모두 되었소?"

그는 가까이 다가가며 물었다.

"거의."

"거의?"

완벽하지는 않다는 뜻이었다.

"걱정 마십시오. 차질은 없을 것입니다."

말을 하는 묵룡의 목소리는 평소와는 약간 달랐다. 언제나 자신감에 차 있고, 말을 하면 꼭 그렇게 될 것이라는 믿음을 줬는데 지금은 그 믿음에 금이 가 있었다.

'내가 모르고, 또한 알아서는 안 되는 무슨 일이 있었던 것일까?'

여신우는 궁금증이 입으로 나오려는 것을 애써 내리눌렀다. 그에게 말을 해줄 것 같으면 이미 했을 것이고, 아니라면 아무리 물어도 대답해 주지 않을 터였다.

"흡혈야황은?"

"무사하십니다. 의식 또한 또렷하시지요."

'의식이 또렷해? 분명 가사 상태라고 했는데?'

그는 그 의문 또한 삼켰다. 나중의 말은 묵룡이 그에게 보낸 경고가 분명했다. 여신우는 어둠을 뚫고 겨우 묵룡의 모습을 볼 수 있었다. 그리고 그 앞에 놓인 시커먼 관까지.

여신우는 관 양쪽에 자리한 사각의 얕은 구멍으로 시선을 돌렸다. 이제 잠시 후면 그와 묵룡이 저 자리로 들어가게 되어 있었다. 완전무결한 인간이 되기 위해서.

'물론 그 인간은 나 하나로 족하지. 흐흐흐……'

그는 터지려는 웃음을 참으며 묵룡에게 물었다.

"정천맹과 정무문의 떨거지들은 어느 정도까지 왔소이까?"

묵룡은 위를 힐끔 본 후 대답했다.

"가장 빠른 사람이 십층 정도에 있지 않을까 생각됩니다. 아직 살아있다면 말이죠."

"너무 많이 죽어버리는 것 아니오?"

"상관없습니다. 그 정도 높이도 견디지 못한다면 그만큼 약하다는 것을 의미하니까요. 그리고 우리가 필요로 하는 인원은 이백이면 됩니다. 더 이상도 필요없죠. 강한 인간 이백!"

여신우는 삼 장 높이의 천장을 힐끔 보고 말했다.

"십층이면 늦어도 반 시진 안에는 모두 천부천살진이 쳐진 궁귀의실(穹歸宜室)로 들어가겠구려."

"그렇겠죠."

여신우는 성의없어 보이는 대답에 인상을 찡그리며 물었다.

"왕청일에게 다른 낌새는 보이지 않소?"

"그가 설사 딴마음을 먹고 황금섬에서 무슨 짓을 하려 해도 섬 주변에 열두 마리의 교(蛟)를 풀어놓았으니 어떤 계획도 성공하지 못할 것입니다."

"흡주도경(歙州圖經)에 기록된 그 교를 말하는 것이오?"

"그렇습니다."

여신우는 '오호!' 하며 고개를 끄덕였다. 언젠가 우연히 본 흡주도경에서 교에 대해 읽은 적이 있었다.

길이는 오 장이 넘었고 비늘이나 수염, 네 다리가 없는 용과 흡사하다고 했다. 침은 비리고 끈기가 있으며 꼬리로 사람을 감아 피를 빠는 흉악한 요괴였다. 육지라면 모를까, 물속에서 그런 괴물을 당할 사람이 과연 몇이나 되겠는가?

수중에는 교가 있고 육지에는 저파룡 수백 마리가 감시를 하고 있으니 왕청일이 무슨 일을 꾸미든 그리 걱정을 하지 않아도 될 것 같았다.

여신우는 내심 가장 궁금한 것을 물었다.

"주적자는 어디쯤 와 있소이까?"

등에 느껴진 통증은 검에 찔렸을 때보다 훨씬 아팠다. 하긴 등에 부딪힌 뾰족한 돌이 잘게 부스러졌을 정도니 이 정도 아픔은 당연했다. 주적자는 일어서면서 주머니 속의 화백을 살폈다.

다행히 화백은 어지러운지 머리만 이리저리 돌릴 뿐 별반 다친 것 같지는 않았다. 그는 고개를 들어 천장을 보았다. 족히 이십 장은 될 것 같은 까마득히 높은 곳에 그가 떨어진 구멍이 보였다.

탑 안과는 다르게 긴 종유석이 머리칼처럼 내려뜨려져 있었다. 바닥도 천장만큼이나 울퉁불퉁해서 수많은 비석이 세워진 것 같았다.

그가 있는 곳은 이십 장 정도의 제법 너른 곳이었는데 길처럼 생긴 구멍은 딱 하나뿐이었다. 주적자는 돌밭을 지나쳐 지하 광장을 가로질렀다.

구멍은 높이가 불과 세 자 정도밖에 되지 않아 무릎으로 기어가야 했다. 바닥 또한 거칠기 짝이 없어서 그의 무릎 부근 옷은 금세 구멍이 뚫려 너덜너덜해졌다. 하지만 아픔은 전해지지 않았다. 이 정도에 고통을 느끼기에는 그의 신체가 너무 단단했다.

그가 지나온 흔적의 꼬리가 백 장이 넘어가도록 구멍은 끝나지 않았다. 길 또한 구불구불했기에 그 끝을 볼 수조차 없었다. 그렇게 주적자는 부지런히 팔과 무릎을 움직였다.

"주적자가 어디 있는지 모른단 말이오?"

묵룡은 대수롭지 않은 얼굴로 대꾸했다.

"그가 문제될 것이 뭐가 있습니까?"

여신우는 묵룡에게 바짝 다가가 윽박지르듯 말했다.

"주적자가 얼마나 강한지 몰라서 그런 소리를 하는 것이오? 만약 녀석이 궁귀의실이 아닌 다른 곳으로 새버린다면 어떻게 할 작정이오? 이곳으로 나 있는 네 개의 길 중 하나를 통해 주적자가 온다면 어떻게 하겠소?"

그의 말에도 묵룡은 눈가의 잔떨림조차 만들지 않았다.

"설사 그가 궁귀의실에 갇히지 않는다 하더라도 상관없습니다. 이곳으로 들어오는 네 개의 길 중 어느 하나에 들어서도 걱정할 필요 없습니다. 왜냐하면……."

묵룡의 입가에 작은 웃음이 걸렸다.

"그 네 개의 길에 들어서면 영원히 헤어나올 수 없게 될 테니까요. 어쩌면 주적자로서도 그것이 더 낫겠죠. 대부분 현실보다 꿈이 좋으니까요. 후후후……."

소소자는 땅에 내려서 몸의 중심을 잡을 사이도 없이 옆으로 뛰었다. 그가 있던 자리에 화산파의 이대 제자 한 명이 떨어져 내리더니 바닥을 뒹굴었다. 그리고 다시 그 자리에 정무문 무사가 떨어졌다.

그는 황급히 벽쪽으로 몸을 날렸다. 언제 천장에 구멍이 생기고 사람이 추락할지 모르기 때문이다.

퍼석!

흙이 부서지는 소리와 함께 목 부근의 옷깃 사이로 흙이 파고들었다.

"젠장! 사람이 우박처럼 쏟아지는구먼!"

투덜거리는 그의 바로 뒤쪽으로 정무문 무사가 떨어져 내리더니 퍽 하는 소리를 냈다. 벽에 다다라 뒤로 돌아서자 홍건한 핏물과 내장을 외출시키고 죽은 사내가 보였다. 이런 죽음을 보는 것이 벌써 스물네 번째였다.

"이곳은 마치 죽음의 함정 같군."

어느새 뛰어내렸는지 나인현을 업은 사도철광이 그의 곁에 붙으며 말했다.

"그래도 완벽한 죽음의 함정은 아닌 모양이야. 죽은 사람들 중 고수라고 불리울 사람이 없는 것을 보면."

소소자는 위쪽을 보며 말을 이었다.

"그나저나 저 도마뱀 새끼들은 어디까지 쫓아오려나?"

탑 안의 지하가 갑작스럽게 분주해진 이유는 순전히 저파룡들 때문이었다. 벽에 붙어 있던 무사들을 저파룡이 공격하니 그들로서는 뛰어내리지 않을 도리가 없었다. 메뚜기 떼 가득한 숲에 불을 지른 꼴이었다.

크어엉—!

"으악—!"

저파룡의 괴성과 그에 걸맞는 인간의 비명이 간간이 들려왔다.

"사냥꾼한테 쫓기는 노루 새끼들 같군. 또 아래로 내려가야 하나?"

소소자는 위에서 떨어진 사람들이 뚫어놓은 열 개 남짓한 구멍으로 시선을 돌렸다. 지금으로써는 별달리 선택할 길이 없었다. 뛰어내리든 위에서 떨어진 저파룡과 맞서 싸우든 둘 중 하나를 택해야 하는데 후자는 별로 마음에 들지 않았다. 그렇다고 전자가 흡족한 선택도 아니지만.

"자, 빨리 가세. 여기서 시간을 보내봐야 뾰족한 수도 없으니 말이야."

사도철광은 소소자의 대답도 기다리지 않고 가장 가까운 구멍 안으로 사라졌다. 나인현을 업고도 노인네답지 않게 팔팔한 움직임을 보이고 있었다. 소소자도 하는 수 없이 가는 한숨을 쉬고 사도철광의 뒤를 따랐다.

끝나지 않는 길이 없다는 것을 증명하듯 결국 지하의 마지막이 나왔다. 지금까지 거쳐 왔던 곳보다 훨씬 넓어서 크기가 방원 삼십 장은 되어 보였다. 지하 광장이라고 불러도 손색이 없는 그곳에는 달랑 하나의 동굴이 뚫려 있을 뿐이었다. '너희들이 갈 곳은 이미 정해져 있어'라고 말하는 것 같았다.

"정말 몰이를 당하는 것 같군."

동굴 앞에서 중얼거리는 소소자의 뒤쪽에서 낯익은 목소리가 들렸다.

"그게 싫으면 저 괴물들과 싸우는 것은 어떤가?"

돌아서자 예상대로 왕청일이 그의 일 장 앞에 서 있었다. 뿌연 먼지를 어깨에 얹은 왕청일의 얼굴은 석고로 만들어진 것처럼 딱딱했다.

"왕 문주가 솔선수범해 보이는 것이 어떻소?"

왕청일에 대한 감정이 좋을 리 없는 소소자의 목소리는 자연 삐딱하게 흘러나왔다. 그의 말에 왕청일은 위를 힐끔 보고 입을 열었다.

"별로 싸우고 싶은 상대는 아니더군."

선선히 시인을 하니 따끔하게 쏘아주고 싶은 마음도 사라졌다.

"어차피 우리에게는 저 길 외에 선택의 여지가 없는 것 같으니 서두르는 게 좋겠소이다."

앞으로 나서며 말을 하는 혁련제를 상통걸이 거들었다.

"지나치게 사나운 개가 덤비면 일단 피하는 것이 상책이지."

정천맹과 정무문이 반대한다 해도 동굴로 들어갈 생각이었으니 머뭇거릴 이유가 없었다. 소소자는 먼저 들어가려는 사도철광의 어깨를 잡아당겼다.

"사도 영감, 뒤쫓아오는 저파룡한테 너무 겁먹지 말고 내 뒤나 천천히 따라오시오."

소소자는 재빨리 사도철광을 앞질러 동굴을 더듬어갔다. 사도철광은 추위에 떨고 있는 나인현까지 업고 있으니 그가 앞장 서는 것이 당연했다.

동굴을 지나는 길은 순탄했다. 비록 어둠이 짙게 깔리고 가끔 허리를 숙여야만 통과할 수 있을 정도로 좁아지기도 했지만 가는 데 그리 불편하지는 않았다.

대략 백여 장 정도 왔을까? 어둠 저 끝에 희미한 불빛이 보였다. 늦었지만 눈은 밝은 사도철광이 뒤에서 말했다.

"저 빛은 뭐지? 혹시 밖으로 나온 것은 아닐까?"

"우리가 내려온 깊이가 족히 백오십 장은 될 텐데 밖으로 나올 리가 있겠소?"

대뜸 쏘아붙인 소소자는 걷는 속도를 빨리했다. 빛이 보이고는 있지만 주위는 아직 먹물 같은 어둠이 깔려 있기 때문에 경공을 발휘하는 것은 무리였다. 뒤쪽에 따라오는 무리에게도 빛이 보였는지 수근거림과 함께 빨라지는 발자국 소리가 들려왔다.

맨 앞에 가야 할 합당한 이유가 없음에도 소소자는 나아가는 속도에 박차를 가했다. 거의 뛰다시피 하는 바람에 천장에 이마가 부딪칠 뻔한 위기를 몇 번 넘긴 소소자는 드디어 빛이 어둠을 밀어내는 곳까지 다다랐다.

오랜만에 드리운 빛은 오히려 낯설게 느껴져 걸음을 늦추게 만들었다. 소소자는 발끝에 걸린 빛자락을 잠깐 내려다본 후 심호흡과 함께 빛무리 속으로 몸을 집어넣었다.

"아!"

안으로 들어선 소소자의 입에서 탄성이 터져 나왔다. 그가 들어선 그곳, 천 평이 넘는 지하 광장의 천장에는 수백 개의 야명주가 박혀서 휘황찬란한 빛을 뿌려대고 있었다. 야명주가 토하는 빛에 열기라도 있는 것처럼 온기까지 느껴졌다.

천장의 높이는 이십 장 정도 되었는데 가운데가 뾰족하게 들어간 원추형의 특이한 형태였다. 천장을 살피며 걸음을 옮기는 그의 뒤로 사람들이 꾸역꾸역 밀려들었다.

"야, 야명주다!"

"세상에 야명주가 실제로 존재하다니……!"

"저것 하나만 파 가도 금세 부자가 될 수 있겠군!"

뒤따라온 무사들의 입에서는 경탄과 함께 숨기지 않은 탐욕이 새어 나왔다.

"이런 곳에서조차 재물을 탐내다니. 인간의 욕망이란… 아미타불."

소소자는 무각 대사의 탄식을 들으며 지하 광장을 꼼꼼하게 살폈다. 화강암으로 형성된 듯 단단해 보이는 벽은 일부러 다듬은 것처럼 매끄럽기 그지없었다. 벽을 따라 걸으며 자세히 살펴보니 사람의 손이 닿은 흔적이 군데군데 보였다.

매끄러움에 차이가 있었고, 바닥에도 무언가 잘려 나간 흔적이 뚜렷했다.

"이상하군. 이곳만 누군가 손댄 것 같은데?"

나인현을 내려놓은 사도철광이 오른쪽에서 벽을 문지르며 중얼거렸다.

"역시 그렇죠?"

소소자는 새삼스런 눈으로 지하 광장을 살피며 말을 이었다.

"어쩌면 이곳이 그 빌어먹을 여신우가 우리를 몰아넣으려는 곳이 아닐까 하는 생각이 드는군요."

"빌어먹는 것이 꼭 나쁜 것은 아니라네."

어느새 다가온 상통걸이 토를 달았다.

"방주 영감은 좋은 직업을 가져서 퍽이나 좋겠소."

"어찌 아니 좋겠나? 그런데 이렇게 멀뚱하니 있어도 되는 것인지 모르겠군."

"그렇다고……."

소소자가 입을 열자마자 그들이 들어온 동굴에서 '크어엉ㅡ!' 하는 저파룡의 포효가 들려왔다. 소소자는 그쪽으로 고갯짓을 하며 말을 이었다.

"저곳으로 나갈 수도 없는 노릇 아니오."

저파룡의 기척에 화들짝 정신을 차린 무사들이 들어온 통로에서 멀어지며 무기를 빼 들었다. 아무리 야명주가 보물이라고는 하지만 생명만큼 값나가는 보물이 세상에 어디 있겠는가?

기선진을 비롯하여 정천맹 수뇌부들이 한곳으로 모이자 구파의 제자들은 당연히 그 근처로 운집했다. 정천맹 무사들의 수가 백오십 명가량 되었고, 왕청일을 중심으로 모여든 정무문의 무사는 그 반도 되지 않았다.

소소자 일행은 양쪽으로 나뉜 정천맹과 정무문의 중앙, 그러니까 동굴의 정면에 자리했다. 뭐 빠지게 도망 왔다고밖에 볼 수 없는 곳이 이처럼 막다른 광장이니 힘 빠지는 노릇이었다.

쿵쿵쿵쿵!

동굴을 울리는 빠른 발자국 소리는 사람들의 심장까지 그 속도로 뛰게 만들었다. 이백여 명의 눈길이 모두 지하 광장의 입구에서 떨어지지 않았다.

아니, 단 한 사람.

나인현만이 천장을 보고 있었다. 우연히 눈길을 돌리다 그녀를 본 소소자가 막 입을 열려고 할 때였다.

콰앙!

몸이 울릴 정도의 진동과 함께 폭발하는 듯한 소리가 들렸다. 소소자는 황급히 지하 광장의 입구를 보았다. 잠깐 한눈을 파는 사이 그들은 괴물의 난입을 걱정할 필요가 없는 상황으로 바뀌어 버렸다.

지하 광장으로 통하는 입구가 철문으로 막힌 것이다. 물론 이 상황을 기뻐하는 사람은 이백여 명 중 단 한 사람도 없었다.

"결국 갇혔군."

마치 예상이라도 했다는 듯이 사도철광이 말했다. 이 난국을 타개하기 위해 가장 먼저 움직인 사람은 왕청일이었다. 그는 은빛의 철문에 양손을 대고 힘껏 밀어도 보고 등에 걸린 도를 빼서 쳐보기도 했지만, 요란한 소리와 머리칼보다 깊지도 얕지도 않은 흔적밖에 만들지 못했다.

"차라리 철문 옆의 벽을 부수는 것이 쉽겠군요."

기선진의 말에 일리가 있었다. 철보다는 바위가 깨기 쉬운 것은 당연했기 때문이다. 그 임무를 위해 나선 사람은 무거운 선장을 든 무각대사였다.

그는 철문 근처에 선 사람들을 물러나게 한 다음 선장을 머리 위로 치켜든 후 힘껏 내려쳤다. 콰앙 하는 소리와 함께 문과 맞닿은 벽이 우수수 무너져 내렸다. 자잘한 돌 부스러기가 떨어지고, 뒤이어 먼지가 가라앉자 무각 대사의 일수(一手)에 대한 결과가 나왔다.

그리고 그것을 본 사람들의 얼굴에 한결같이 실망이 떠올랐다. 무각 대사가 깬 바위의 뒤편에는 또 다른 장애물이 놓여 있었다. 청포물에 담갔다 꺼낸 여인네의 머리칼처럼 검고 윤기 흐르는 그것은 철제 같기도 하고 돌 같기도 했다.

무각 대사의 선장이 다시 원을 그리며 벽을 때렸다.

터엉!

선장은 검은 벽에 부딪친 후 때릴 때보다 빠르게 튕겨져 나왔다. 반탄력에 충격을 받은 듯 무각 대사는 네 걸음이나 물러선 후 겨우 중심을 잡았다.

"이건 대체 뭐길래……."

잠시 놀란 얼굴로 검은 벽을 보고 있던 무각 대사는 다시 선장을 고쳐 쥐고 커다란 곡선을 만들었다. 하지만 터엉 하는 같은 소리만 만들어냈을 뿐 잔흠집조차 내지 못했다.

퍼억!

뒤쪽에서 들린 소리에 소소자는 고개를 돌렸다. 반대쪽 벽을 방통걸이 타구봉으로 후려친 것이다. 돌이 떨어진 곳에 드러난 것은 역시 검은 벽이었다.

"역시 그렇군."

방통걸은 예상했다는 듯 고개를 끄덕였다. 이 지하 광장의 모든 벽 뒤에는 검은색의 저 물질이 둘러져 있는 것이 틀림없었다. 몇몇 무사들이 기필코 확인을 해야 직성이 풀리겠다는 듯 여기저기의 벽을 허물었다.

소소자는 아까부터 계속 천장만 쳐다보고 있는 나인현에게 다가갔다.

"천장에 뭐가 있소?"

비로소 추위에서 벗어난 나인현은 고개를 갸웃하며 대답했다.

"뭔지는 정확히 모르겠어요. 하지만 이상한 것은 분명해요."

"뭐가 말이오?"

그녀는 무질서하게 박혀 있는 야명주를 가리켰다.

"저것들은 팔방불파진(八方不破陣)이라는 결계(結界)와 흡사하게 배치되어 있어요. 물론 똑같은 것은 아니죠."

"팔방불파진이란 것이 무엇이오?"

"괴를 가둘 때 가장 유용한 진이에요. 하지만 사람들에게는 전혀 해가 없죠."

곁에 있던 사도철광이 그들의 대화에 끼어들었다.

"완벽한 팔방불파진이 아니니 그 또한 모르는 일이 아닌가?"

나인현은 이마에 주름을 만들 뿐 적당한 대답을 내놓지 못했다. 잠시 후 그녀는 천장의 가장 위쪽, 바늘 끝처럼 뾰족한 곳을 가리키며 입을 열었다.

"저 천장의 끝을 보세요. 저것은 둥근 것 같지만 정확히 일흔두 개의 각을 이루고 있어요."

시야를 집중시키자 그녀의 말대로 일흔두 개의 각이 졌다는 것을 알 수 있었다. 어떤 면은 좁고 어떤 면은 넓어 일정하지는 않지만 개수는 정확히 일흔두 개였다.

"제 눈에는 잘 보이지 않는데 저 면마다 혹시 무슨 글 같은 것이 쓰여 있지 않나요?"

소소자 대신 사도철광이 대답했다.

"확실히 무언가 있긴 있지만 그냥 천장에 균열이 간 것 같은데? 주술문 같은 것이라면 우리가 봐도 모르는 것이고. 그런데 그건 왜 그러나?"

"저런 형태의 일흔두 각은 흔히 요괴들의 기를 빼서 무력하게 만드는데 술법사들은 저것을 악기환연령(惡氣環然領)이라고 부르지요. 요괴의 기를 자연으로 돌려놓는 역할을 하죠. 물론 저기에 술법문이 써졌다는 전제 하에서 말이에요."

소소자는 고개를 저었다.

"아마 그건 아닐 것이오."

"그렇게 확신하는 이유라도 있나?"

소소자는 양팔을 활짝 벌리며 말했다.

"사도 영감도 생각을 해보시오. 나 소저의 말대로라면 이 거대한 지하 광장을 사람이 만들었다는 얘긴데, 그것이 가능하다고 보시오?"

사도철광도 소소자의 말에 동의하는지 머리를 위아래로 움직였다.

"하긴 누가 이런 곳을 만들 수 있겠나? 다른 곳도 아니고 이런 섬에 말이야."

어쩌면 그 말속에는 그렇지 않기를 바라는 마음이 더 짙게 깔려 있는지도 모른다.

"알 수 없는 일이지요."

나인현의 중얼거림에는 어떤 불길함이 깃들어 있었다.

"뭐가 말이오?"

"그냥 자연적으로 만들어졌다고 하기에는 저 야명주들의 배치와 천장의 모양이 너무 공교롭지 않나 하는 생각이 드네요."

"뭐… 우연이겠죠."

애써 부정하는 소소자는 자신의 말에 잔소름이 돋았다. 우연과 우연이 겹치면 그것은 곧 필연이 되는 법이었다. 그런데 황금도에 오기까지의 일을 생각해 보면 이 지하 광장의 구조를 단순히 우연이라고 치부해 버릴 수도 없었다.

소소자는 천장을 올려다보았다. 야명주는 마치 태양인 양 화려한 육각형의 빛을 끊임없이 쏘아대고 있었다.

'지금 이곳으로 다가오고 있는 것이 무엇일까?'

동굴 안보다 지하 광장이 훨씬 춥게 느껴졌다.

무릎걸음으로 동굴을 기어가던 주적자의 움직임이 멎었다. 희미하게 풍겨오는 냄새 때문이었다. 지하에서 흔히 풍겨오는 냄새가 아니었다. 울금향과 사향을 섞어놓은 듯한 묘한 냄새였다.

주적자는 앞과 뒤를 살피다 다시 팔을 움직였다. 그런데 관절 부근에 거미줄을 만졌을 때보다 희미한 감촉이 느껴졌다.

치익—!

갑자기 동굴의 양쪽에서 뿌연 물이 뿜어져 나왔다. 잔뜩 수그린 자세였고, 거리도 세 치 정도밖에 떨어지지 않았기 때문에 완전히 피하기는 불가능했다.

주적자는 얼굴이 위로 향하게 몸을 뒤집으며 양팔로 얼굴 부근의 급소를 보호했다. 손바닥과 팔목에 차가운 느낌이 전해졌다. 주위의 기온이 낮은데도 불구하고 차가움은 특별하게 다가왔다.

그는 액체가 묻은 손바닥을 보았다. 꿀처럼 찰진 액체는 손목으로 흘러내리는가 싶더니 이내 흔적도 없이 사라져 버렸다. 양손을 문질러봤지만 액체가 있었던 자취는 찾아볼 수 없었다. 액체가 튀어나왔을 것 같은 자리를 봐도 여느 동굴 벽과 똑같았다.

"뭐지?"

지금 당한 일이 단순한 착각 같기도 했다. 주적자는 고개를 갸웃하고 다시 팔과 무릎을 움직였다. 이유를 알 수 없는 일에 시간을 할애할 정도로 한가하지 않았다.

하지만 주적자는 채 삼 장을 가기 전에 멈춰야 했다. 한 사람이 동굴 안에 쭈그려 앉아 있었기 때문이다. 갑자기 나타난 인물은 그냥 검은 윤곽만으로 보였다. 어둠이 장애가 되지 않는 시야를 가졌음에도 인물의 모습을 똑똑히 볼 수 없었다.

주적자는 검 손잡이를 잡으며 물었다.

"누구냐?"

잠시의 사이를 두고 괴 인물의 목소리가 들렸다.

"녀석, 아버지도 못 알아보느냐?"

말과 함께 희미한 빛이 괴 인영을 감쌌다. 그리고 드러난 얼굴은 정말 주적자의 아버지 주철승이었다. 죽었을 당시의 서른여덟 모습 그대로 주철승은 그의 앞에 자리해 있었다. 주적자는 전신이 차갑게 식는 듯한 느낌을 받았다.

"아버지……!"

주철승의 입술이 양쪽으로 벌어졌다.

"그래, 오랜만이구나."

"하지만… 아버지는 오래전에… 오래전에……."

주적자는 목에 걸려 뱉어지지 않는 호두알처럼 '죽었잖아요' 라는 말을 입 밖으로 내지 못했다.

"그동안 나 때문에 고생 많았다. 이제 그런 고생은 할 필요가 없다."

주철승은 말을 하며 일어섰다. 분명 동굴 천장이 걸려야 하는데 주철승의 몸은 쭉 펴졌다. 어느새 주위는 환한 대낮으로 바뀌어 있었고 풍경도 변했다.

주적자는 배꽃이 담을 따라 하얗게 핀 아담한 집 마당에 꿇어앉아 있었다.

"왜 그렇게 앉아 있느냐? 어서 이쪽으로 오지 않고."

주철승이 그에게 손짓을 하며 말했다. 주적자는 엉거주춤 자리에서 일어섰다. '이건 이상해. 이건 이상한 일이야' 라고 생각하면서도 눈앞의 사실에 자꾸 끌려갔다.

그것은 마치 꿈과 현실은 전혀 다르지만 꿈을 꿈이라 생각하지 않고 현실로 받아들이는 것과 흡사했다. 한순간 이건 꿈이야라고 인식을 하더라도 곧 잊혀지는 것처럼 주적자의 지금 이 순간도 그랬다. '현실이 아닌 환상이야' 라는 생각이 들었지만 그것은 의식의 저 깊은 곳에 묻혀 버렸다.

"우리 아이가 이제 돌아왔구나."

뒤에서 들린 여인의 목소리에 주적자는 고개를 돌렸다. 삼십 대 초반의 여인이 문으로 들어서고 있는 것이 보였다.

"엄마."

어머니의 얼굴조차 모르는 주적자였지만 이상하게 눈앞의 여인이 어머니라는 것을 알 수 있었다.

"그래, 우리 개구쟁이 오늘은 뭘 하고 놀았니?"

엄마가 쭈그려 앉으며 그와 눈 높이를 맞췄다. 주적자는 그제야 자신이 일곱 살의 몸으로 돌아왔다는 것을 깨달았다. 일곱 살 이후의 기억들이 단편적으로 떠올랐지만 그것은 이내 간밤에 꾼 악몽처럼 사라져 버렸다.

엄마가 그의 볼에 입을 맞춘 후 손을 잡아끌었다.

"어서 안으로 들어가자꾸나. 아침부터 뛰어놀았으니 배가 많이 고프겠구나?"

갑작스럽게 허기가 밀려왔다.

"네, 엄마. 배고파요."

주적자는 걸어가며 내밀어진 아버지의 손을 마주 잡았다. 이렇게 아버지와 엄마의 손을 잡고 걷는 모습은 언제나 상상하던 완벽한 행복한 풍경, 바로 그것이었다.

뭔가 자꾸 가슴속을 긁어댔지만, 그는 애써 그것을 무시하고 발장단을 맞추며 집 안으로 들어갔다. 청기와가 얹어진 집 안으로 들어서는 순간 꺼림칙한 기분은 흔적도 없이 사라졌다. 지난밤의 악몽은 완전히 잊혀지고 비로소 행복한 일상으로 돌아오는 순간이었다.

"기다리시던 때가 왔습니다."

묵룡은 묵관 안에 있는 흡혈야황을 향해 말했다. 잠시의 침묵이 흐른 후 흡혈야황의 중성적인 목소리가 들렸다.

"시작해라."

"네."

묵룡은 대답을 하고 묵관을 중심으로 뚫린 세 개의 커다란 구멍 오른쪽으로 다가갔다. 그곳에는 반들반들한 벽을 뚫고 금속 막대 하나가 튀어나와 있었다. 막대를 잡을 때 흡혈야황이 그를 불렀다.

"묵룡."

"말씀하십시오."

"잘못될 일은 없겠지?"

"물론입니다. 이 막대를 잡아당기면 궁귀의실에 있는 사람들의 원기가 이곳으로 전달됩니다. 그 원기는 저와 여신우의 몸을 거쳐 불순물을 제거한 후 야황님의 몸 안으로 흡수됩니다. 그러면 야황님은 인간의 피에 구애받지 않는 더욱 완벽한 신체와 힘을 가지시게 됩니다. 성스러운 괴인 사령을 거느리고 세상을 지배하실 날이 멀지 않았습니다."

이번의 침묵은 꽤 길었다. 묵룡으로서는 흡혈야황이 무슨 생각을 하는지 알 수 없었다. 가사 상태에 빠져 있어야 할 흡혈야황이 깨어 있는 것도 불안했고, 그에게 부탁을 한 것도 석연치 않았다.

분명 상황을 지배하는 자는 그였지만 바늘만큼 작은 구멍이 뚫려 그가 모르는 사실이 새어 나가는 느낌이었다. 그렇다고 지금에 와서 계획을 바꿀 수는 없었다.

'모든 것은 내 계획대로 돼가고 있어. 난 곧 영원한 생명을 지니게 될 거야. 거대한 힘과 함께 말이야.'

그는 자신을 안심시키며 묵관을 보았다. 금속 막대에서 전해지는 차가움이 시려움으로 변할 때쯤 흡혈야황의 물음이 들렸다.

"주적자는 어디 있나?"

예상외의 질문이었다. 묵룡은 지체하지 않고 대답했다.

"이곳에 온 것은 확실하지만 정확히 어디 있는지는 모르겠습니다."

"모른다……."

흡혈야황의 말끝은 길게 끌려서 어떤 여운을 남겼다.

"시작할까요?"

묵룡이 물었다. 흡혈야황의 승낙이 떨어졌다.

"시작해라."

콰앙!

무각 대사는 지치지도 않는지 쉬지 않고 선장으로 철문을 두드렸다. 이곳에 있는 사람들을 구할 사람은 자신뿐이라는 사명감을 느끼고 있는지도 모른다. 하지만 철문이 그의 노력에 화답을 해줄 것 같지는 않았다.

"젠장! 저 소리 때문에 귀만 아프군. 설사 부순다고 해도 밖에 있는 저 파룡들은 어찌 하려고 저러는지……."

소소자는 투덜거리며 나인현에게 시선을 돌렸다. 그녀는 아직도 천장을 뚫어지게 보고 있었다.

"뭐 새로운 거라도 있소?"

나인현은 목이 아픈지 고개를 돌리며 말했다.

"아뇨. 아무리 봐도 모르겠어요. 하지만 자연적으로 만들어진 게 아니라는 것만은 분명해요."

소소자는 더 이상 그녀의 말에 반박하지 않았다. 그의 바램보다는 그녀의 말이 훨씬 설득력이 있었기 때문이다.

"만약 저것이 그 팔방불파진과 악기환연령이라고 해도 괴를 상대할 때 쓰는 것이기 때문에 우리하고는 상관이 없는 것 아니겠소?"

곁에 있던 사도철광이 조심스럽게 입을 열었다.

"괴가 아닌 사람을 염두에 두고 만들었다면? 전혀 터무니 없는 생각 같지는 않은데?"

그 말에 나인현의 표정이 흠칫 굳었다.

"왜 그 생각을 못했지?"

"그게 가능하다는 말이오?"

"들어본 적은 없지만 전혀 불가능할 것 같지는 않아요. 더욱이 지금 이런 상황에서 그 외에 무엇을 생각할 수 있겠어요?"

"그럼 여신우 그 여우 꼬랑지가 우리의 정기를 모조리 빨아들여 흡수할 계획을 꾸미고 있다는 것이구려!"

사도철광이 신음처럼 말했다.

"여신우가 아니라 흡혈야황이겠지."

"젠장! 그럼 빨리 저 야명주와 천장을 부숴 버립시다!"

소소자가 침을 꺼내며 소리쳤다.

"우리가 저것들을 부술 수 있도록 허술하게 놔두지는 않았을 거예요."

"어쨌든 시도는 해봐야 하지 않겠소?"

그가 양손에 침 여덟 개를 쥘 때였다. 갑자기 주위가 쥐 죽은 듯이 고요해졌다. 무각 대사가 선장으로 철문을 부수려는 행동을 멈춘 것이다. 아무리 두드려도 열리지 않으니 포기한다고 이상할 것은 없지만, 정작 의아한 것은 무각 대사의 모습이었다.

선장을 땅에 내려뜨리고 땀을 흘리는 모습이 심하게 아픈 것 같았다. 주위에 있던 십팔나한 중 하나가 급히 다가가 물었다.

"사숙, 어인 일이십니까?"

"모르겠다. 갑자기 힘이 빠지고 어지럽구나."

느닷없이 찾아온 무각 대사의 이런 증상은 차츰 다른 사람에게도 퍼져 나갔다. 다음 희생자는 왕청일이었다. 그 또한 식은땀을 흘리며 바닥에 가부좌를 틀었다.

"문주님!"

종대국이 황급히 왕청일에게 다가갔다.

"왜 이렇게 어지러운지 모르겠다. 힘도 없고… 운기조식을 해봐야겠다."

그리고 차례로 구대문파의 장문인들이 주저앉았다. 사도철광과 소소자도 예외가 아니었다. 그 느낌은 어렸을 때 심하게 감기 몸살을 앓던 증상과 비슷했다.

소소자와 사도철광은 운기조식 따위는 생각지도 않았다. 어차피 그것과는 무관하다는 것을 잘 알고 있기 때문이다.

"빨리 저 야명주부터 없애는 것이 좋겠군."

소소자는 물먹은 솜처럼 무거워진 몸을 억지로 일으켰다. 하지만 끝내 손에 든 침을 날리지는 못했다. 힘이 한 줌도 모이지 않아 서 있기조차 힘이 들었다.

"제가 해볼게요."

이상하게 아직 팔팔한 나인현이 화살을 시위에 매겼다. 그리고 예의 그 주문을 외운 후 야명주를 향해 화살을 날렸다. 하지만 화살은 허공을 채 반도 가르지 못하고 힘없이 떨어져 버렸다.

나인현의 얼굴에 낙담하는 표정이 역력했다.

"역시… 이 안에서는 결계 때문에 술법이 펼쳐지지 않아요."

"젠장!"

욕설은 뱉은 소소자는 의아한 얼굴로 나인현에게 물었다.

"나 소저가 아직 멀쩡한 것은 술법 때문이 아니었소?"

그 물음에 사도철광이 대답했다.

"그 때문은 아닌 것 같네. 지금 쓰러진 사람들을 보게."

주위를 둘러보는 사도철광의 얼굴에는 힘들어하는 기색이 역력했다.

"이 중에서 그래도 내공이 높은 사람들이 먼저 쓰러지고 있지 않은가?"

그러고 보니 그 말이 맞았다. 소림 무공의 특성상 가장 탄탄한 내공을 가진 무각 대사가 먼저 쓰러졌고, 그 다음이 왕청일이었다. 그리고 구대문파의 장문인의 차례였으니 사도철광의 말은 틀림이 없었다.

"내공이 높은 사람일수록 영향을 빨리 받으니 나 소저가 아직 멀쩡한 것은 당연할 일이겠지. 하지만……."

사도철광은 차례차례 무력한 징후를 보이는 나머지 무사들을 보며 말을 이었다.

"나 소저도 곧 느끼게 될 거야."

소소자는 다리를 부들부들 떨며 소리쳤다.

"그럼 이대로 당하고 있을 수밖에 없단 말이오?"

나인현은 마치 자신이 죄인인 양 송구스런 표정을 감추지 못했다.

"지금으로써는 방법이 없어요."

"이런 지랄맞은!"

소소자도 더 이상 버티지 못하고 바닥에 쓰러졌다. 만근거석이 어깨를 내리누르고 저승의 악귀들이 지하에서 보이지 않는 손으로 잡아당기는 것 같았다. 비 오듯 흘리는 식은땀만이 바닥을 홍건하게 적시고 있었다.

그는 등을 바닥에 대고 반듯하게 누웠다. 원추형의 천장에 시선을 두자 봄날 들녘의 아지랑이 같은 것이 보였다. 어쩌면 착시일 수도 있는 저 아지랑이가 그들의 원기인지도 모른다.

털썩!

이윽고 나인현도 바닥에 주저앉았다. 그녀의 거친 숨소리가 해결할 수 없는 문제에 다급함만을 안겨주었다.

'정말 이대로 끝나는 것일까?'

아득한 절망 속에서 이름 하나가 유일한 희망으로 떠올랐다.

'아니… 주적자가 구해줄 거야. 주적자가……'

그것은 완벽한 행복이었다. 자상하고 예쁜 엄마, 보표로 천하에 이름을 날리고 있는 아버지, 좋은 집, 맛있는 음식, 재미난 친구들…….

더 이상 바랄 것이 없었다. 그냥 이대로 영원히 산다고 해도 지겹거나 괴로울 것 같지 않았다.

"엄마, 엄마! 시장 가세요?"

"그래, 우리 예쁜 아들도 같이 가자꾸나."

"하하… 그렇게 둘만 다정하게 가면 내가 서운하잖소."

"그럼 아버지도 같이 가요!"

"당연히 그래야지."

양손에 잡은 부모님의 온기가 그만큼의 따스한 행복으로 밀려들었다. 이화(梨花)가 만발한 길은 주적자의 불행없는 앞날처럼 곧게 뻗어 있었다. 바람도 없는데 흩날리는 꽃잎과 뿌연 주위 풍경은 몽환적으로 보이기까지 했다.

발끝에 툭 걸린 돌멩이가 어느새 나타난 작은 개울에 퐁당 하고 빠졌다. 큰 걸음으로 개울을 건넌 부모님이 양쪽에서 힘을 주어 그를 끌어당겼다. 공중으로 떠오르는 기분이 짜릿할 만큼 좋았다.

턱!

땅에 두 발을 동시에 대고 다시 한 걸음을 내디디려던 주적자는 우뚝 멈췄다. 그가 발을 디디려는 그곳에 무언가가 그를 올려다보고 있었다.

　—쭈— 쭈—

알 수 없는 소리를 내는 그것은 손바닥보다 작았지만 뚜렷한 사람 모습을 하고 있었다. 신기한 눈으로 그것을 보던 주적자는 주철승을 향해 말했다.

"아버지, 이것 보세요. 이상한 것이 있어요."

주철승은 그가 보고 있는 쪽으로 시선을 돌리더니 어리둥절한 표정을 지었다.

"뭐가 있다는 것이냐?"

주적자는 손을 놓고 쭈그려 앉아 작은 여자 아이를 가리켰다.

"이것 말이에요. 엄마는 이게 안 보이세요?"

어머니 또한 주철승과 같은 반응을 보였다.

"애야, 꾸물거리지 말고 가자꾸나. 시장에 가면 진귀한 것도 많고 네가 좋아하는 당과도 마음껏 먹을 수 있단다."

어머니의 입에서 '당과'라는 말이 나오는 순간 둔기로 뒤통수를 때리는 듯한 느낌을 받았다. 그 한마디가 왜 그런 느낌을 가지게 하는지 알 수 없지만 그것은 곧 가슴을 뻑뻑하게까지 만들었다.

　—쭈— 쭈—

작은 아이가 그의 바짓가랑이를 자꾸 잡아당겼다. 주적자는 문득 작은 아이가 낯설지 않음을 느꼈다. '어디선가 봤는데'라는 생각이 드는 순간 지난 꿈이 떠올랐다. 형체마저 불분명한 단편적인 형체들 사이로 작은 아이를 똑똑히 기억할 수 있었다.

'화… 그래, 화백이라고 했었지.'

화백이란 이름과 함께 꿈속의 일들이 한꺼번에 뇌리로 밀려들었다. 그것은 마치 외부에서 뇌의 껍질을 뚫고 들어오는 것 같았다.

부모님이 빨리 가자고 채근했지만 그는 움직일 수 없었다. 지난 꿈과 현실이 뒤죽박죽되어서 어떤 것이 진실인지 판단할 수가 없었다.

소소자… 사도철광… 나인현… 호미령… 당과… 여신우… 수많은 이름들이 얼굴도 떠오르기 전에 줄달음질쳤다.

"애야… 애야……!"

어머니의 목소리가 여러 개로 흩어져서 귓가를 스쳐갔다. 정수리를 정으로 내려치는 것 같은 고통이 찾아왔다.

"으으으……."

주적자는 양손으로 머리를 움켜쥐고 주저앉았다. 머리에서 시작된 아픔은 곧 온몸으로 퍼져 나갔다. 참을 수 없는 고통과 함께 갈증이 밀려들었다. 목이 갈라져 피가 쏟아지는 것 같았다.

주적자는 무릎걸음으로 기어서 건너온 작은 내로 다가갔다. 물속에 얼굴을 처박고 물을 벌컥벌컥 들이마셨지만 갈증은 전혀 가시지 않았다.

고통과 갈증이 그를 오뉴월 마른 논바닥처럼 갈라지게 만드는 것 같았다.

"애! 애……!"

부모님의 목소리가 환청처럼 희미해졌다.

그의 다른 의식에 비친 세상은 온통 붉었다. 아버지도 어머니도, 그림처럼 아름다운 풍경도 사라진 붉은 시야에는 거친 동굴 바닥만이 놓여 있었다.

"끄으윽―!"

밀려오는 통증은 바닥에 엎드린 그를 더욱 안으로 움츠러들게 만들었다. 환상이 가져다 준 여운을 음미할 시간도 없이 의식은 빠르게 그의 몸을 빠져나가고 있었다. 이 현상이 무엇 때문인지 깊이 생각할 것도 없었다.

몸이 피를 필요로 하고 있었다. 인간의 신선한 피를…….

그는 정신없이 앞을 향해 기었다. 그 끝에 뭐가 있을지 알 수 없지만 지금으로써는 그가 할 수 있는 최선의 방법이었다.

피를 얻을 수 있는 최선의 방법!

그들 생애 최악의 곳

제46장 그들 생애 최악의 곳

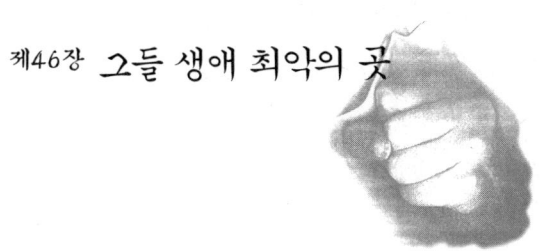

"모든 준비는 끝났습니다."

벌거벗은 묵룡은 묵관과 그처럼 나신인 여신우를 한눈에 두고 말했다. 흡혈야황은 아무 말이 없었고, 여신우 또한 약간 흥분된 표정으로 침묵을 지켰다.

그는 묵관을 일별한 후 여신우에게 말했다.

"자리에 들어가십시오."

여신우는 묵관 왼쪽 벽에 뚫린 사람 모양의 구멍을 보고 입을 열었다.

"난 이곳으로 들어가면 되는 것이오?"

이미 열 번도 넘게 설명을 했고, 충분히 이해했을 텐데 여신우는 다시 물었다. 묵룡은 평소와 다름없는 목소리로 대답했다.

"네, 그렇습니다. 이각 후면 모든 것이 끝날 겁니다."

여신우는 정말 이해한 듯 고개를 크게 끄덕이고 구멍 안으로 들어갔다. 일부러 맞춘 듯 구멍의 형태와 여신우의 몸은 딱 들어맞았다.

묵룡은 여신우가 들어간 구멍 옆에 있는 두 개의 손잡이 쪽으로 다가갔다. 위에 위치한 것은 여신우와 흡혈야황을 연결하는 막대였고, 아래쪽은 해제하는 것이었다. 그가 위쪽 막대를 잡으려 할 때 여신우가 말했다.

"내가 하겠으니 당신도 어서 안으로 들어가 준비를 하시오."

묵룡은 잠시 여신우를 바라보다 몸을 돌렸다. 누차 설명을 했으니 혼자 조종을 해도 별 탈은 없을 것이다. 그는 자신의 자리에 들어가기 전에 묵관 위쪽으로 시선을 던졌다. 온통 까만색의 벽 한곳에서 은은한 푸른색이 뿌려지기 시작했다.

사람의 얼굴만한 크기에 그만큼 동그란 청색의 빛은 점점 짙어져 갔다. 궁귀의실에 있는 사람들의 원기가 쌓이는 양이 많아지면 청색은 적색으로 물들게 되어 있었다. 그러면 일원이분기가 작동하고, 그 순간 그의 계획은 완벽하게 성공하는 것이다.

묵룡이 자신의 자리에 들어가기 직전 청색 사이에서 붉은 기운이 비쳤다. 그는 황급히 등을 벽 쪽으로 하고 뒷걸음질쳐서 구멍 안으로 들어갔다. 그리고 손을 내밀어 오른쪽 벽에 붙은 위쪽 막대를 잡아 아래로 내렸다.

치직!

달궈진 쇠를 물에 넣는 것 같은 소리가 들리며 벽에서 튀어나온 관이 그의 왼쪽 몸 열두 곳에 밀착되는 느낌이 전해졌다. 이어서 전해진 따끔함은 속이 빈 바늘이 살 속을 파고드는 느낌이었다.

이 바늘을 통해 흡혈야황의 힘이 그에게 전해지게 될 터였다. 궁귀의실에 있는 사람들의 원기는 흡혈야황이 가진 힘을 분해하는 원동력 역할, 그 이상도 이하도 아니었다.

묵룡은 가슴이 불룩해지도록 심호흡을 했다. 한 번도 경험해 보지는 않았지만, 흡혈야황의 힘이 전해지며 엄청난 고통이 찾아온다는 것은 예상할 수 있었다. 이각의 고통으로 그의 길고 긴 인생의 소원을 이룰 수 있으니 너무도 값싼 대가였다.

우웅—!

원기가 묵관 안으로 흘러드는 진동이 느껴졌다. 묵룡은 이를 악물고 잠시 후에 찾아올 고통에 대비했다. 그런데 갑자기 눈앞에 누군가가 나타났다. 지금은 절대 그의 앞에 있으면 안 되는 인물이었다.

"당신……!"

"후후후— 묵룡, 난 당신 자리가 더 마음에 드는구려."

푹!

소리와 함께 몸속으로 파고드는 이물질이 느껴졌다. 곧장 이어지는 고통에 그는 고개를 떨궜다. 여신우의 손과 그의 명치는 정확히 일직 선을 이루고 있었고, 그 사이를 연결하는 것은 은색으로 빛나는 검이었다.

"당신… 어쩌자고……."

"어떻게 하긴. 당신이 차지하려고 하는 힘을 내가 얻는 것이지. 난 당신 말을 고스란히 믿고 따를 정도로 바보가 아니야."

여신우는 마땅히 그 자신이 있어야 할 곳을 머리로 가리켰다.

"아마 저 자리에 있으면 내 정기조차 모두 당신에게 흘러가겠지? 아 닌가?"

묵룡은 분노보다 허탈감이 먼저 찾아왔다. 이 의심 많은 소인배 때문에 필생의 소원이 산산이 부서져 버린 것이다.

"내가 네게… 해준 말은… 모두… 사실이었다. 이… 멍청한 작자야……!"

여신우는 일그러진 얼굴의 묵룡이 뱉은 거친 말에 머리 속이 윙 하고 울리는 느낌을 받았다. 뒤늦은 발악이라고 생각하기에는 묵룡의 말 속에 깃든 진실의 크기가 너무 컸다.

'아니야. 세상에 막대한 힘을 나눠 가지려는 자가 있을 리 없어! 그렇게 마음씨 좋은 자가 어디 있겠어?'

그는 자신이 생각하는 세상의 이치를 굳게 믿었다.

"네 그 헛소리를 내가 믿을 것 같으냐?"

여신우는 벽 아래쪽의 막대를 당겨 묵룡을 풀었다. 힘없이 쓰러지려는 묵룡의 머리칼을 잡아 일으킨 그는 잔인해 보이는 웃음을 지었다.

"일단 네 녀석이 허튼수작을 할 수 없게 만들어야겠다."

여신우는 묵룡의 팔을 잡아 그대로 분질러 버렸다.

우두둑!

"으악!"

뼈가 부러지는 소리와 비명이 동시에 울렸다. 손으로 결계를 만들 수도, 부적을 날리지도 못하니 이제 묵룡은 어떤 형태의 위협도 될 수 없었다.

여신우는 축 처진 묵룡을 자신이 들어갔던 구멍에 집어넣었다.

"아프더라도 조금만 참게."

여신우는 묵룡의 가슴에 꽂힌 검을 안쪽으로 힘껏 밀어넣었다. 검은 묵룡을 완전히 관통해 뒤쪽 벽에 틀어박혔다. 그는 벽과 한 몸이 된 묵룡을 놓고 왼쪽의 손잡이를 아래로 내렸다.

'치익' 소리와 함께 가는 관이 묵룡의 몸에 밀착됐다.

"네 녀석의 어리석음이… 결국 우리 둘… 모두를… 죽게… 만드는구나."

"입 닥쳐!"

여신우는 소리를 지르고 묵관 위쪽의 구슬을 보았다. 청색보다는 붉은색에 가까웠다. 진행 상황이 어떻게 되는지는 그도 들어서 알고 있었다. 여신우의 시선이 스치듯 묵관을 더듬었다. 흡혈야황은 의식이 있다고 했는데 왠지 아무 반응도 보이지 않았다. 어쩌면 전혀 움직일 수 없는 상황인지도 모른다.

여신우는 재빨리 묵룡의 자리로 들어갔다. 그가 막대를 잡을 때, 묵룡의 힘겨운 목소리가 들렸다.

"네 녀석을… 그토록 강한 신체로… 만든 이유가 있다……. 힘을 받아들일 정도로… 강하지 않으면… 일원이분기는… 작동이 되지… 않아."

여신우는 묵룡의 말을 무시하고 막대를 아래로 내렸다. 관이 달라붙는 느낌과 함께 바늘이 몸속으로 파고들었다.

'묵룡의 말은 말짱 헛소리다! 난 드디어 영세제일인(永世第一人)이 되는 것이다!'

그의 생각은 바램과 확신을 동시에 품고 있었다.

우우웅―

잠깐 멈췄던 진동이 다시 느껴졌다. 원기의 흐름을 뜻하는 진동은 그의 입가에 절로 웃음을 만들었다.

"흐흐흐… 제대로 돌아가는군."

그의 웃는 얼굴은 갑작스럽게 밀려오는 고통에 휴지처럼 일그러졌다. 고통이 찾아온다는 것을 알고 있음에도 참기가 너무 힘들었다.

"으으으……!"

신음을 흘리고는 있었지만 마음은 반대로 환희에 몸부림쳤다. 묵룡이 말했던 그대로 돌아가니 어찌 기분이 좋지 않겠는가?

관을 향해 들어온 힘은 횡으로 관통하며 그의 몸 깊숙한 곳까지 뻗쳤다. 진정 주체할 수 없는 힘이었다. 그의 신체가 백 배는 부풀어 오르는 것 같았다.

그런데 어느 순간!

봇물처럼 들어오던 힘이 뚝 끊겼다. 그리고 들어올 때만큼이나 빠르게 빠져나가기 시작했다.

'어… 어떻게 된 거지?'

들어오는 힘을 막을 수 없었듯이 흘러나가는 힘 또한 그의 능력 밖이었다. 어찌하지 못하고 있는 사이 들어왔던 힘은 모두 빠져나가 버렸다. 그리고 웅웅거리던 일원이분기의 진동도 멈췄다. 마치 아무 일도 없었던 것처럼…….

여신우는 황급히 구멍에서 몸을 뺐다. 관들이 그를 따라 엉킨 실타래처럼 따라왔다. 그는 신경질적으로 몸에 꽂힌 바늘을 빼고 묵룡에게 다가갔다. 묵룡은 시체 마냥 축 늘어져 있었다.

그는 아래로 떨궈진 묵룡의 턱을 위로 올렸다.

"이봐! 어떻게 된 거지?"

짝짝!

뺨을 몇 차례 후려치자 죽은 듯이 있던 묵룡이 가늘게 눈을 떴다. 초점없는 그 눈은 이미 죽어 있었다.

"어떻게 된 거냐고 묻잖아!"

묵룡의 입가가 가늘게 떨리더니 힘겨운 말이 토해졌다.

"내가… 말했잖나. 일원… 이분기는… 작동하… 않을… 거라고… 그냥 있었으면… 세상을 정… 할… 수 있을… 정도의 힘을… 얻었을 텐데… 바보 같은 놈……."

그리고 더 이상의 움직임은 보이지 않았다. 여신우가 아무리 뺨을 때리고 머리칼을 쥐어뜯어도 묵룡에게서 움직임을 끌어낼 수 없었다. 묵룡은 완전히 죽은 것이다. 여신우는 허탈한 심정으로 묵룡에게서 손을 뗐다.

"내 야망이 이렇게 끝난단 말인가? 이렇게 허무하게… 끝난단 말인가?"

주춤주춤 물러서던 그는 돌멩이가 발뒤꿈치에 걸리는 바람에 엉덩방아를 찧었다. 이렇게 우스꽝스럽게 넘어졌는데도 일어서고 싶은 생각조차 들지 않았다. 세상이 온통 빙글빙글 돌아가고 욕지기가 치밀었다.

수많은 사람들이 벌거벗은 그를 향해 손가락질을 하는 것 같았다.

[바보 같은 놈! 바보 같은 놈! 바보 같은……!]

"그만! 그만!"

여신우는 양손으로 귀를 막고 고함을 지르다 황급히 바닥을 더듬었다. 벗어놓은 옷은 다행히 가까운 곳에 있었다. 허겁지겁 바지를 입으려던 그의 눈에 묵관이 스쳤다. 여신우의 몸이 거짓말처럼 멈췄다.

그리고 시선이 천천히 묵관으로 향했다. 그가 스치듯 본 묵관은 분명 흔들렸었다. 그런데 다시 눈길을 돌리자 묵관은 원래 그곳에 있는 바위처럼 미동조차 하지 않았다. 정신이 없어서 잘못 본 것일 수도 있었다.

그는 신경을 끄고 바지에 다리를 집어넣었다. 헛발질을 몇 번 하고 나서야 겨우 두 개의 다리를 온전히 넣을 수 있었다.

드드드―

미약한 소리였지만 여신우는 똑똑히 들을 수 있었다. 그것이 묵관에서 난 소리라는 것도 알 수 있었다. 그는 천천히 고개를 돌려 묵관을 보았다. 잘게 떨리던 묵관의 진동이 점점 커지더니 부서질 듯 요동 쳤다.

흡혈야황이 묵관을 깨고 금방이라도 튀어나올 것 같았다. 여신우는 주춤주춤 뒤로 물러섰다. 지금 흡혈야황의 눈에 띄면 죽음 외에 남을 것이 없었다. 여신우는 옷도 제대로 추스르지 않고 들어온 통로로 몸을 날렸다. 금방이라도 흡혈야황이 뒷덜미를 잡아챌 것 같았다.

'우선 살고 봐야 해!'

그는 혼신의 힘을 다해 비밀 통로를 내달렸다.

죽는 줄 알았다. 몸의 정기가 모두 빠져 빼빼 마른 목내이처럼 변할 줄 알았다. 그런데 차츰 의식이 또렷해지더니 썰물처럼 빠져나갔던 힘도 서서히 들어차기 시작했다.

소소자는 감았던 눈을 뜨고 몸을 일으켰다. 가장 먼저 긴 그림자를 드리운 사람은 가장 빨리 주저앉았던 무각 대사였다. 그리고 쓰러졌던 순서대로 일어서기 시작했다. 사도철광도 '끄응' 하는 신음과 함께 몸을 바로 세웠다. 모든 사람들이 정신을 차리는 데는 한참의 시간이 걸렸다.

"어떻게 된 거지?"

사도철광이 대상 없는 물음을 던졌다.

"놈들의 시도가 실패로 돌아간 거겠죠. 하여간 우리는 살아난 겁니다. 과정이 어떻게 된 건지는 알 수 없지만."

사도철광은 머리를 좌우로 흔들며 일어나는 나인현을 부축했다.

"괜찮나?"

"네."

사도철광은 긴 숨을 내쉬는 나인현에게 물었다.

"흡혈야황의 시도가 실패로 돌아간 것은 알겠는데 빠져나갔던 힘이 어떻게 다시 돌아온 거지?"

소소자도 마침 그것을 궁금해하던 중이었다. 한 번 몸을 나간 힘이 소멸되지 않고 돌아온다는 것 자체가 이해되지 않았다.

"아마 우리 몸에서 빠져나간 힘이 흡혈야황의 용도대로 쓰이지 못하자 다시 역류를 한 걸 거예요. 그래서……."

그녀는 원추형의 천장을 보며 말을 이었다.

"다시 저곳으로 흘러든 거죠."

그래도 소소자는 이해할 수 없었다.

"여기 모인 사람들에게서 빠져나간 기운이 다시 돌아와 똑같이 그 사람을 찾아 흡수되었단 말이오? 말 잘 듣는 개도 아닌데 그럴 수가 있는 것이오?"

"사람의 기운은 저마다 달라요. 만 명이면 만 명 모두 독특한 기운을 가지고 있지요. 빠져나간 기운이 다른 사람 몸속으로 들어간다면 그것이 오히려 이상한 거죠."

소소자는 잠시 생각하다가 고개를 끄덕였다. 하긴 나인현의 말에 일리는 있었다. 의원인 그의 소견으로 보더라도 비슷할 수는 있을지언정 똑같은 체질을 가진 사람은 단 한 명도 없었다.

"이러면 어떠하고 저러면 어떠한가? 목숨을 구했으니 그것으로 된 거지."

"완전히 살아난 것은 아니잖소."

소소자는 말을 하고 철문을 보았다. 그들은 아직도 빠져나갈 수 없는 함정에 갇혀 있었다. 당장 죽음의 위험이 없다고 하더라도 시간이 지나면 결과는 마찬가지가 될 것이다.

그의 말을 들은 것처럼 기운을 회복한 무각 대사가 다시 선장을 휘두르기 시작했다.

"노익장도 저런 노익장이 없군."

소소자는 중얼거린 후 사도철광에게 물었다.

"우릴 구한 사람이 주적자겠죠?"

"아니면 누가 있겠나?"

"역시 그렇죠? 그런데 우리가 여기 있다는 것을 주적자가 알까요?"

어둠은 짙었고, 그래서 처음에는 아무것도 보이지 않았다. 눈을 뜨고 있다는 것조차 인식할 수 없었다.

"결국 실패했군."

묵룡은 중성적인 목소리를 듣고서야 자신의 의식이 돌아왔음을 알았다.

'죽지 않은 건가?'

눈을 몇 번 깜빡이자 희미한 주위 광경이 보였다. 등과 엉덩이에 차가운 느낌이 들며 감촉도 그의 몫으로 자리 잡았다. 앉은 채 벽에 기대고 있던 묵룡은 자리에서 일어났다. 일 장 앞에 흡혈야황이 뒷짐을 지고 서 있는 것이 보였다.

머리끝에서 발뒤꿈치까지 온통 검은 흡혈야황은 석상처럼 미동도 하지 않았다. 엉덩이까지 내려온 머리칼조차 철사로 만든 것 같았다. 약물 때문에 잠시 흑색으로 변한 것인데 너무도 자연스러웠다. 본질이 어둠이기 때문인지 모른다.

"죽은……."

목이 갈라져 말이 제대로 나오지 않았다. 묵룡은 굵은 침을 삼키고 다시 물었다.

"죽은 저를 살리신 겁니까?"

흡혈야황은 돌아서지 않고 대답했다.

"내 능력이 아직은 죽은 생명체를 살리는 데까지 미치지 못한다."

"하지만 전 분명 죽었는데……."

묵룡은 자신의 가슴을 내려다보았다. 아직도 가슴에는 죽음의 증거인 흉터가 그대로 남아 있었다.

"네 오랜 생명의 끈을 너무 쉽게 보는구나."

흡혈야황의 말이 흉터를 손톱으로 후벼 파는 것 같은 느낌을 주었다.

"야황님께 비하면 짧기 그지없는 제 인생을……."

"아직도 날 기만하려 하는 것이냐?"

부인하려 입술을 벌렸지만 결국 아무 말도 하지 못했다. 그의 아버지 얘기를 꺼냈을 때부터 '혹시'라는 생각을 가졌었는데 이제 확실히 알 수 있었다. 흡혈야황은 그의 정체를 알고 있는 것이다.

묵룡은 목젖을 크게 상하로 움직인 후 입을 열었다.

"언제부터 알고 계셨습니까?"

"네가 날 처음 찾아왔을 때."

"완벽하게 속였다고 생각했는데. 오랜 시간이 흐르기도 했고……."

"나와 연결되어 있는 생명을 어떻게 못 알아볼 수 있겠느냐, 권아?"

갑작스럽게 튀어나온 아명(兒名)은 너무도 낯설어 쓴웃음을 짓게 만들었다.

"그렇게 불리기에는 제가 너무 나이를 먹어버렸군요. 벌써 육백 하고도 일곱 살이나 되었으니."

"그래, 벌써 세월이 그렇게 흘렀군. 나도 네가 그토록 오래 살 것이라고는 생각지 않았었다. 보통 사람보다 장수하리라는 건 알고 있었지만."

"그만큼 노력했으니까요."

묵룡은 자신의 쭈글쭈글한 손을 보았다. 세월이 할퀴고 간 자국은 그가 보기에 흉하기 그지없었다. 젊음을 유지한 채 영원히 살 수 있다면…….

'그것을 위해 평생을 바쳤건만 결국…….'

그는 힘없이 손을 내려뜨렸다. 흡혈야황이 자신의 정체를 밝힌 순간 육백 년이란 세월이 고스란히 몸속으로 스며들었다.

"아―! 결국 이번에도 실패하고 말았구나. 너의 아버지에 이어 너까지."

흡혈야황의 고개가 묵룡 쪽으로 돌아왔다. 귀와 왼쪽 볼이 살짝 보이는 정도였지만 마치 눈빛을 마주 대하는 것처럼 느껴졌다. 그는 시선을 떨궈 옷이 입혀지지 않은 다리를 보았다. 앙상한 무릎 선이 초라하게 보였다.

"내 꿈을 이루기가 이렇게 어렵단 말인가?"

"당신 꿈은… 어차피 이루어지지 않았을 겁니다."

묵룡은 어금니를 물고 말을 이었다. 그 때문에 발음이 제대로 되지 않았지만 알아들을 것이다.

"전 당신을 신에 필적하는 존재로 만들려던 것이 아니었습니다. 전……."

"날 이용해 영원한 생명과 젊음을 얻으려고 했었지."

그는 깜짝 놀라 고개를 들었다.

"그것을 알고 계셨습니까?"

흡혈야황의 뺨이 실룩 움직였다. 아마 웃음을 짓는 것이리라.

"넌 나를 너무 멍청이로 보았구나. 하긴 그렇게 보이려 애쓰기는 했지만."

그랬다. 그가 보기에 흡혈야황은 능력만 대단하고 광오한 멍청이였다. 흡혈야황 자신은 무슨 일이든 할 수 있고 모든 것을 알고 있는 것처럼 말했지만, 그건 모든 바보들의 공통적인 행동이었다. 그런 바보 같은 흡혈야황을 속이는 것이 무어 그리 어렵겠는가? 그런데 그런 모습이 거짓이었다니…….

"그런데 제 계획에 순순히 따랐단 말입니까?"

"내가 얻으려고 하는 것을 얻을 수 있으니 마다할 이유가 없었지."

"당신이 원하는 것이라니요?"

흡혈야황은 잠시 사이를 두고 물음을 던졌다.

"넌 네 아버지가 날 어떤 방법으로 가둔 줄 알고 있느냐?"

묵룡은 지체하지 않고 대답했다.

"저와 같은 유혹을 했을 거라고 생각했는데… 아니겠군요."

"그래. 네 아버지는 날… 날……."

흡혈야황의 입에서 가는 한숨이 새어 나오더니 겨우 들릴 정도의 목소리로 말했다.

"사람으로 만들어준다고 약속했다."

묵룡의 정수리에서 꼬리뼈까지 찌르르한 느낌이 관통했다.

"사, 사람이라구요? 그냥 보통 사람 말입니까?"

"그래. 그냥 평범한… 생로병사(生老病死)를 모두 겪는 그런 사람, 물론 흡혈도 하지 않고 말이야."

그로서는 이해할 수 없었다. 흡혈야황이, 영원한 젊음과 생명, 세상 누구보다 강한 힘을 가진 흡혈야황이 그런 바램을 가질 리가 없었다. 그래서 그는 거짓말이라고 생각했다. 나날이 죽어가는 육체를 기꺼이 받아들인다는 것은 고통 그 자체였다.

"넌 이해할 수 없는 모양이구나."

"물론입니다! 어떤 인간이 죽음을 두려워하지 않겠습니까?"

"후후후… 네가 죽음을 아느냐?"

물론 알 리 없었다. 죽음의 문턱까지 가보기는 했지만 실제로 죽지 않았으니 모르는 것은 당연했다. 그가 말이 없자 흡혈야황이 다시 입을 열었다.

"모르는 것을 왜 그토록 두려워하느냐?"

"모르니까 두려운 겁니다! 죽음 뒤에 뭐가 있을지 모르니까요!"

"모르니까 두렵다? 그럼 삶이 무엇인지는 알고 있느냐?"

"물론이죠."

육백 년을 살았는데 어찌 모르겠는가?

"삶이란… 삶이란……."

묵룡은 같은 말만 두 번 뱉고 더 이상 말을 잇지 못했다. 삶을 표현할 말이 전혀 떠오르지 않았다. 먹고, 배설하고, 자고, 일하고… 생각해 보면 결국 이런 생활의 반복이 삶이었다. 그런데 이것이 삶의 전부라고 말할 수 있을까?

다른 사람들은 사랑해서 가정을 꾸리고 그렇게 살아왔지만 그에게 그런 일들은 전혀 낯선 다른 세계의 일이었다. 그래서 그는 그런 것들을 알지 못한다. 그럼 왜 그토록 삶에 집착하는 것일까? 분명 다른 무언가가 있었다. 그냥 죽음이 두려워서 삶을 유지하려 한다면 그건 너무 초라하고 불쌍하기까지 했다.

"죽음과 삶, 둘 다 모르면서 유독 하나만을 두려워하는 이유가 무엇이냐?"

"그럼 당신은 죽음이 두렵지 않습니까?"

"글쎄……."

흡혈야황은 잠시의 사이를 두고 말했다.

"내가 두려워하는 것은 하나밖에 없다. 아니, 인간이 느끼는 두려움 같은 것과는 조금 달라. 그냥 싫은 정도라고 해두지. 어차피 두려움이란 감정 자체가 거세되어 버렸으니. 죽음이 두렵지 않냐고 물었었지? 그래, 설사 두려움이 없다고 해도 죽음을 거부하는 건 살아 있는 모든 것들의 본능이겠지. 하지만 난 이런 기형적인 삶보다 인간적인 삶을 갖고 싶다. 영원히 산다는 것은 네 생각보다 훨씬 괴로운 일이야."

말을 하는 흡혈야황의 어깨가 유난히 쓸쓸해 보였다.

"제게는 그렇지 않습니다."

확실히 묵룡에게는 아니었다. 젊게 영원히 산다는 것은 흡혈야황이 어떤 말을 한다고 해도 그에게는 버릴 수 없는 꿈이었다.

"살아보지 않아서 그런 소리를 하겠지."

"저도 이미 육백 년 이상을 살았습니다. 그러나……."

흡혈야황이 그의 말을 끊었다.

"넌 산 것이 아니다."

"……."

"넌 육백 년 동안 죽음으로부터 도망치기만 했을 뿐이다. 진정한 삶이란 그런 것이 아니야. 나조차 삶이 무언지 알 수 없지만 죽음에서 도망치기 위해 평생을 달리기만 한다는 것은 삶이라고 볼 수 없어. 그것은 오히려 죽음에 가깝지. 그래… 반은 죽어 있었다고 할 수도 있겠군."

묵룡은 할 말을 잃었다. 흡혈야황의 얘기가 가슴을 후벼 파는 칼처럼 느껴졌다. 그에게 지금껏 삶의 기쁨 따위는 없었다. 술법을 배운 것도 영원히 살 수 있다는 신선술(神仙術)을 익히기 위해 산에 올랐다가 우연히 사부를 만난 덕분이었다. 그의 일생은 온통 젊게, 영원히 산다는 것에 바쳐졌다.

하지만 그런 자신의 삶에 한 번도 의심을 품지 않았다. 지난 육백 년이 온통 괴로웠다고 해도 그것은 앞으로 살아갈 영생에 대한 당연한 대가였으니까.

"영원히 산다는 것은… 영원히 죽어 있는 것의 다른 이름일 뿐이다."

중얼거리듯 말하는 흡혈야황을 향해 그는 완강히 고개를 저었다.

"아닙니다! 절대 아닙니다! 세상에 죽음보다 못한 것은 단 하나도 없습니다!"

그의 외침은 벽에 부딪쳐 여러 개로 흩어졌다. 흡혈야황의 목소리는 그 마지막 사라지는 외침의 꼬리보다 훨씬 낮았다.

"그래, 경험해 보지 않으면 모르겠지."

비로소 흡혈야황이 그를 향해 몸을 돌렸다. 마치 어둠 자체가 일렁이는 것 같았다.

"내가 가장 두려워하는 것이 무엇인지 알고 있겠지?"

"물론입니다. 당신 입으로 말해 줬으니까요."

"그래. 지난 육백 년 간 관 속에 있으며 뼈저리게 겪은……."

흡혈야황과 묵룡의 입이 동시에 열렸다.

"권태."

흡혈야황이 묘한 웃음을 지었다.

"만약 네가 영원히 산다면 나와 같은 감정을 느끼게 될 것이다. 권태에서 벗어날 수 있다면 난 뭐든지 할 수 있다."

"정말 인간이 되고 싶었다면 처음부터 말씀을 하셔야 했습니다. 그러면 다른 방법……."

"아니, 지금 네가 하려고 했던 것으로 충분하다. 흡혈야황으로서의 능력이 모두 빠져나가면 난 평범한 인간이 되는 것이다. 이상도 이하도 아닌 인간, 그래서 네가 하는 대로 내버려 둔 것이다."

흡혈야황의 시선이 지하실로 통하는 다섯 개의 구멍 중 하나에 멎었다. 꿈을 꾸고 있는 듯 흐릿하던 흡혈야황의 눈빛이 순간적으로 밝아졌다.

"오는군."

묵룡도 흡혈야황이 보는 쪽으로 시선을 돌리며 물었다.

"누가 말입니까?"

"주적자."

흡혈야황의 말과 동시에 구멍에서 무언가가 튀어나왔다. 워낙 빨랐기 때문에 순간적으로 알아보지 못했지만 그것은 사람이었고, 이름은 주적자였다. 송곳니가 입술 밖으로 길게 삐져 나온 주적자!

*　　　*　　　*

왕족발은 이리저리 뒤척이다 결국 일어나 침상에 걸터앉았다. 감시자들의 눈이 있으니 평소 같은 모습을 보여야 했지만 도저히 아무렇지 않은 듯 있을 수가 없었다.

오늘 오경에 그를 구하러 올 것이란 소식을 들어서가 아니었다. 그런 거라면 '벌써 시간이 그렇게 됐나?' 하고 눈을 비비며 일어날 것이다. 하지만 지금은 도저히 그렇게 무신경할 수가 없었다. 그의 목숨이야 어차피 그의 몫이니 혼자 알아서 하는 것이지만, 왕족쌍의 생명까지 달려 있으니 속이 타는 것은 당연했다.

누군가의 목숨 줄을 쥐고 있다는 것이 이토록 부담스러울 줄은 몰랐다. 그것이 여동생의 목숨이기에 더욱 그랬다.

'족쌍이는 세상 모르고 자고 있겠지?'

왕족발은 한숨을 쉬고 천장을 힐끔 보았다. 감시자들의 기척이 느껴졌다. 전혀 긴장하고 있지 않은 듯 고른 숨소리가 똑똑히 들렸다.

'족쌍이를 그대로 두면 분노에 찬 정파인들의 손에 죽을 텐데.'

틀림없이 그럴 것이다. 황금도에서 정파인들이 몰살을 당할 테고, 그마저 여기서 도망칠 텐데 왕족쌍이 어찌 살아남기를 바라겠는가?

정무문이 이곳을 정면으로 공격해 올 계획을 세웠더라면 마음이 오히려 편할 텐데. 물론 왕청일도 그 방법을 생각했었다. 하지만 그런 난전이 펼쳐지면 왕족발이 위험해지기 때문에 구출 쪽으로 계획을 굳힌 것이다.

'그래, 날 구하러 오면 족쌍이도 함께 구해서 가는 거야. 숙부님께서 얼마나 족쌍이를 귀여워하시는데. 꼭 같이 구해 가려 하실 거야.'

생각을 하던 그는 흠칫 놀라 고개를 들었다. 방금 전까지 들리던 감시자의 기척이 감쪽같이 사라져 버렸다. 자리를 뜬 것은 아니었다. 그랬다면 그가 움직이는 소리를 감지했을 테니까.

'혹시……!'

그는 자리에서 벌떡 일어섰다. 그때 침상 바로 위쪽의 천장이 들썩이더니, 이내 끼럭거리는 낮은 소리와 함께 칼이 안으로 밀려들었다. 칼은 사람이 들어올 정도로 큰 구멍을 만들어놓았다.

잘려진 천장 일부분이 안으로 들어가고 그 자리에 머리 하나가 나타났다. 어두웠지만 누군지 알 수 있었다. 침투, 잠입, 암살 등을 목적으로 만들어진 무령조(無聆組)의 조장 곽붕(郭硼)이었다.

왕족발이 입을 벌리자 곽붕이 검지를 입술에 가져다 댔다. 고개를 내려뜨려 방 안을 살펴본 곽붕이 방 안으로 뛰어내렸다. 그 뒤로 두 명의 조원이 더 들어선 후 숙부 왕청원이 모습을 드러냈다.

"고생 많았다."

왕청원의 목소리는 너무 낮아 귀를 기울여야만 들을 수 있었다.

"장로님, 지체할 시간이 없습니다."

곽붕이 문에 귀를 대고 재촉했다. 왕청원이 돌아서며 말했다.

"가자."

"숙부님, 잠깐만요."

"왜 그러느냐?"

"족쌍이도 구해야지요."

왕청원의 눈가에 스친 아픔은 나타날 때만큼이나 빠르게 사라졌다.

"족쌍이까지 구할 여유가 없다."

"왜요? 족쌍이는 여기서 겨우 두 건물 떨어진 곳에 있잖아요."

"바로 옆 건물이 용두전이라는 것을 잊었느냐? 족쌍이가 있는 건물로 가려면 외곽 담까지 가서 빙 돌아 들어가야 한다. 들키지 않고 직접질러가는 것이 불가능하다는 것은 너도 잘 알지 않느냐?"

왕청원의 말은 맞았다. 경비가 가장 철저한 용두전을 가로지른다는 것은 너무 큰 모험이었다.

"그렇다면 이대로 족쌍이를 죽일 생각입니까?"

"걱정 말아라. 정파 놈들은 체면 때문에라도 족쌍이를 죽이지는 못할 테니."

"그건 예상일 뿐이잖아요!"

그의 목소리가 컸다고 생각되었는지 곽붕이 황급히 그를 불렀다.

"소문주님!"

"넌 가만있어."

왕족발은 으르렁거리듯 말하고 다시 왕청원을 보았다.

"혹시 처음부터 족쌍이를 구할 계획 따위는 없었던 것 아닙니까?"

왕청원은 복잡한 시선으로 왕족발을 보았다.

"너와 같은 건물에 있다면 같이 구하려 했었지. 하지만 그게 아닌이상 어쩔 수 없다. 대를 위해 소를 버릴 줄 알아야 진정한 대장부라할 수 있다."

"그러나……."

"이제 그만!"

왕청원이 잔뜩 억누른 소리로 그의 말을 막았다.

"시간이 없다. 이각 후면 교대 경비가 도착할 테니까. 그 안에 이곳을 완전히 빠져나가야 한다. 족쌍이는 잊어라."

왕청원은 더 이상 왕족발의 말은 들을 필요도 없다는 듯 천장 구멍으로 몸을 날렸다.

"소문주님."

곽붕이 그를 재촉했다. 왕족발은 왕족쌍이 있는 건물 쪽을 한 번 쳐다본 후 긴 한숨과 함께 탁자 위에 있는 수라도를 등에 멨다. 도가 유난히 무겁게 느껴졌다. 왕청원을 따라 올라온 지붕은 유난히 춥게 느껴졌다. 흐릿한 달빛이 감싼 주위 풍경조차 을씨년스러웠다. 왕족발은 미련이 남는 눈으로 왕족쌍이 있는 쪽을 보았다.

너무도 높은 용두전 때문에 그녀가 있는 건물은 보이지 않았다.

"서둘러라."

왕청원이 재촉한 후 먼저 건너편 지붕으로 몸을 날렸다. 그 커다란 몸이 움직이는데 옷깃 스치는 소리조차 나지 않았다. 두 명의 무령조가 뒤를 따라 주위를 살핀 후 왕족발의 차례가 왔다. 모든 움직임은 철저하게 왕족발을 위주로 행해졌다.

왕청원보다 왕족발의 안위가 더욱 중요하다는 것을 느낄 수 있었다. 두 개의 지붕을 건너뛴 왕청원이 땅으로 내려섰다. 어디에 경비가 있는지 완벽하게 파악했다는 것을 알 수 있었다.

벽에 어깨가 스치듯 나아가는 그들의 걸음은 고양이의 그것처럼 조심스러웠다. 용두장을 빠져나가려면 한참을 더 가야 하는데 여기서 들키면 꼼짝없이 포위될 수밖에 없었다.

촤라락—!

바람에 흔들리는 나뭇잎 소리에 열여섯 명의 걸음이 동시에 멈췄다. 그들이 얼마나 긴장하고 있는지 여실히 알 수 있었다. 이상없다는 것을 확인한 왕청원이 다시 움직이기 시작했다.

낮은 월동문을 지나자 이 장 넓이의 개울이 나왔다. 그 중간에는 반원형의 다리가 놓여 있었는데 그들은 다리의 위가 아닌 아래쪽에 매달려 건너갔다. 긴장한 탓인지 다리 사이를 받친 나무를 잡는 손이 금세 뻣뻣해졌다. 어쩌면 왕족쌍을 버리고 왔다는 죄책감 때문에 몸이 지나치게 경직된 것인지도 모른다.

다리를 지난 후, 개울 옆에 서 있는 돌담에 다시 매달렸다. 그들은 그 상태로 이십 장 정도를 이동한 후 비로소 땅 위로 올라섰다. 세 채의 건물이 품(品) 자 형으로 자리한 그 너머로 용두장의 외벽이 보였다.

약 오십 장 정도만 가면 용두장을 벗어날 수 있었다. 가늘게 숨을 돌린 왕청원은 왕족발을 돌아보았다. 거의 다 왔다는 듯 고갯짓을 했는데, 그도 장님이 아닌 이상 알고 있었다.

왕족발은 외벽 쪽으로 시선을 돌리는 왕청원을 본 후 뒤쪽으로 시선을 돌렸다. 그 방향 어딘가에 왕족쌍이 있을 것이다.

'정말 이대로 가도 되는 것일까? 어머님이 화내실 텐데.'

슬퍼서 몇 날 며칠 우실 것이다. 그를 비겁하다고 한동안 미워할지도 모른다.

하지만 결국 어머님도 아버님께 어떤 식으로든 설득당하시겠지. 평소에는 아버님이 꼼짝 못하는 것 같지만 진정 아버님이 원하시는 것은 꼭 그렇게 되어왔으니까.

어머님은 그렇다고 치고, 그는?

아무 일도 없었다는 듯 잊을 수 있을까?

여전히 흑도 최고의 문파… 아니, 얼마 후면 무림의 제일 문파가 될 정무문 후계자라고 거드름 피우며 살 수 있을까?

여전히 여자라면 사족을 못 쓰며 그녀들의 치맛자락을 쫓아다닐 수 있을까?

예전처럼… 예전의 그처럼…….

빠각!

왕족발의 발 밑에서 날카로운 소리가 들렸다. 딴생각을 하느라고 땅에 나뭇가지가 있는지도 몰랐다. 왕청원은 그를 향해 눈을 부릅떴고, 무령조원들은 빠르게 주위를 살폈다.

차가운 바람이 그들의 등에 흐른 식은땀을 말릴 때까지 어떤 기척도 들리지 않았다. 소리없는 안도를 한 왕청원이 다시 앞으로 나아갔다.

왕족발은 자신이 도살장으로 끌려가는 소처럼 느껴졌다. 차라리 지금 들켜서 한바탕 싸우다가 어디 한 군데라도 부러지거나 부상을 입으면 왕족쌍에 대한 죄책감이 조금은 옅어질 텐데 하는 생각조차 들었다.

두 개의 건물 사이를 지나고 맞은편 건물의 벽을 돌아 나가자 비로소 외벽이 앞을 가로막았다. 왕청원은 벽 아래서 더욱 세심하게 주위를 살폈다. 목적지에 거의 다다랐을 때가 가장 위험하다는 것을 잘 알고 있기 때문이리라.

근 반 각 동안 사위를 경계한 왕청원은 이상이 없다는 확신이 섰는지 땅을 박찼다. 일 장 정도의 높이를 한 번에 뛰어넘는 것은 그리 어렵지 않았다.

다섯 번째로 담을 넘은 왕족발은 몸을 낮게 숙이라고 손짓하는 왕청원을 볼 수 있었다. 그는 황급히 바닥에 배를 깔았다. 가파른 경사를 이룬 숲 속에서 여섯 개의 숨소리가 들려왔다.

왕청원이 곽붕을 가리킨 후 그 손가락을 숲 쪽으로 옮겼다. 곽붕은 무령조원 열 명과 함께 숲 속으로 파고들었다. 우거진 숲에서 이동하는데도 미약한 소리조차 들리지 않았다.

무령조원들이 자리를 뜬 지 반 각도 지나지 않아 숨소리가 동시에 사라졌다. 왕청원은 일어서며 왕족발을 향해 손짓을 했다. 위험이 거의 사라진 상황에서도 긴장을 늦추지 않는 왕청원이었다.

그들은 암갈색의 숲을 빠르게 빠져나갔다. 이제 침묵보다는 속도에 더 신경을 써야 할 때였다. 그들의 발걸음 소리에 밤벌레들이 일제히 숨을 죽였다. 용두장에서 백여 장쯤 멀어졌을까?

왕족발은 우뚝 걸음을 멈췄다. 뒤따라오던 무령조원이 몸을 횡으로 회전하며 피해야 했을 정도로 갑작스러운 행동이었다.

"소문주님!"

맨 뒤쪽에서 오던 곽붕이 왕족발을 불렀다. 왕청원이 그에게 되돌아오며 물었다.

"왜 그러느냐?"

그는 왕청원의 눈을 직시하고 말했다.

"전 돌아가겠습니다."

"뭐? 설마 용두장으로 돌아간다는 말은 아니겠지?"

"족쌍이를 저대로 두고 갈 수는 없습니다."

왕청원의 얼굴에 분노가 떠올랐다.

"지금 제정신으로 하는 소리냐? 겨우 빠져나온 사지(死地)를 다시 들어가겠다니!"

"그곳이 사지이기 때문에 다시 간다는 것입니다. 죽을 것이 분명한

족쌍이를 그곳에 남겨둘 수는 없습니다. 절대!"

그의 의지가 아무리 확고하다 해도 순순히 보내줄 왕청원이 아니었다.

"헛소리하지 말고 빨리 떠나자! 지금은 사사로운 정에 얽매일 때가 아니다!"

"아니오. 전 다시 돌아갑니다."

"족쌍이는 잊어라. 독하지 않으면 장부가 아니라고 했다."

왕족발은 피식 웃음을 터뜨렸다.

"그럼 전 장부가 아닌 모양이지요. 뜻을 어겨서 죄송합니다."

"정녕 가야겠느냐?"

"네. 동생 하나 보호하지 못하면서 어떻게 천하를 도모하겠습니까?"

왕청원은 어쩔 수 없다는 듯 긴 한숨을 쉬었다. 그리고 그의 눈이 왕족발의 뒤쪽을 향했다. 순간 왕족발은 머리끝이 곤두서는 느낌을 받았다.

'숙부가 날 이대로 그냥 보낼 리가 없어.'

그는 생각과 동시에 움직였다. 몸을 좌측으로 비스듬히 꺾으며 돌아서는 그의 뒤통수로 곽붕의 손이 스쳐 갔다. 촌각만 늦었어도 여지없이 혈도가 찍혔을 것이다.

왕족발은 중심이 앞으로 쏠린 곽붕의 어깨를 밀고 산 아래쪽으로 내달렸다. 무령조원 셋이 앞을 막았지만 그를 잡을 수는 없었다. 스치는 나뭇가지들이 옷을 찢고 날카로운 아픔을 전해줬다.

"족발아! 거기 서라!"

왕청원이 소리를 지르며 쫓아왔다. 뒤를 힐끔 돌아보자 우거진 나무 사이로 왕청원과 무령조원들의 모습이 언뜻언뜻 보였다. 경공으로만 따지면 그는 왕청원과 무령조의 상대가 되지 못했다. 왕청원이야 당연한 일이었고, 무령조는 그 방면으로 최고라 불리우는 자들이기 때문이다.

하지만 그에게는 거리라는 무기가 있었다. 일단 용두장 근처까지만 가면 이처럼 시끄럽게 쫓아오지도, 무리해서 잡으려 하지도 못할 것이다. 왕족발은 정신없이 산을 달려 내려갔다.

쉬익—!

갑자기 앞쪽에서 시커먼 인영이 떨어져 내렸다. 손가락을 갈고리처럼 세운 곽붕이었다. 그는 도 손잡이를 잡았다. 또 한 가지 왕족발에게 유리한 것이 있다면 저들은 절대 그를 해칠 수 없다는 것이다.

투두둑!

수라도가 검집째 휘둘러지며 주위의 나뭇가지를 거칠게 부러뜨렸다. 곽붕은 뻗어오던 손을 거두고 황급히 비켜섰다. 그 곁을 왕족발이 바람처럼 스쳐 갔다.

"족발아! 정녕 죽고 싶은 것이냐?"

왕청원의 목소리가 뒷덜미를 낚아챌 것처럼 들려왔다. 그는 달리는 속도에 박차를 가했다. 평소에는 그처럼 가깝던 백 장 거리가 유난히 멀게 느껴졌다. 구름 속에 가려졌던 달이 얼굴을 내밀며 주위가 갑자기 환해졌다. 더욱 짙어진 숲의 그늘이 그의 몸을 스치고 달아났다.

"어디 한 군데 분질러도 좋다! 녀석을 꼭 잡아!"

왕청원의 목소리가 끝나는 순간 양쪽에서 도가 날아왔다. 도집이 씌워져 있다고는 하지만 맞으면 정말 뼈가 부러질 정도로 위력적이었다. 왕족발은 이를 악물었다. 여기서 공격을 막기 위해 멈춘다면 바로 뒤까지 쫓아온 왕청원의 손에 잡힐 수밖에 없었다.

그는 나아가던 속도를 줄이지 않고 몸을 옆쪽으로 돌렸다. 도와 도 사이가 불과 한 자도 되지 않았기 때문에 매우 위험한 짓이었다. 그중 하나라도 맞으면 쓰러지는 것을 피할 수 없었다.

치직!

왕족발의 등과 배의 옷자락을 스치고 도가 지나갔다. 옷깃이 먼지처럼 부서지며 맨살이 드러나기는 했지만 왕족발은 멈추지 않고 위기를 벗어날 수 있었다. 그를 스치고 지난 도가 바짝 뒤따라오는 왕청원의 발길까지 늦추어줄 테니 일석이조였다.

후두둑!

굵은 나뭇가지가 그의 가슴에 부딪혀 꺾어졌다. 시큰한 아픔과 함께 걸음이 늦춰졌다.

"이놈!"

뒤쪽에서 왕청원이 호통과 함께 그를 덮쳤다. 왕족발은 나아가던 속도 그대로 몸을 굴렸다. 그런 그의 뒷덜미를 왕청원의 갈고리 같은 손이 잡아챘다.

"아직도 새벽에는 쌀쌀하군."

곽만후(郭萬煦)가 몸을 부르르 떨며 말했다. 오재상(吳宰相)은 주머니에서 검은 복면을 꺼내며 대꾸했다.

"덕분에 얼굴에 이걸 뒤집어써도 땀은 안 나잖아."

"하긴 여름에는 얼굴에 땀띠가 날 지경이니. 누가 온통 검은색 보장을 해야 한다는 규칙을 정했는지 원."

곽만후는 투덜거리며 복면을 둘러썼다. 그들의 얼굴에 복면이 씌워지자 침묵이 찾아왔다. 이것 또한 규칙 중의 하나였다. 복면을 쓴 후에는 수신호(手信號)만 보낼 수 있었다. 그들은 아직 이슬이 내리고 있는 새벽 길을 걸어갔다. 왕족발의 거처를 향해…….

찌익—!

왕족발의 등 쪽 옷이 목덜미부터 길게 찢겨져 나갔다. 그는 나아가던 탄력 그대로 땅을 굴렀다. 뾰족한 돌멩이와 나뭇가지들이 살 속을 검날처럼 파고들었다. 어두운 세상이 정신없이 돌아가자 오히려 하얗게 보였다.

왕족발은 머리통만한 바위에 발을 대고 벌떡 일어서서 지체하지 않고 내달렸다. 왕청원이 그의 찢겨진 옷자락을 휘둘러 제지하려 했지만 등에 붉은 자국만 남겼을 뿐이다.

나란히 선 오 장 높이의 나무를 지나자 수풀 사이로 언뜻 용두장의 담이 보였다. 이십 장 정도 떨어진 거리였다. 갑자기 앞에 세 명의 무령조원들이 나타났다. 집이 끼워진 도가 그의 상중하를 동시에 점하고 휘둘러졌다.

피하기엔 늦었으니 막는 수밖에 없었다. 왕족발은 속도를 늦추지 않고 도를 위에서 아래로 내려쳤다. 횡으로 휘둘러지는 공격을 종으로 한 번에 무력화시켜야 했다. 하지만 설사 그의 의도가 성공한다고 해도 반탄력 때문에 걸음이 늦춰질 수밖에 없었다. 그러면 결국 왕청원이 그를 잡게 될 것이다.

'결국 족쌍이는 구하지 못하는 것인가?'

그의 생각 끝으로 곽붕의 나직한 외침이 들렸다.

"무기를 거둬라!"

그를 향해 휘둘러지던 도가 빠르게 뒤로 물러남과 동시에 왕족발이 그 사이를 빠져나갔다.

'왜 공격을 멈췄을까?'

의문과 함께 답이 떠올랐다. 이곳은 용두장과 너무 가까웠다. 만약 도끼리 부딪치게 되면 그 소리는 용두장 저 깊은 곳에까지 미치게 될 것이다.

왕족발은 단숨에 담 가까이 다다랐다. 불과 이 장 뒤쪽에 왕청원이 쫓아오고 있었다.

탓!

땅을 박차자 담은 곧 그의 뒤쪽에 놓여졌다. 땅에 내려선 왕족발은 한쪽 무릎을 땅에 대고 앞과 좌우를 살폈다. 여기까지 왔으니 왕청원보다 용두장의 경비를 더 신경 써야 했다. 주위는 그들이 나왔을 때처럼 조용했다. 그의 양 옆으로 무령조원들이 떨어져 내린 후 왕청원이 코앞에 나타났다.

왕족발은 앉은 채 뒤로 물러났다. 차가운 벽이 등의 맨살에 전해졌다. 왕청원은 어금니를 지그시 물고 그를 노려보았다.

"숙부님……."

"조용히 해라!"

낮지만 단호한 목소리였다. 왕청원은 그에게서 곽붕에게로 시선을 돌렸다.

"족쌍이가 있는 곳까지 가는 가장 안전한 길이 어디냐?"

"장로님, 그건 너무 위험합니다."

왕청원은 왕족발을 가리키며 말했다.

"저 녀석을 여기서 잡으려는 것보다 위험하냐?"

"……."

"자, 빨리 길을 안내해라."

곽붕은 어쩔 수 없다는 듯 고개를 절레절레 젓고 무령조 네 명을 손가락으로 가리켰다. 그리고 그 손가락을 북쪽으로 돌렸다. 무령조원들은 그 손가락에 따라 움직이는 자동 인형처럼 곧 어둠 속으로 스며들었다. 그 모습을 보고 있던 왕청원이 말했다.

"넌 네가 얼마나 어리석은 짓을 했는지 곧 깨닫게 될 것이다."

"족쌍이가 죽는 것보다는 제가 어리석은 편이 낫겠죠."

왕청원은 그의 얼굴에 안면을 바짝 갖다 대고 으르렁거리듯 말했다.

"운이 좋아 여기서 무사하게 빠져나간다면 네 녀석 다리를 몽땅 부러뜨려 버리겠다."

왕족발의 이마에 식은땀이 주룩 흘러내렸다.

"수… 숙부님, 한쪽만 어떻게 살릴 수 없을까요?"

"가시죠."

곽붕이 그들을 재촉했다. 왕청원은 그를 노려보다가 먼저 움직였다. 왕족발은 두 명의 무령조원 호위를 받으며 그 뒤를 따랐다. 어둠 속으로 스며드는 그들의 뒤로 한줄기 바람이 흙먼지를 말아 올렸다.

오재상과 곽만후는 반원형의 다리 앞에 섰다. 용두장에는 이런 다리가 모두 아홉 개 있었고, 그들은 앞에 있는 다리를 제사교(第四橋)라고 불렀다.

그들은 세 번 숨을 들이킨 시간이 지난 후 손가락 세 개와 네 개, 여덟 개를 차례로 폈다. 일정한 시간의 간격을 두고 둘의 동작을 일치시키는 데는 많은 연습이 필요했다.

그들의 수신호가 끝나자 다리 건너편에서 '탁탁탁!' 하는 소리가 들렸다. 통과해도 좋다는 신호였다. 그들은 성큼성큼 다리를 지나 폭이 두 자도 되지 않는 건물 사이를 지나갔다.

좁은 길을 지나자, 커다란 사자상이 양쪽에 놓인 돌길이 나타났다. 그들은 그곳에서 또 걸음을 멈췄다. 왕족발의 거처로 가기 위해서는 흑화(黑話)를 건네야 하는 곳이 네 군데나 되었다.

그들은 다시 손가락으로 하나, 셋, 여섯을 펼쳐 보인 후 그곳을 통과했다. 오십 장 저편에 용두전의 지붕이 보였다. 그 바로 앞에 그들이 세 시진을 보내야 할 왕족발의 거처가 있었다.

곽붕이 어깨 너머로 손을 들어 뒤따라오는 사람들을 멈추게 했다. 왕족발은 건물 벽 뒤에 몸을 밀착시켰다. 왕청원을 비롯해 모두 그와 비슷한 자세를 취했다.

곽붕은 건물과 건물 사이에 난 좁은 길을 보고 난감한 표정을 지었다. 왕족발은 그 이유를 곧 알 수 있었다. 건물 사이의 길을 지나면 양쪽에 키 작은 나무를 사이에 두고 길이 나 있는데, 길 양쪽에 매복이 있는 것이다.

다른 안전한 곳을 찾아 돌아가기에는 시간이 너무 촉박했다. 곽붕이 왕청원을 보자 왕청원은 검지를 목에 대고 긋는 시늉을 했다. 지금으로써는 경비들을 소리없이 죽이고 가는 것이 최선의 방법이었다.

짧게 고개를 끄덕인 곽붕은 건물 사이의 그림자 사이로 스며들었다. 그 뒤를 여덟 명의 무령조원이 따랐다. 은밀한 그들의 움직임은 마치 모래 위에 떨어진 물을 보는 것 같았다. 왕족발은 어둠 속을 헤쳐 가는 곽붕의 뒷모습을 찬찬히 보았다.

허리를 반쯤 숙이고 평소 보폭의 반쯤 되는 잔걸음으로 빠르게 어둠을 이동하는 것이 검은 고양이를 연상케 했다. 그쪽 방면으로 특수 교육을 받은 무령조원들의 움직임도 곽붕에 못지 않았다.

　그들의 모습이 나무 사이로 사라질 때쯤 왕족발은 시선을 왕청원에게로 옮겼다. 왕청원도 무령조원들을 보고 있다가 그의 시선을 느꼈는지 고개를 돌렸다. 왕족발은 그저 입 모양으로 '죄송합니다' 라는 말을 뱉었다.

　화가 풀리지 않았는지 왕청원은 매몰차게 고개를 돌려 버렸다.

　'쳇! 노인네가 속 좁긴.'

　그가 속으로 투덜거릴 때였다.

　"크윽!"

　숲 속에서 짧은 비명이 들렸다. 왕족발은 흠칫 놀라며 본능적으로도 손잡이를 잡았다. 왕청원과 다른 무령조원들의 반응도 그와 다르지 않았다. 모두들 무기에 손을 얹고 잔뜩 긴장한 표정으로 주위를 살폈다. 비명이 훑고 지나간 사위는 원래의 조용함을 그대로 토해냈다.

　갑자기 왕족발의 눈앞으로 얼굴 하나가 쑥 나타났다. 화들짝 놀란 그는 도를 빼려다 이내 얼굴의 주인공이 곽붕이라는 것을 알고 가슴을 쓸어 내렸다.

　'이 자식! 여기서 나가면 얼굴 가죽을 홀딱 벗겨 버릴 테다!'

　그의 살벌한 다짐을 아는지 모르는지 곽붕은 좁은 길 쪽으로 고갯짓을 했다. 잠깐 멈춰졌던 그들의 걸음이 다시 이어졌다. 숲 사이의 좁은 길을 지나자 비로소 왕족쌍의 거처가 십 장 저쪽에 나타났다.

　곽붕은 왕족발에게 올 때와는 다르게 지붕을 이용하지 않고 건물 그늘에 몸을 숨겨 이동했다. 달빛조차 퉁겨낸 그들의 모습은 어둠 그 자체였다. 발끝만을 이용해 움직이던 곽붕이 왕족쌍이 있는 건물 벽에 몸을 기댔다.

그는 잠시 위를 살피다가 중간쯤에 있는 거북살 무늬를 한 창문 쪽으로 움직였다. 그 아래 멈춰 선 곽붕은 창문을 가리켰다. 왕족발은 네 번이나 왕족쌍의 방을 들렀는데 저것이 그녀 방의 창문이라는 것을 처음 알았다.

곽붕은 창문 틈으로 손톱을 집어넣고 천천히 밀었다. 호차에 기름칠이 잘된 탓인지 문은 소리없이 열렸다. 사람이 통과할 정도로 열리자 무령조원 하나가 안으로 들어갔다. 세 명이 들어간 후 곽붕이 왕족발에게 손짓을 했다.

'저것이 누구한테 손가락만 까딱까딱해서 명령을 하는 거야?'

기분이 나빴지만 지금으로써는 시키는 대로 하는 수밖에 없었다. 왕족발은 안으로 들어간 후 흠칫 놀라 몸을 세웠다. 왕족쌍이 의자에 앉아 똑바로 그를 쳐다보고 있었기 때문이다. 먼저 들어온 무령조원들은 방 세 곳에 퍼져 저마다 밖의 동정을 살피는 중이었다.

"왜 왔니?"

왕족쌍이 물었다. 왕족발은 황급히 입술에 검지를 갖다 댔다.

"쉿! 조용히 해."

그녀는 특유의 비웃는 듯한 웃음을 입술 끝에 매달았다.

"걱정 마. 난 중요 인물 축에도 못 끼어서 감시는 없으니까."

왕족쌍의 말대로 그들 외에 다른 기척은 느껴지지 않았다.

"왜 왔어?"

그녀는 같은 물음을 던졌다.

"널 구하러 왔지."

왕족발은 아무렇지 않게 말했다.

"날 구할 계획 따윈 없었잖아."

그녀는 모든 일을 훤히 꿰뚫고 있는 것 같았다. 왕족발은 막 창문을 넘어오는 왕청원을 힐끔 돌아보고 말했다.

"무, 무슨 소리야? 자세한 얘기는 나중에 하고 빨리 빠져나가자."

"난 안 가."

주적자, 최후의 유혹

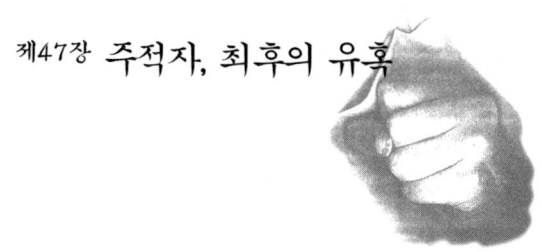

제47장 주적자, 최후의 유혹

왕족쌍은 단호하게 말했다. 그냥 해보는 말이 아니었다.

"너, 제정신이냐?"

"어차피 난 버려진 자식이잖아. 그런 내가 살아서 뭐 하겠어?"

그녀의 눈이 어둠 속에서 반짝였다. 그녀는 황급히 옷소매로 눈가를 찍고 차가운 표정으로 돌아왔다.

"네가 이곳까지 올 필요는 없었어. 빨리 가."

"이 계집애야! 너, 대체 왜 이래?"

왕족발은 자신의 언성이 높았음을 느끼고 목소리를 낮췄다.

"너 때문에 목숨을 걸고 다시 돌아왔는데 안 가겠다니? 어리광 부리지 말고 빨리 움직여. 따질 것이 있으면 여길 빠져나간 후에 해."

돌아서는 그의 등에 왕족발의 목소리가 부딪쳤다.

"난 안 가."

"너……!"

"난 여기서 그냥 죽을 거야. 그래서 아버지가 날 버린 것을 후회하게 만들 거야. 내가 죽은 오늘이 매년 돌아올 때마다 가슴이 아파서 눈물을 흐르게 만들 거야."

"족쌍아."

왕청원이 목소리를 낮춰 그녀에게 다가갔다. 그녀가 단호한 얼굴로 왕청원의 발걸음을 막았다.

"돌아가세요! 숙부님도 아버지와 똑같아요. 둘 다 야망을 이루기 위해서라면 자식의 생명조차도 하찮게 여기는 그런 사람들이죠."

"그래, 네 말이 맞다."

그의 말에 왕족쌍의 시선이 돌아왔다.

"아버님은 그런 분이다. 그런데 그런 아버님이 네 죽음으로 평생 슬퍼하실 것 같냐? 네 제삿날조차도 어머니가 말씀하지 않으면 잊어버릴 걸. 복수를 하려면 살아남아서 아버지한테 덤벼봐. 따로 단체를 만들어서 정무문에 대적을 하는가 좆 빠지게 무공을 익혀서 아버님을 쓰러뜨리든가. 아참, 너는 빠질 그것이 없구나. 뭐 어쨌든 아버님에 대한 진정한 복수는 네가 살아남아 뭔가를 하는 것이다. 알겠냐?"

자신이 했지만 너무 멋진 말이었다. 평생을 통틀어도 세 번 이상 나오지 않을 명언에 왕족쌍도 마음이 흔들린 듯 아랫입술만 꼭 깨물고 있었다.

"시간이 없습니다."

왕족발은 말을 한 곽붕을 째려봤다.

'저놈은 오늘 같은 말을 몇 번이나 하는 거야?'

못마땅하게 곽붕을 노려본 그는 왕쪽쌍과 눈을 맞췄다.

"결정해라. 네가 정말 남겠다면 우린 그냥 가겠다."

물론 진심은 아니었다. 목숨을 걸고 천신만고 끝에 여기까지 왔는데 빈손으로 돌아간다는 것은 너무 억울했다. 말을 안 들으면 머리끄덩이라도 잡고 끌고 갈 생각이었다. 왕족쌍은 결심을 한 듯 자리에서 벌떡 일어섰다.

"좋아. 일단 여길 나가겠어."

"잘 생각했다. 나가서 아버님께 심하게 따져 봐라."

왕족발은 말 뒤로 '그런데 그렇게 될 수 있을까?'라는 생각을 했다. 무사히 빠져나가는 일은 들어오는 것보다 훨씬 어려웠다. 그들이 죽인 경비의 시체 때문이었다.

'곧 경비 교대 시간이 된다고 했는데……'

그는 걱정스런 표정으로 곽붕을 보았다. 하지만 잔뜩 굳은 곽붕의 표정에서는 아무것도 읽을 수 없었다.

"네 고집이었냐?"

왕족쌍이 창문을 넘다 말고 뜬금없이 물었다.

"뭐가?"

"날 구하러 온 것 말이야."

그렇다고 하기에는 쑥스러웠고, 아니라고 한다면 다른 이유를 댈 수가 없었다. 그가 대답을 않자 왕족쌍은 창문으로 몸을 집어넣으며 말했다.

"고마워. 이 신세는 기회가 생기면 갚지."

"기회가 없어도 만들어서 갚아라."

곽붕을 마지막으로 모두 왕족쌍의 방을 빠져나왔다. 제일 늦게 나온 곽붕이 가장 먼저 앞으로 나섰다. 그들은 들어왔던 길을 조심스럽게 더듬었다. 산에 가까워진 달이 그들의 그림자를 길게 늘어놓았다.

그들은 자신의 그림자를 두려워하는 듯 재빨리 건물의 어둠 속으로 스며들었다. 안 간다고 하던 왕족쌍도 막상 밖으로 나오자 긴장하는 빛이 역력했다. 옷자락 스치는 소리도 없이 그들은 건물과 건물 사이를 빠르게 나아갔다.

경비들의 주검이 있는 숲에 도착한 왕족발은 콧등을 찌푸렸다. 희미한 혈향(血香)이 느껴진 것이다.

'칠칠치 못한 것들, 이런 냄새나 풍기게 하다니.'

시간이 급박했기 때문에 어쩔 수 없었다는 것은 이해하지만 마음에 안 드는 것은 안 드는 것이었다. 걸음을 옮기는 그들 뒤로 피 냄새가 따라붙었다. 불안한 그들의 앞날을 예견하듯……

오재상과 곽만후는 왕족발이 있는 건물에 도착했다. 문 쪽이 아닌 건물의 좌측 벽 아래였다. 지붕으로 올라가 경비를 서야 하기 때문에 굳이 문으로 갈 필요가 없었다.

그들은 지정된 장소에 서서 손가락으로 흑화를 보냈다. 잠시 기다리면 신호가 올 줄 알았는데 아무 반응이 없었다.

'이 녀석들이 한눈을 팔고 있나?'

오재상은 생각을 하고·다시 수신호를 보냈다. 하지만 역시 아무 반응도 나타나지 않았다. 오재상과 곽만후는 심상치 않은 눈으로 서로의 얼굴을 보았다. 그들이 경비를 서기 시작한 지 일 년이 지났지만 수신호를 두 차례나 보내도록 무응답이었던 적은 한 번도 없었다.

곽만후가 다시 수신호를 하려 할 때 오재상이 지붕으로 몸을 날렸다. 창가를 밟고 처마에 손을 얹어 지붕으로 올라섰다. 희미한 달빛에 반사된 지붕은 이슬을 머금어 반짝이고 있었다.

오재상은 육 장 길이의 지붕을 재빠르게 살폈다. 그의 눈에 납작 엎드린 검은 인영 두 개가 보였다. 그가 올라섰는데도 미동조차 하지 않았다. 오재상은 조심스럽게 그들을 향해 다가갔다.

기와 밟히는 소리가 났지만 그것에 신경조차 쓰지 않았다. 한달음에 달려간 오재상은 엎드린 인영을 뒤집었다. 몸이 완전히 돌아가기 전에 손에 끈적한 느낌이 전해졌다. 채 마르지 않은 피가 그의 손목을 타고 흘러내렸다.

삐이익—!

날카로운 호각 소리는 차분한 새벽 공기를 갈기갈기 찢어발겼다. 건물 사이를 막 빠져나가던 왕족발 일행의 움직임이 동시에 멎었다. 그들은 일제히 호각 소리가 난 쪽을 보았다. 왕족발이 머물고 있던 건물 방향이었다. 경비들의 시체가 발견된 것이 분명했다.

"빨리 빠져나가는 것이 좋겠습니다."

그들의 떨어진 걸음이 바닥에 닿기도 전에 용두장 곳곳에 불빛이 켜졌다. 밝음은 그들을 빠르게 덮쳤다. 이제 은밀한 움직임보다는 속도가 우선이었다.

곽붕이 맨 앞에 달리고, 그 뒤를 왕족발과 왕족쌍이 따랐다. 왕청원은 뒤쪽으로 처져 배후를 맡았다. 가장 위험한 위치였지만 가장 고수인 그가 배후에 서는 것은 당연했다.

삐익—!

바로 왼쪽에서 호각 소리가 고막을 때렸다. 고개를 돌리자 지붕에서 호각을 입에 댄 복면인이 보였다. 드디어 감시자들의 눈에 그들이 잡힌 것이다. 그에 대한 대가는 생각보다 빨리 찾아왔다. 쉬리리릭 하는 소리와 함께 소털처럼 가는 암기가 곽붕과 왕족발 남매를 덮쳤다.

왕족발은 어지럽게 도를 휘둘러 날아드는 암기를 떨쳐 냈다. 그리 위력적이지는 않아 암기에 맞지는 않았지만 걸음이 늦춰지는 것만은 어쩔 수 없었다.

"이쪽으로!"

곽붕이 건물 사이를 지나 왼쪽으로 방향을 잡았다. 그들이 건물을 돌아 다섯 자 높이의 야트막한 담을 뛰어넘을 때 날카로운 파공음이 들렸다.

쉬쉬쉬쉭―!

암기처럼 가벼운 것이 아니라는 것은 소리만으로도 알 수 있었다. 왕족발은 몸을 돌리며 본능적으로 도를 휘둘렀다.

타타타타!

열두 대의 화살은 그의 도에 걸려 허리가 부러진 채 바닥에 뒹굴었다. 앞서는 곽붕이나 뒤따르는 사람들 모두 정신없이 화살을 쳐내고 있었다. 때문에 그들의 걸음은 눈에 띄게 더뎌졌다.

푹!

그의 도에 퉁겨진 화살이 왕족쌍 뒤쪽에 자리한 나무에 깊숙이 틀어박혔다.

"설강(薛姜), 철현(哲賢), 평웅(平雄), 청죽(淸竹)! 너희들은 이곳을 맡아라!"

"네!"

네 명의 무령조원들은 힘차게 대답한 후 일행의 중앙 쪽으로 몸을 날렸다. 화살이 가장 많이 날아오는 곳에 위치한 그들은 정신없이 도를 휘둘렀다.

"뒤는 넷이 맡을 테니 돌아보지도 말고 뛰시오!"

곽붕이 소리를 치고 앞으로 나가자 왕족발과 왕족쌍이 뒤를 따랐다.

"저들은 어떻게 되는 거지?"

왕족쌍이 숨차게 달리며 물었다. 왕족발은 대답하지 않았다. 저들의 틀림없는 죽음을 말로써 확인시킬 필요가 없었다. 그들이 작은 정원을 지나 마주 보고 나란히 선 네 개의 건물을 지날 때까지 호각 소리는 끊임없이 그들을 따라붙었다.

맨 처음 사람이 그들을 막은 곳은 외벽을 오십 장 정도 남겨놓은 곳이었다. 건물과 건물 사이에 위치한 그곳은 넓이가 오 장에 이르렀다. 양쪽을 막는다면 광장이라고 해도 좋을 정도로 넓었다.

곽붕은 정면에 길게 늘어선 무사들을 보고 흠칫 놀란 듯하더니 이내 그들을 향해 몸을 날렸다. 멈춰 서 적의 기세를 살피거나 하는 동작은 시간 낭비에 불과했다. 맨 앞에 곽붕이 서고, 그 뒤에 왕족발과 왕족쌍, 다음에 무령조원 네 명… 이런 식으로 삼각형을 만들어 일렬로 선 용두장의 무사들을 덮쳐갔다.

첫 저지선은 너무도 쉽게 무너졌다. 그들의 기세 때문인지 변변하게 덤비지도 않고 좌우로 갈라진 것이다. 그런데 갑자기 정면의 지붕 위에서 화살이 비오듯 쏟아졌다. 앞으로 나아가는 속도를 줄이지 않고 막기에는 너무 많은 수였다.

어쩔 수 없이 곽붕이 걸음을 멈춰 화살을 쳐내자 뒤따라 가던 왕족발 등도 황급히 도를 휘둘러 자신을 보호했다.

치익—!

화살 하나가 왕족쌍의 어깨를 스치고 바닥에 꽂혔다. 어깨가 금세 피로 물들었다.

"괜찮냐?"

왕족발이 두 개의 화살을 쳐내며 물었다. 왕족쌍은 무령조원 중 한 명이 건네준 한 자 반 길이의 소도를 움직이며 대꾸했다.

"귀하신 네 몸이나 신경 써!"

그녀의 움직임은 화창한 봄날 꽃 위를 노니는 나비처럼 부드러웠다. 성수란에게 경신법과 보법만은 확실히 배운 모양이다.

"내가 앞장설 테니 전속력으로 따라라!"

왕청원이 소리를 치며 그들의 머리를 뛰어넘었다. 무림 십대고수라 불리는 사람들과도 능히 자웅을 겨룰 수 있다는 왕청원의 무공은 놀라웠다. 한 번씩 도가 휘둘러질 때마다 허공을 가득 메우며 쏟아지는 화살들이 사방으로 퉁겨져 나갔다.

"빨리 갑시다!"

곽봉이 소리를 지르며 왕청원을 바짝 따라붙었다. 화살이 계속 쏟아지기는 했지만 왕청원이 막아주는 덕분에 훨씬 수월하게 나아갈 수 있었다.

"하앗!"

왕청원은 우렁찬 소리를 지르며 정면의 지붕을 향해 뛰어올랐다. 오장을 단숨에 격한 왕청원은 부랴부랴 화살을 꺼내는 네 명의 궁수들 목을 일도에 날려 버렸다. 시체들의 목에서 뿜어져 나온 핏방울이 지붕에 채 떨어지기도 전에 다시 여섯 명이 땅으로 추락했다.

전면에 있는 세 개의 건물 지붕 위에 오십여 명의 궁수들이 있었지만 왕청원이 가운데를 막아주는 덕분에 전진하기가 훨씬 수월했다. 거기다 그들이 쏘는 화살 또한 한계가 있어서 건물과 건물 사이의 좁은 길을 빠졌을 즈음에서는 더 이상 화살이 날아오지 않았다.

대신 한눈에 봐도 백 명이 넘는 무사들이 그들을 기다리고 있었다. 폭이 일 장 정도 되는 길에 세 줄로 늘어선 용두장 무사들이 그들을 노려보았다.

"뚫고 지나간다!"

궁수들을 모두 해치운 왕청원이 지붕에서 뛰어내리며 소리쳤다. 곽 붕은 잠시 주춤했던 걸음에 박차를 가했다.

"으악!"

최초의 비명은 왕청원에 의해 만들어졌다. 동시에 세 명의 머리가 바닥을 뒹굴었다.

"반 각만 막아라! 장주님이 곧 도착하실 것이다!"

지휘자인 듯한 뱁새눈의 사내가 손에 든 검을 높이 쳐들며 부하들을 독려했다.

"와아―!"

종종 함성은 아군의 사기를 북돋는 데 사용되었고, 효과 또한 확실히 있었다. 단숨에 세 명을 처치한 왕청원의 무위에 눌렸던 분위기가 단숨에 반전되어 자신이 일당백의 용사나 되는 것처럼 왕족발 일행을 향해 밀려들었다. 하지만 오합지졸은 오합지졸일 뿐이었다.

수가 백이 아니라 그보다 세 배가 많아도 마찬가지였다. 왕족발은 무작정 돌진해 오는 사내의 검을 머리 위로 흘리고 도를 쭉 뻗었다. 푹 하는 소리와 함께 생전 처음 느끼는 감촉이 손을 짜릿하게 만들었다.

비록 첫 살인은 아니었지만 정말 죽이려고 마음먹고 죽인 첫 희생물인 셈이다. 왕족발에게는 그 미묘한 손끝의 느낌을 오래 감상할 시간이 없었다. 양쪽에서 두 명이 동시에 가슴과 허리를 향해 검을 휘둘렀다.

그는 도를 똑바로 세워 두 개의 검을 쳐내고 팔목만을 이용해 수평으로 휘둘렀다. 가장 짧은 시간에 효과적으로 적을 죽일 수 있는 움직임이었다.

"크윽―!"

비명은 머리가 허공에 떠오른 상태에서 들리는 것 같았다. 바닥에 흥건하게 고이기 시작한 핏물 속으로 머리통이 굴러 떨어졌다. 아직 감겨지지 않은 눈이 핏발을 세운 채 그를 올려다보았다. 갑자기 전신에 소름이 쫙 끼쳤다.

"피해라!"

왕청원의 다급한 목소리에 그는 화들짝 놀라 뒤를 돌아보았다. 달빛에 반사된 은빛 검날이 미간을 향해 떨어졌다.

"헙!"

다급한 숨을 내뿜은 왕족발은 왼쪽 발을 축으로 황급히 몸을 회전시켰다. 검날은 코끝의 솜털을 베고 가슴 아래로 떨어졌다. 왕족발의 손이 본능적으로 움직여 사내의 가슴에 구멍을 내놓았다.

'도를 이렇게 움직여 이렇게 막고 이렇게 베어야지' 하는 생각은 전혀 들지 않았다. 오랜 시간 동안 반복한 동작들은 너무도 자연스럽게 흘러나와 그를 자동 인형처럼 움직이게 만들었다.

떨어져 나간 팔다리가 발에 밟히고 장강(長江)의 물처럼 흔해진 피가 온몸을 적셨다. 적과 아군의 구별조차 모호해질 정도로 왕족발은 싸움에 집중했다.

"조금만 더 버텨라! 조금만!"

악을 쓰는 뱁새눈의 사내가 눈에 들어왔다. 왕족발은 두 개의 목을 떨군 후 곧장 뱁새눈 사내를 향해 몸을 날렸다.

"조금만……!"

고함을 지르던 뱁새눈 사내는 돌진해 오는 왕족발을 보고 당황한 듯 뒤로 주춤 물러섰다. 하지만 그가 채 두 걸음도 물러서기 전에 왕족발의 도가 허공에 원을 그렸다.

차캉!

한 무리의 우두머리답게 일격을 막아내기는 했지만 횡으로 이어지는 공격으로부터 몸을 지켜내지는 못했다.

까악!

검날이 울퉁불퉁한 낭아도가 머리를 가르는 소리는 망치로 돌을 내려친 것 같은 음을 만들어냈다. 비명조차 지르지 못하고 머리가 갈라진 뱁새눈 사내가 털썩 주저앉았다.

왕족발은 적을 찾아 몸을 돌렸다. 그의 시선에 세 명을 상대로 싸움을 펼치고 있는 왕족쌍이 보였다. 그녀의 무위로 볼 때 적을 죽이는 것은 어렵지 않음에도 수세에 몰려 있었다. 평소 그처럼 앙칼지고 매몰차 보여도 여자인 것만은 분명했다. 더욱이 이런 싸움은 처음이니 그럴 수밖에 없었다.

왕족발은 이 장 거리를 훌쩍 뛰어 단숨에 세 명의 숨통을 끊어놓았다.

"괜찮냐?"

그의 물음에 왕족쌍은 새삼스럽게 흠칫 놀랐다. 흔들리는 눈동자가 그녀의 불안한 심정을 대변했다.

"족쌍아……."

"난 괜찮아!"

왕족쌍은 필요 이상으로 소리를 지르고 이내 목소리를 낮추었다.

"아무렇지도 않아."

그녀의 목소리를 뚫고 왕청원의 고함 소리가 들렸다.

"빨리 뚫고 지나가자!"

왕족발은 황급히 왕족쌍의 손목을 움켜쥐고 몸을 날렸다. 하지만 채 두 번을 도약하기 전에 멈춰야 했다.

카앙!

귀를 멍하게 만들 정도로 쩌렁한 소리와 함께 왕청원의 길이 막혔기 때문에 그들도 더 이상 나가지 못했다. 왕족발은 왕청원을 막은 중년인을 보았다. 파란 장포를 입은 그는 키가 매우 커서 거의 칠 척에 이르는 것 같았다. 그래서 건장한 체구에도 불구하고 호리호리하게까지 보였다.

축 처진 눈에 납작한 코는 약간 모자란 사람의 전형적인 생김새였다. 하지만 왕청원과 일검을 교환하고도 전혀 흔들리지 않는 인물이 모자를 리가 없었다.

'혹시 저자가?'

그의 뇌리에 스친 이름을 왕청원이 뱉어냈다.

"구영검 우문탁!"

용두장의 장주 우문탁은 빙긋 웃음을 지었다.

"왕 형께서 무슨 일로 이 새벽에 소제(小弟)의 집에서 칼춤을 추고 계시는 겁니까?"

왕청원은 아무 말 없이 우문탁을 노려보았다. 딱딱해진 그의 얼굴이 현 상황의 심각성을 보여주고 있었다. 왕청원이 무림 십대고수에 필적하는 실력을 가지고 있다고는 하지만 우문탁은 쉽게 상대할 수 있는 자가 아니었다.

　일 대 일로 싸운다면 필승을 장담할 수 있을지 몰라도 그들은 수와 지리에서 모두 불리한 상황이었다. 더욱이 우문탁과 함께 나타난 서른 네 명의 사내들은 지금까지 싸운 오합지졸이 아니었다. 전신에서 풍기는 기도만으로 충분히 알 수 있었다.

　삼십 대 후반으로 보이는 그들은 한 소속이라는 것을 증명하듯 똑같은 차림을 하고 있었다. 흰색 바탕에 청룡이 여의주를 물고 있는 그림의 무복은 연회 때나 입으면 적당할 정도로 화려했다.

　"아무래도 정무문이 딴 마음을 품고 있는 것 같군요."

　우문탁이 어느새 웃음을 지우고 말했다. 왕청원의 오른쪽 발이 앞으로 내밀어졌다.

　"무용문답!"

　허공을 가르는 은빛 도는 밤하늘의 유성(流星)처럼 빨랐다. 뒤쪽으로 검을 돌려 머리 위로 검끝만을 보이고 있던 우문탁의 어깨가 움찔 떨렸다. 순간 부챗살을 펼치듯 검 그림자가 늘어나더니 왕청원의 검을 바깥으로 밀어냈다. 그것이 싸움의 신호였다.

　우문탁 곁에 서 있던 사내들이 일제히 왕족발 일행 쪽으로 밀려들었다.

　"소문주님, 조심하십시오! 저들은 우문탁이 심혈을 기울여 키운 청룡대(靑龍隊)입니다!"

　곽붕의 경고가 아니라도 그는 충분히 조심하고 있었다. 청룡대원 네 명이 동시에 그를 덮쳤다. 상중하를 점하고 들어오는 그들의 한 수를 보더라도 합공에 많은 시간을 투자했다는 것을 알 수 있었다.

　합공을 받고 있는 사람은 그만이 아니었다. 무령조원 한 명에 최소한두 명이 달라붙어 있었다. 개개인의 실력으로 따지면 청룡대 누구도 그나 무령조의 상대가 될 수 없었다. 하지만 둘에게 합공을 당하면 압박감이 두 배가 아닌 세 배, 네 배 늘어나기 마련이었다.

거기에 합공을 중점적으로 연마한 자들이라면 그 압박감은 더욱 크게 다가왔다. 왕족발은 세 명을 상대로 싸움을 하며 틈틈이 왕족쌍을 살폈다. 그녀 또한 두 명을 상대하고 있었는데 신법이 뛰어난 탓에 그리 위험해 보이지 않았다. 하긴, 그녀가 본신의 실력만 제대로 발휘한다면 별 위험은 없을 것이다.

왕족발 또한 비교적 여유있는 싸움을 하고 있었다. 비록 쉽게 제압을 하지는 못했지만 확실한 우위를 점하고 있는 것은 분명했다. 십 초 이내에 한 명 정도는 떨굴 수 있었다. 그러면 세 명과의 싸움은 그의 승리로 끝나는 것이다.

하지만 일이 항상 그의 예상대로 흘러가지는 않았다. 특히 이런 급박한 상황에서는 더욱 그랬다.

"크윽!"

병장기 부딪치는 소리만 난무하던 격전장에 최초로 비명이 울렸다. 왕족발은 그쪽으로 힐끔 시선을 돌렸다. 무령조원 중 하나의 가슴에 검이 꽂히고 이어서 머리통이 허공으로 떠올랐다.

세 명을 상대하고 있던 한 명이 죽자 승부의 추는 급격히 한쪽으로 기울었다. 우세한 싸움을 하고 있던 왕족발과 곽붕에게 각각 한 명씩이 더 가세했다. 그러자 합공은 전혀 다른 형태로 변해 그를 압박했다.

하나가 늘었다고 불리해지지는 않았지만 셋일 때만큼 쉽게 상대할 수도 없었다.

"으윽!"

또 하나 비명이 들렸고, 그것 역시 무령조원의 것이었다. 이제 승부는 되돌릴 수 없을 정도로 치우쳐졌다. 연이어서 무령조원들이 쓰러져 갔다. 마지막 희망을 걸고 본 왕청원도 우문탁과 세 명의 무령조원을 상대로 힘겨운 싸움을 벌이고 있었다.

'결국 내 고집 때문에 이렇게 끝나는 것인가?'

왕족발은 새로 늘어난 두 개의 검을 쳐내며 암담함을 느꼈다. 그래도 옆에서 싸우고 있는 왕족쌍 때문에 후회라는 감정은 생기지 않았다. 그가 설사 왕청원과 무령조원들을 죽음의 늪에 끌어들인 죄를 지었다 할지라도 그녀를 죽음 한가운데 두고 도망친 죄보다는 가볍게 느껴졌기 때문이다.

그와 왕족쌍의 시선이 허공에서 얽혔다. 그녀의 입가에 가는 선이 그어졌다. 분명 웃음일 텐데 그렇게 보이지 않는 것은 그녀 얼굴에 떠오른 처연함 때문이었다.

그래서 그녀의 웃음이 더욱 아프게 가슴을 파고들었다. 옆구리에 화끈하게 느껴지는 아픔보다 더 크게…….

*　　　*　　　*

송마강은 초조한 시선으로 황금도 위쪽을 쳐다보았다.

'이미 내려오실 시간이 지났는데…….'

그는 물가에 서 있는 축융세가의 가주 화천일(華天壹)을 보았다. 그 곁에는 네 명의 세가 식솔들이 잔뜩 굳은 얼굴로 서 있었다. 빨리 일을 끝내고 집으로 돌아가고 싶다는 내심이 역력히 드러나 보이는 표정이었다.

물론 그도 이곳을 떠나고 싶었다. 하지만 왕청원이 오지 않은 상황에서 그 맘대로 움직일 수가 없었다. 계획대로라면 지금쯤 정천맹의 배를 모두 불태우고 정무문으로 돌아가고 있어야 했다.

'설마 문주님 신변에 무슨 일이 생긴 것일까?'

송마강은 고개를 저어 그 생각을 지웠다. 천하에 누가 왕청일에게 해를 입힐 수 있겠는가? 그렇게 믿고 있었지만 불안함이 쉽게 떨어지지 않았다. 안절부절못하고 있는 그의 시선에 검은 그림자가 걸렸다.

산 위쪽이 아니라 물과 가까운 바위 사이에서 불쑥 나타난 것이다. 짙은 안개 때문에 누군지 쉽게 알아볼 수 없었다. 혹시 하는 마음으로 송마강은 조심스럽게 괴인영과의 거리를 좁혔다. 약 오 장 정도의 거리를 두고 그는 황급히 바위 뒤로 몸을 숨겼다.

전혀 예상 못한 인물, 바로 여신우였다.

'저자가 왜 저기서 나오는 거지?'

윗도리의 앞섶도 제대로 매지 않은 여신우는 매우 다급해 보였다.

'대체 황금도 안에서 무슨 일이 벌어지고 있는 거야?'

궁금증만 새록새록 피어났다. 여신우는 물가의 바위에 올라서더니 아래쪽을 살핀 후 바위 뒤쪽으로 사라졌다. 그리고 곧 작은 배 한 척이 바위 뒤에서 나타났다. 여신우의 행동은 분명 서둘러 섬을 떠나려 하는 것이었다.

'저자가 왜 저렇게 허둥지둥 가려는 거지?'

송마강은 윗몸을 일으켜 노를 젓는 여신우를 보다가 납작 엎드렸다. 여신우가 가던 뱃머리를 다시 황금섬 쪽으로 돌린 것이다. 무슨 생각을 하는지 도무지 종잡을 수가 없었다.

여신우는 배를 원래 있던 곳에 놔두고 다시 나왔던 바위 사이로 사라졌다. 그는 여신우가 들어간 바위 쪽으로 천천히 다가갔다.

황금색의 바위는 물을 머금어 상당히 미끄러웠다. 조심스럽게 걸음을 옮긴 송마강은 고개를 내밀어 여신우가 사라진 곳을 살폈다. 그곳은 높이가 일곱 자 정도 되고, 폭이 한 자가 조금 넘는 좁은 동굴이었다.

그는 그곳을 보고 한참 동안 고민하다 '혹시?' 하는 생각을 했다. 여신우가 저토록 급박하게 행동한 이유가 어쩌면 정무문의 계획을 눈치 채서인지도 모른다는 생각이 들었다. 혼자 도망치려다 안에 있는 정천맹 인물들을 부르기 위해 다시 돌아간 것이라는 그럴듯한 그림까지 그려졌다.

물속에 장치한 진천뢰에 이상이 생겼을지 모른다는 데까지 생각이 미치자 걱정은 배로 늘어났다. 그가 왕청일에게 신임을 받는 것은 언제나 철두철미(徹頭徹尾)한 일 처리 때문이었다.

송마강은 원래 있던 곳으로 돌아와 화천일에게 명령했다.

"가주, 어서 물속으로 들어가서 진천뢰가 무사한지 확인해 보시오."

화천일은 영문을 모르겠다는 얼굴로 좌우에 서 있는 네 가솔들을 보았다.

"어서! 서둘러 확인해 보시오!"

내일 모레 환갑인 화천일은 불쾌한 표정 하나 없이 네 명의 가솔들과 함께 물속으로 사라졌다.

"별일없어야 할 텐데……."

그는 걱정스런 시선으로 황금섬을 올려다보았다.

정신이 들고 가장 처음 느낀 것은 무력감이었다. 몸에 힘이 전혀 들어가지 않아 손가락 하나 까딱할 수 없었다. 근육이란 근육이 모두 사라진 것은 아닐까 하는 생각까지 들었다. 눈꺼풀을 밀어 올리는 것조차 힘들었다.

주적자는 한참을 노력한 후에야 겨우 눈을 뜰 수 있었다. 정신을 잃었다 눈을 떴는데도 시야는 금세 밝아졌다.

'어디지?'

천장은 울퉁불퉁한 회갈색이었다. 고개조차 돌아가지 않아 천장밖에 볼 수 없었다. 이런 무기력은 마치 육신은 죽었는데 혼이 몸을 빠져나가지 못하고 갇혀있는 게 아닌가 하는 생각까지 들었다.

'어쩌면 그럴 수도 있겠군. 난 특별해져 버린 인간… 아니, 인간이 아니라 흡혈귀니까.'

뭔가 격한 감정이 일어야 마땅할 것 같은데 주적자는 남의 일을 대하듯 잔잔함을 유지하고 있었다. 잠시의 시간이 지난 후에야 그는 자신이 흡혈귀로 변해 이성을 잃었었다는 것을 기억해 냈다.

'피를 빨지 않고 시간이 오래 지나면 이런 상태가 되는 것일까?'

그럴 수도 있었다. 정신은 맑은데 완전한 무력의 상태, 누군가 어떤 식으로든 도와주지 않는다면 그는 영원히 죽지도 못하고 이렇게 있어야 할지도 모른다.

'끔찍하군.'

그의 생각을 뚫고 목소리가 들려왔다.

"빨리 깨어났군."

대단히 특이한 목소리였다. 굵은 음성의 남자와 흔히 말하는 은쟁반의 옥구슬 굴러가는 목소리를 가진 여자가 동시에 말하면 이렇게 들릴까?

주적자는 대꾸를 하려 했지만 입이 열리지 않았다.

"그렇게 노력할 필요 없다."

그 말에도 불구하고 그는 말을 하려고 애를 썼다. 턱이 부르르 떨리는 느낌이 들더니 입술이 열렸다.

"누… 누군가?"

잠시 사이를 두고 말소리가 들렸다.

"의지가 강하다고 해야 하나? 눈을 뜬 것만도 대단한데 말까지 하다니."

주적자는 굵은 침을 삼키고 힘겹게 물음을 던졌다.

"흡혈… 야황인가?"

"……."

"그런가?"

지루하다고 생각될 정도의 시간이 흐른 후에야 대답이 들렸다.

"나를 그렇게 부르기도 하지."

주적자는 눈을 감았다. 알 수 없는 감정이 밀려왔다. 가슴속에 소용돌이가 이는 것 같았다. 바로 곁에 그토록 찾아 헤매던 흡혈야황이 있는데 볼 수조차 없는 상황은 참기 힘든 답답함으로 이어졌다.

"으으……!"

온몸의 피가 한 방울도 남김없이 머리로 쏠리는 느낌이 찾아왔다. 얼굴이 화끈거리고 금방이라도 눈알이 빠져 뺨으로 굴러 떨어질 것 같았다.

저곳에 있는 흡혈야황은 과연 당과일까? 목소리는 분명 당과가 아니었다. 하지만 목소리 따위는 얼마든지 변조할 수 있었다.

만약 당과라면?

어떻게 행동해야 할지 판단이 서지 않았다. 과거의 인연은 끊어버리고 불구대천의 원수처럼 맞서야 할까? 아니면 흡혈야황보다는 당과라는 이름으로 받아들여야 할까?

당과가 아니라면?

그럼 그녀의 죽음을 현실로 받아들여야 했다. 그 슬픔을 곱씹는 것만으로도 참을 수 없는 고통이 될 것이다.

둘 중 어떤 것이 좋을지 아직도 알 수 없었다. 아니, 더 나쁘다고 해야겠지⋯⋯.

우두둑!

너무 악다문 이빨 사이로 거친 소리가 튀어나왔다.

"그렇게 애쓸 필요 없다. 곧 움직일 수 있을 테니까."

흡혈야황의 말이 끝남과 동시에 근육들이 꿈틀거렸다. 갑작스럽게 찾아온 힘은 맑은 물에 먹물을 떨어뜨린 듯 온몸으로 급속하게 퍼져 나갔다.

주적자는 벌떡 몸을 일으켰다. 그리고 목소리가 들렸던 쪽으로 돌아섰다.

그곳에 있었다. 흡혈야황이 있었다. 그토록 찾아 헤매던 흡혈야황이 그곳에 있었다. 그 어둠 속에 석상인 듯, 어둠 자체인 듯, 영원히 움직이지 않으려는 듯 미동도 없이 서 있었다.

헐렁한 검은 무복을 입은 흡혈야황은 얼굴도 가리지 않아 생김새를 똑똑히 볼 수 있었다. 주적자는 자신이 느끼는 감정이 어떤 것인지 알 수 없었다. 슬픈 것인지, 기쁜 것인지, 아니면 자신에 대한 새삼스러운 분노인지⋯⋯.

이 장 앞에 서 있는 흡혈야황은, 흡혈야황은 당과가 아. 니. 었. 다!

당과가 아닐 뿐더러 남자였다. 가슴에 융기도 없고, 여인처럼 예쁘기는 했지만 분명 남자였다.

'그럼 당과는 죽은 것인가?'

가장 먼저 떠오른 생각이었다. 앞에 있는 흡혈야황을 어떻게 상대할 것인지에 관한 것보다 당과의 죽음이 더 빨리 가슴에 와닿았다.

"이상한 표정을 짓는군."

그 말에 주적자는 감정을 추스르려 노력했다. 가슴이 뻑뻑해지고 오리알만한 무언가가 목구멍으로 튀어나올 것 같았지만 지금은 절실히 집중해야 할 상대가 있었다. 감정의 표현은 나중에라도 언제든지 할 수 있었다. 그 나중이 온다면…….

"드디어 만났군."

주적자는 의무처럼 말을 뱉고 깊은 숨을 몇 번 들이쉬었다. 소용돌이치던 가슴의 격정이 조금은 가라앉았다.

"그래, 우린 드디어 만났어."

마치 흡혈야황도 그를 간절히 만나고 싶었다는 듯한 말투였다.

"궁금한 것이 많겠군. 나만큼이나."

주적자는 의아함을 느꼈다. 그가 의문을 품어야 하는 것은 당연했지만 흡혈야황이 무엇을 궁금해하는 것일까?

"내가 먼저 묻지. 어떻게 흡혈귀가 된 거지?"

주적자는 마땅한 대답을 찾지 못했다. 이야기를 하자면 너무 복잡하고 길었다. 마치 손자에게 옛날얘기를 들려주듯 조목조목 하기에는 시간도 없었고 장소도 적당하지 않았다. 아니, 무엇보다 그에겐 그런 여유가 없었다.

"얘기를 하자면 너무 길군."

그렇게 짧은 대답으로 끝내려 했는데 다시 질문이 던져졌다.

"설마 두 번이나 목숨을 잃은 건가?"

주적자는 순간적으로 호흡이 끊길 만큼 놀랐다. 흡혈야황은 그에게 일어난 모든 일들을 꿰뚫고 있는 것 같았다. 주적자의 표정만으로 상황을 읽은 듯 흡혈야황의 입에서 긴 한숨이 새어 나왔다.

"그런가 보군. 그렇게 되지는 않을 거라 생각했는데 그렇게 됐어."

마지막 말은 독백처럼 들렸다.

"넌 어떻게 그것들을 알고 있지? 난 흡혈도 하지 않았는데 어떻게 제대로 된 정신과 육체를 유지하고 있는 거지? 날 흡혈귀가 아닌 사람으로 돌려놓을 수 있나? 아니, 당괴는 너와 어떤 사이지?"

흡혈야황은 쉴 새 없이 질문을 던져대는 주적자를 물끄러미 쳐다보았다. 그리고 한참 후에야 입을 열었다.

"일단 두 번째 질문부터 대답을 해주지. 이곳에 들어설 때 넌 분명 흡혈귀로 변해 있었지. 그리고 난 흡혈을 하는 괴들을 조종할 수 있어. 내가 괜히 흡혈야황이라고 불리는 것이 아니거든. 즉, 난 흡혈귀의 능력을 줄 수도, 없앨 수도 있다는 것이야. 네가 인성을 잃고 흡혈귀로 변한다면 난 언제든 널 마음대로 조종할 수 있지."

흡혈야황은 말을 한 후 씨익 웃음을 지었다. '넌 언제든 내 마음대로 가지고 놀 수 있어'라는 뜻을 내포하고 있는 웃음이었다. 주적자는 그 웃음을 무시해 버렸다.

"다음은?"

"널 흡혈귀가 아닌 사람으로 돌려놓을 수 있냐구? 물론 가능하지."

그 대답을 들었음에도 주적자는 전혀 안도가 되지 않았다. 거짓말이 아니라는 것쯤은 알 수 있었다. 하지만 흡혈야황이 자신을 사람으로 돌려줄까라는 부분에 대해서는 자신이 없었다. 그래서 물었다.

"날 사람으로 만들어줄 텐가?"

흡혈야황의 입가에 묘한 웃음이 걸렸다.

"내가 보기에 넌 사람이야."

"아니, 난 흡혈귀야!"

주적자는 완강하게 부인했다.

"피를 빨아야만 생명을 유지할 수 있는데 어찌 사람이라 할 수 있겠나?"

"큭큭… 그래, 관점의 차이겠지."

그는 잠시 흡혈야황을 노려보다 입을 열었다.

"날 사람으로 만들어줄 텐가?"

"글쎄……."

말끝을 흐리는 흡혈야황의 얼굴에는 뭐라 표현할 수 없는 감정이 얽혀들었다. 슬픔, 괴로운, 서러움, 분노, 처연함……. 인간이 가질 수 있는 감정 중 아픈 쪽의 모든 것이 담겨 있는 것 같았다.

하지만 주적자는 흡혈야황이 그런 감정을 느낄 리가 없을 것이라 생각했다. 왜냐하면 그는 흡혈야황이니까.

"널 사람으로 만드는 문제는 좀 더 시간을 두고 결정을 해야 할 것 같군."

"왜? 대체 내게 바라는 것이 뭐지? 왜 날 흡혈귀로 두려는 것이냐?"

흡혈야황은 손을 저어 그의 물음에 대한 대답을 거부했다. 주적자는 한참 동안이나 흡혈야황을 노려보다 긴 호흡으로 마음을 가라앉혔다. 흥분해서 좋을 것은 없었다.

"좋아. 그럼 당과와 넌 어떤 사이지?"

흡혈야황도 그처럼 깊숙한 숨을 들이쉬었다. 그리고 들릴 듯 말 듯한 목소리로 말했다.

"이 대답은 네 첫 번째와 마지막 질문에 대한 답이 동시에 되겠군. 그전에 너에게 한 가지 물어보겠다."

"흡혈야황도 모르는 것이 있나 보군."

흡혈야황은 농담처럼 말하는 주적자를 한동안 쳐다보다가 입을 열었다.

"당과와 한 약속을 기억하고 있나?"

"무슨 약속……?"

주적자는 말을 닫았다.

"내게 약속해 줘. 살아 있는 한 나와 함께하겠다고. 언제나 내 편이 되어서 내 곁에 있겠다고."

당과의 그 말이 뇌리에 가득 차서 쾅쾅거리며 울렸다.

"기억하고 있나?"

흡혈야황이 한 음 높은 목소리로 다시 물었다.

"그래, 기억하고 있다. 하지만 그것이 너와 무슨 상관이지?"

주적자의 질문은 다시 질문으로 돌아왔다.

"넌 그 약속을 지킬 수 있나?"

"아니, 지키고 싶어도 지킬 수 없다. 당과는 그때… 그때 죽었으니까."

"난 네 진심을 묻고 있는 것이다! 당과의 생사와는 관계없이 말이다!

약속을 지킬 수 있나 없나!'

흡혈야황은 거의 소리 지르다시피 말했다. 그와 함께 주적자의 목소리도 높아졌다.

"그걸 네가 왜 묻는 거지? 네가 상관할 바가 아니잖아!'

"내가 상관할 바가 아니라고?'

흡혈야황이 갑자기 제자리에서 빙글빙글 돌았다. 천천히 회전을 하는가 싶더니 그것은 이내 헐렁한 무복이 몸에 착 달라붙어 뚜렷한 윤곽을 만들어낼 정도로 빨라졌다. 속도가 너무 빨라서 보통 사람이라면 못 알아보겠지만 주적자는 흡혈야황의 외모가 변하는 것을 똑똑히 볼 수 있었다.

회전을 멈추고 그를 정면으로 응시한 흡혈야황이 물었다.

"이래도?'

주적자는 주춤주춤 뒤로 물러섰다. 등에 닿는 벽이 없었으면 하는 생각이 들었다.

그의 입이 힘겹게 열렸다.

"다… 당과!'

"이 모습으로 네 첫 번째와 마지막 질문에 대답이 되었군.'

당과는 한층 낮아진 목소리로 말했다.

"다시 묻지. 나와 한 약속을 지킬 수 있겠어?'

주적자는 대답하지 않았다. 아니, 할 수 없었다. 흡혈야황이 당과로 변한 순간 머리 속의 뇌가 밀가루 반죽처럼 되어버렸다. 이성적인 어떤 생각도 떠올릴 수 없었다. 단지 당과와 그가 이 장 사이를 두고 자리해 있다는 것만 자각할 수 있을 뿐이었다.

"준비되었습니다.'

낯선 목소리가 그들 사이로 파고들었다. 주적자는 화들짝 놀라 소리 나는 쪽을 보았다. 쭈글쭈글한 노인이 당과를 향해 공손히 허리를 숙였다. 아마 저 노인이 그 술법사일 것이다.

'여신우는?'

잊고 있던 이름이 생각났지만 그리 중요하게 느껴지지 않았다. 지금은 흡혈야황이 당과라는 사실만이 현실을 온통 지배하고 있었다.

"알았다."

당과는 대답을 하고 주적자를 보았다.

"따라와."

그녀는 몸을 돌려 지하실을 가로질렀다.

"잠깐!"

주적자의 부름에 당과는 걸음을 멈추고 고개만 돌렸다.

"뭐야?"

"네 진정한 정체가 뭐지? 본 모습이 정말 당과인가?"

피식—!

당과는 웃음을 짓고 완전히 돌아서 양팔을 벌렸다.

"이게 나야."

"그럼 아까 그 사내는 뭐지?"

"외모를 바꿀 수 있는 기교는 내 하찮은 기교 중 하나일 뿐이야. 궁금증이 끝났으면 빨리 따라와."

주적자는 여전히 움직이지 않고 물었다.

"뭘 하려는지 설명을 해."

"사람이 되고 싶다고 했잖아."

그는 자신도 모르게 한걸음을 내디뎠다.

"지금… 지금 날 사람으로 되돌려놓겠다는 건가?"

"그래."

대답이 너무 쉽게 나왔다. 그래서 더 믿기지 않았다. 하지만 당과가 이런 거짓말을 할 이유가 없었다. 주적자는 서둘러 그녀 뒤를 따라붙었다.

철퍽!

그의 발에 걸린 물이 파편을 만들어냈다. 주적자가 밟은 물은 진한 청색을 띠고 있었는데, 정면에 있는 관을 중심으로 반원형으로 퍼져 있었다. 아마도 관에서 흘러나온 물 같았다.

주적자는 관을 자세히 보고 나서야 그것이 검은 유리로 만들어져 있다는 것을 알았다. 당과는 관 앞에서 걸음을 멈춘 후 돌아섰다.

"어떻게 날 사람으로 만들어놓을 거지?"

"그 방법까지 알 필요는 없잖아."

그녀는 말을 하고 곁에 선 술법사에게 명령했다.

"주적자를 안내해라."

"네."

술법사는 성큼성큼 뒤로 물러난 후 양손으로 공손히 벽에 파인 구멍을 가리켰다.

"옷을 모두 벗고 이곳으로 들어가시지요."

주적자는 술법사가 가리킨 곳으로 걸음을 옮기다가 우뚝 멈췄다. 이 모습을 보면 마치 그를 사람으로 만들기 위한 준비를 오래전부터 해놓은 것 같았다. 오늘을 예상했다는 듯이 말이다. 그는 묵관으로 들어가 등을 기대고 있는 당과에게 물었다.

"이 장치가 정말 날 사람으로 만들어줄 수 있나?"

"날 의심하는 거야?"

"네 약속을 의심하지는 않는다. 하지만 날 위해 이런 장치를 만들었다고는 믿기지 않는군."

당과는 그를 물끄러미 쳐다보았다. 무슨 말인가를 하려는 듯 한참 동안 입을 달싹거리던 그녀는 겨우 말을 뱉어냈다.

"널 위한 것이 아닌 우리를 위한 것이라고 해두지. 과정이야 어떻게 되든 네가 사람으로 돌아오는 것에는 변함이 없어. 아울러……."

그녀는 무슨 말인가를 하려다 말고 주적자를 재촉했다.

"빨리 준비해."

주적자는 당과의 분위기에 휩쓸려 구멍 안으로 주춤주춤 다가섰다. 만나면 목숨을 걸고 싸울 것이라 생각했는데 상황이 묘하게 돌아가고 있었다. 흡혈야황이 당과로 변하면서 그의 사고를 뒤죽박죽으로 만들어 버렸다.

지금 그가 가진 생각은 가장 원하고, 간절히 바라는 인간으로의 회귀에 집중되어 있었다. 그 외에 짧은 의문들이 스쳐 갔지만 그것들을 잡아 펼쳐 볼 여유가 없었다.

옷을 벗고 구멍 안으로 들어가려던 주적자는 주춤 걸음을 멈추었다. 문득 화백이 떠오른 것이다. 옷 여기저기를 뒤져 보았지만 화백의 모습은 보이지 않았다.

'중간에 떨어진 것일까?'

주적자는 그가 나왔을 법한 구멍으로 시선을 돌렸다. '다시 돌아가 찾아봐야 할까?' 라는 생각을 할 때 술법사의 재촉하는 목소리가 들렸다.

"어서 들어가시지요."

주적자는 주춤주춤 구멍 안으로 몸을 집어넣었다. 사고할 수 있는 머리가 헐어버려 그 사이로 생각이 나가 버리는 것 같았다.

그가 옷을 벗고 구멍 안으로 들어서자 술법사가 벽에 붙은 막대를 잡으며 말했다.

"조금 아플 겁니다."

막대가 아래로 당겨졌다. 벽에서 가는 관이 튀어나오더니 그의 몸에 밀착되었다. 그리고 칙 소리와 함께 바늘이 몸속을 파고드는 따끔한 느낌이 전해졌다.

끼이익―!

짧은 진동이 전해지더니 벽 너머로 살짝 보이는 관 뚜껑이 안쪽으로 사라졌다. 뚜껑이 닫히는 것 같았다.

쪼르르르―!

물 떨어지는 소리가 들렸다. 그가 밟았던 청색의 물이 관에 채워지고 있는 것이리라.

'왜 그 물이 밖으로 빠져 쏟아졌던 것일까?'

그의 의문은 당연했다. 원래 묵관에 담겨 있지 않았다면 그 물이 바닥에 있을 이유가 없었다.

'혹시 내가 오기 이전에 이곳에서 지금과 같은 일이 있었던 것은 아닐까?'

절대 무리한 추측이 아니었다. 그의 뇌리에 여신우가 떠올랐다. 그러자 그럴듯한 그림이 그려졌다. 당과는 이곳에서 무슨 일인가를 꾸미다 한 번 실패했을 것이다. 여신우가 이 자리에 없는 것을 보면 그의 탓인지도 모른다.

그것이 누구의 탓이든 당과는 그 실패한 일을 그를 이용해 다시 하려는 것이 분명했다. 그리고 그 일은 분명 황금도에 온 사백여 명의 사람들과 관련이 있을 것이다.

여기까지 생각이 미친 주적자는 구멍 밖으로 고개를 내밀었다. 그때 술법사의 목소리가 들려왔다.

"지금 움직이면 당신이 사람으로 돌아올 수 있는 길은 영원히 사라지고 맙니다."

주적자는 흠칫 놀라 몸을 경직시켰다. 하지만 이대로 있을 수만은 없었다. 다른 사람들은 모르지만 소소자와 사도철광, 나인현의 목숨은 무엇보다 중요했다.

"지금 이 일이 황금도에 온 사람들의 목숨과 관련이 있소?"

술법사의 대답은 지체하지 않고 들려왔다.

"없습니다."

그 말을 믿을 수 있을까? 아니, 그는 완전히 믿어지지 않았다. 하지만 쉽게 움직일 수도 없었다. 그의 생각은 사실이 아닌 예상일 뿐이었다. 비록 그것이 신빙성이 있다 할지라도 사실로 드러난 것은 아니었다.

그러나 당과의 말은 믿을 수 있었다. 지금 이대로 있으면 그는 분명 인간으로 돌아오는 것이다. 그의 갈등 속으로 진동이 파고들었다.

우우웅—

진동은 갈수록 커졌다. 그 진동만큼 주적자의 갈등도 깊어졌다.

주적자는 타협하지 않는다

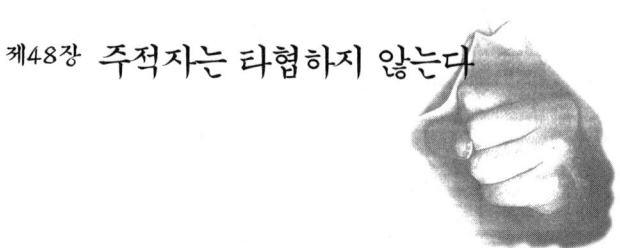

제48장 주적자는 타협하지 않는다

물속은 육지보다 훨씬 차가웠다. 물개 가죽으로 만든 잠수복을 입고 있다고는 하지만 추위를 모두 막을 수는 없었다. 무공이 높지 않은 화천일에게는 그래서 더욱 고역이었다.

'삼백 명의 세가 식솔들을 위해서!'

그는 이를 악물고 십 장 아래까지 잠수를 했다. 아들과 제자 두 명은 섬 다른 곳을 조사하고 있었다. 시야가 여섯 자를 넘어가지 않기 때문에 그는 바위를 더듬으며 아래쪽으로 내려갔다.

수십 번을 확인했기 때문에 진천뢰가 묻혀진 곳은 눈 감고도 찾을 수 있었다. 익사한 여인의 머리칼처럼 수초들이 하늘거리며 그의 얼굴을 간질렀다. 화천일은 수초를 헤치고 자잘한 부유물이 떠다니는 물속을 이 장 정도 더 내려갔다.

그의 침침한 시야에 도화선 겉에 대나무를 씌운 진천뢰의 도화관이 보였다. 물에 담가도 별 상관 없었지만 안전을 최대한 배려한 것이었다. 거기에 대나무 앞에 막아둔 뚜껑을 당기기만 하면 자동으로 점화가 되어 연쇄 폭발을 하기 때문에 편리하기도 했다.

화천일은 도화관으로 다가가 안전한지 자세히 살폈다. 외관상으로는 별 이상이 없었다. 그는 아래로 축 처진 고리에 손가락을 걸어 조금 당겨보았다. 헐렁해진 기운 같은 것은 느낄 수 없었다.

'이상없군'이란 생각을 하는 순간, 피부에 다른 촉감이 느껴졌다. 물에 흔들림이 생긴 것이다. 왼쪽으로 고개를 돌린 화천일의 시야에 하얀 무언가가 걸렸다.

너무도 거대하고 심장을 멎게 만들 것같이 생긴 그것은 뱀이었다. 녀석은 황소라도 한입에 삼켜 버릴 것처럼 커다란 아가리를 벌리고 그를 향해 덮쳐들었다.

뱀의 모습을 보는 순간 투지 같은 것은 사라져 버렸다. 그는 우측으로 방향을 틀기 위해 손을 저었다.

툭!

그의 손가락 끝에 걸려 있는 점화관의 뚜껑이 당겨졌다. 그것이 무엇을 의미하는지 자각할 사이도 없이 미끈한 무언가가 허리를 감아왔다. 입을 쩍 벌려 보았지만 비명조차 그의 몫으로 돌아오지 않았다.

그리고…….

쩌엉!

그것은 조금씩 커지던 진동과는 달랐다. 중심을 잃을 정도로 흔들림이 커짐과 동시에 천장에서 자잘한 돌멩이들이 떨어져 내렸다. 주적자는 직감적으로 뭔가 잘못되었다는 것을 느꼈다.

그것을 증명하듯 벌거벗은 술법사의 모습이 벽 너머로 나타났다. 술법사는 정신없이 관 앞에서 손을 놀렸다.

"무슨 일이오?"

그가 묻자 술법사는 고개도 돌리지 않고 대답했다.

"빨리 그곳에서 나오십시오!"

주적자는 망설이지 않고 구멍에서 몸을 뺐다. 바늘이 빠지며 따끔한 아픔을 주었지만 그런 것에 신경 쓸 정도로 한가한 상황이 아니었다. 자잘하게 떨어지던 돌멩이들이 머리보다 큰 바위로 변해가고 있었다. 금방이라도 천장이 무너질 것 같았다.

덜컹!

묵관의 뚜껑이 열리며 청색의 물이 쏟아졌다. 발가벗은 채 흠뻑 젖은 당과의 얼굴에 분노가 떠올랐다.

"무슨 일이냐?"

"어떻게 된 영문인지 모르겠습니다. 확실한 건……."

술법사는 천장을 힐끔 보고 말했다.

"이곳이 곧 무너질 것이라는 겁니다."

"대체 왜! 왜 이런 일이 생긴 것이냐?"

죄인처럼 고개를 숙인 술법사는 같은 뜻의 대답을 반복할 뿐이었다.

"모르겠습니다."

입술을 바르르 떨며 분노에 찬 표정을 짓던 당과의 얼굴이 차츰 절망으로 물들었다.

"결국 또 실패한 것이냐?"

"죄송합니다. 어서 빨리……."

다급한 술법사와는 달리 당과는 움직일 생각을 하지 않았다.

"이곳처럼 내가 바라는 요건을 완전히 충족시켜 줄 수 있는 천연의 기를 가진 곳이 또 있느냐? 내 소망을 이룰 수 있는 곳이 있느냐?"

"그 문제는 먼저 이곳을 빠져나간 다음에……."

"그것부터 대답해라!"

당과의 말에는 살기가 서려 있었다. 술법사는 우물쭈물하더니 고개를 저었다.

"제가 알기로 중원에서는… 이곳이 유일합니다."

주먹만한 돌멩이가 술법사의 머리로 떨어져 피를 튀겼지만 고통조차 못 느끼는 것 같았다.

"아아— 정녕 난… 난 영원히……."

주적자는 당과의 어깨를 잡아 황급히 끌어당겼다. 당과가 서 있던 자리에 육중한 바위가 떨어져 산산조각으로 부서졌다. 진동은 갈수록 심해지고 언제부터인가 뚫린 벽에서 물도 쏟아지고 있었다.

주적자는 물에 젖은 검은 무복을 당과에게 건넸다.

"빨리 입어! 일단 이곳을 나가고 보자. 네가 아무리 불사의 몸이라지만 이곳에 묻히면 빠져나오지도 못할 테니."

"그게 무슨 상관이겠어."

그는 당과의 몸을 거칠게 돌려세웠다.

"네가 무엇 때문에 이렇게 절망하는지 모르지만 네게는 날 인간으로 돌려놓을 의무가 있어!"

"호호호… 내게 의무라니 우습군. 좋아, 일단은 나가지."

당과에게 옷을 안긴 주적자는 서둘러 바지를 입었다. 벽에서 쏟아진 물은 어느새 무릎까지 차올라 있었다. 주적자는 물에 잠긴 윗도리는 놔둔 채 술법사에게 물었다.

"어느 쪽으로 나가면 되오?"

"느껴지는 진동으로 보아 아래쪽에서부터 시작된 것 같으니 위로 올라가야 합니다."

술법사는 말을 하고 그의 뒤쪽 벽을 가리켰다. 그곳에는 겨우 몸을 통과시킬 수 있는 동굴이 뚫려 있었다.

"저쪽이 위로 난 통로입니다."

주적자는 힘없이 서 있는 당과의 팔을 끌고 동굴로 다가갔다. 자신의 의지와는 상관없이 끌려오던 당과가 팔을 뿌리쳤다.

"알았으니 빨리 가. 나도 둘이 같이 묻히기는 싫으니까."

주적자는 망설이지 않고 가슴 높이에 위치한 동굴 안으로 들어갔다. 그가 들어가서 채 이 장을 전진하기도 전에 물이 동굴 안으로 스며들었다.

우르르릉―!

커다란 진동과 함께 위쪽 벽이 쩍쩍 갈라지기 시작했다.

"서둘러!"

주적자는 뒤쪽을 향해 소리치고 최대한 빨리 손발을 놀렸다. 삼십여 장쯤 기어가자 위로 급하게 경사를 이룬 곳이 나왔다.

두두두두―!

위쪽에서 무언가 구르는 소리가 들렸다. 좁은 동굴은 완만하게 곡선을 이루고 있어서 눈으로 보이지는 않았지만 꽤 큰 바위가 굴러오는 것 같았다. 바위 자체는 문제가 아니지만 자칫 갈 길이 막혀 버릴 수도 있었다.

주적자는 손을 칼처럼 세워 동굴 옆을 후벼 팠다. 다행히 화강암으로 이루어지지는 않은 듯 구멍은 쉽게 뚫렸다. 반원형의 구멍이 깊이

와 넓이가 두 자 정도 되었을 때 동굴을 가득 메울 정도의 바위가 굴러 떨어졌다.

그는 바위가 코앞까지 오기를 기다렸다가 손을 벽에 붙여 굴러온 바위를 파놓은 구멍으로 밀어넣었다. 딱 맞게 들어가지는 않았지만 겨우 몸을 통과시킬 정도의 공간은 확보할 수 있었다.

짧은 숨을 내쉰 주적자는 계속 앞으로 전진했다. 몸이 흔들릴 정도로 진동이 심했지만 당과가 따라오고 있다는 것은 알 수 있었다.

쩌적!

벽이 갈라지는 소리가 귓등을 때렸다. 그가 떨어진 정도의 높이를 이렇게 올라가야 한다면 험난한 길이 될 것이다. 이런 진동이라면 동굴이 막힐 가능성이 열에 아홉은 되었다.

'과연 빠져나갈 수 있을까?'

물은 배꼽 근처까지 차올랐다. 하긴, 그나 상통걸에게만 배꼽이지 다른 사람들에게는 허벅지를 조금 넘어선 높이밖에 되지 않았다.

소소자는 고개를 들어 천장을 보았다. 물은 천장에 뚫린 네 개의 구멍에서 폭포처럼 떨어지고 있었다. 철문을 쉴 새 없이 두드리던 무각대사의 움직임도 어느새 멎은 상태였다.

중심을 잡기 힘들 정도의 흔들림이 찾아올 때마다 물이 떨어지는 구멍은 점점 커졌다. 저대로 간다면 천장이 통째로 무너질지도 모른다. 아니면 그전에 물에 빠져 죽든지…….

"대체 밖에서 무슨 일이 일어난 거야?"

상통걸이 아무도 답을 줄 수 없는 물음을 던지고 침을 퉤 뱉었다.

"더럽게 어디다 침을 뱉어요!"

상통걸이 계면쩍은 웃음을 흘렸다.

"입에 흙이 들어가서 말이야. 오랜만에 물이 묻어서 그런가? 왜 이리 가렵지?"

상통걸은 아예 윗도리를 벗고 몸 여기저기를 긁기 시작했다.

"이 거지 영감탱이야! 자꾸 그렇게 물을 더럽힐 거야?"

"이보게, 나도 살아야 할 것 아닌가?"

"당신이 사는 것하고 때 벗기는 것하고 무슨 상관이야?"

상통걸은 여전히 손을 멈추지 않고 말했다.

"몸이 조금이라도 가벼워야 물이 저 위쪽에 차오를 때까지 헤엄을 치지."

"저 위까지 헤엄치면 무슨 뾰족한……!"

소소자는 말을 하다 말고 고개를 들었다. 이곳에 물이 차면 자연히 저 위까지 올라갈 것이고, 그러면 물이 들어오는 구멍으로 나갈 수도 있을 것이다. 그런 생각을 기선진도 했는지 그녀의 입에서 '아!' 하는 탄성이 터져 나왔다.

그녀는 마치 자신이 그 방법을 발견한 것처럼 모두에게 큰 소리로 설명했다. 암담한 표정으로 멍하니 천장을 보고 있던 사람들의 얼굴에 희망이 피어났다. 그런데 사도철광의 말이 그 희망에 찬물을 끼얹었다.

"하지만 모두 살아 나갈 수는 없겠는걸?"

"왜 그렇죠?"

기선진의 물음에 사도철광이 주위를 둘러보며 말했다.

"이곳에 있는 사람은 이백 명이 넘는데 나중에 나가는 사람들이 숨을 참고 살아남을 수 있을까?"

사도철광의 말은 현 상황의 정곡을 찔렀다. 사람이 숨을 참는 데는 아무리 길어도 이각이 한계였다. 물론 특별한 사람도 있겠지만 이곳에 있는 대부분이 이각을 넘기기 힘들 것이다.

그런데 차례차례 빠져나간다고 하면 이각 동안 채 백 명도 나가지 못할 것이다. 그것도 질서 정연하게 최대한으로 빨리 나간다고 가정했을 때의 수치였다. 만약 서로 살겠다고 싸운다면 대부분의 사람은 이곳에서 퉁퉁 불은 시체로 남게 될 것이다.

거기에 더 나쁜 상황은 이곳에 모인 사람들이 적(敵)과 아(我)로 뚜렷하게 구분이 된다는 데 있다. 현재 목까지 차오른 물이 천장에까지 다다르는 동안 서로 상잔할 가능성도 적지 않았다. 그나마 괜찮은 점이라면 목숨보다 도의(道義)를 따지는─물론 겉으로는─정파가 월등히 우세하다는 데 있었다. 이런 상황에서 정천맹이 자기들만 살자고 정무문을 핍박하지는 않을 것이다.

소소자가 한 생각을 다른 사람들도 했는지, 아니면 위험이 닥치자 끼리끼리 모인 것인지 모르지만 어느새 정천맹과 정무문은 양 패로 갈라져 서로를 견제하고 있었다. 성급한 정무문의 무사 몇몇은 이미 무기를 꺼내 정천맹 쪽으로 겨누고 있기도 했다.

이런 살벌한 기운 속에서 기선진이 나섰다. 그녀는 가슴 위까지 차오른 물길을 헤치고 왕청일을 향해 한 발짝 다가갔다.

"아무래도 이곳에서 빠져나갈 방법에 대한 협의가 필요할 것 같은데요?"

왕청일은 물이 떨어지는 천장을 힐끔 보고 말했다.

"그럴 것 같구려. 구멍이 네 개니 정천맹이 두 개, 우리 정무문이 두 개로 나누면 합당하겠지요?"

기선진은 완강하게 고개를 저었다. 차오른 물은 이제 그녀의 턱에 걸렸고, 소소자와 상통걸은 남보다 먼저 헤엄을 쳐야 했다.

"그건 맞지 않군요. 우리 정천맹은 정무문보다 수가 배나 더 많은데 어떻게 같은 수의 탈출로를 나눠 가질 수 있겠어요?"

왕청일의 얼굴이 딱딱하게 굳어졌다.

"그럼 어떻게 하자는 것이오?"

기선진은 팔과 다리를 놀리며 망설이지 않고 말했다.

"정무문에 하나, 정천맹이 셋이면 공평할 것 같군요."

"인원은 두 배면서 구멍은 세 개를 가지겠다는 건 욕심이 너무 많은 것 아니오?"

"전혀 그렇지 않아요."

헤엄을 치는 그녀의 면사는 용케 얼굴을 덮고 있었다. 면사 아래 연결된 끈을 뒤로 묶은 때문이었다.

"이 안에 있는 분들의 면면을 살펴보세요. 그러면 제 제안이 무리가 아니라는 것을 스스로 느끼실 거예요."

기선진의 말대로였다. 정천맹 쪽은 구대문파의 수장이 넷일 뿐더러 십대고수 중 하나인 무각 대사까지 끼어 있었다. 거기에 정천맹의 군사라는 존재 또한 가볍지 않았다. 반면 정무문은 왕청일 빼고는 당장 죽어도 정무문의 전력에 크게 영향을 받지 않을 정도의 인물들이 전부였다.

"왕 문주께서 무슨 생각으로 핵심 전력을 대동하지 않으셨는지는 모르지만 그건 나중에 따질 일이고……."

그녀는 입 안으로 들어온 물을 뿜어낸 후 다시 말을 이었다.

"이곳에 있는 전력을 따진다면 지금 정무문보다 최소한 여섯 배는 될 테니 세 개를 차지한다고 해도 모자랄 정도죠. 안 그런가요?"

그녀의 말은 이치에 딱 맞아떨어져서 천하의 왕청일이라도 반박할 말을 찾지 못했다. 그렇다고 무력을 사용할 수는 더 더욱 없는 일이었다. 다만 '네 개를 모두 차지하지 못해서 억울하겠군' 이란 말로 자신의 불편한 심기를 드러냈을 뿐이었다.

왕청일이나 기선진 모두 여기 있는 대부분의 무사들보다 수뇌부들의 목숨이 가치있다고 강변하는 데 주저함이 없었다. 물론 아닌 사람도 있었다.

"내가 있는 곳이 정육점이었던 모양이구먼."

상통걸의 말에 기선진이 물었다.

"무슨 말씀이세요?"

상통걸은 그 짧은 팔다리를 부지런히 놀리며 말했다.

"사람 목숨을 근수의 많고 적음으로 따지니 정육점이라고 할 수밖에……. 푸우—! 젠장, 때를 벗겼는데도 왜 이렇게 뜨는 데 힘이 들지."

잠시 무슨 뜻인지 이해를 못하는 듯하던 기선진의 얼굴이 붉게 물들었다.

"상 방주님, 그런 농담은 지금 상황에서……."

"자넨 내 말이 농담으로 들렸나?"

상통걸은 진지한 얼굴로 돌아와 말을 이었다.

"지금 돌아가는 상황을 보니 나가는 순서가 어떻게 될지는 안 봐도 훤한데, 그게 과연 옳은 결정인가?"

"정무문에 대항하기 위해서는 중요한 분들이 목숨을 보존하셔야……."

그녀의 말은 다시 끊겼다.

"사람 목숨에 경중이 어디 있나? 설사 그런 것이 있다고 한다 해도 그것은 사람이 판단할 일이 아닐세! 꼴깍! 이런 제길! 물 맛이 완전 내 때 맛이군."

"상 방주님 말씀은… 제비뽑기라도 해야 한다는 뜻인가요?"

"그게 좋은 방법인데 지금으로써는 어디 그럴 수 있나?"

"그럼 의견을 말씀해 보세요."

상통걸은 대답 대신 물었다.

"자네는 물속에서 얼마나 버틸 수 있나?"

"……."

그녀가 대답이 없자 상통걸이 다시 말했다.

"적어도 이 각은 버틸 수 있겠지? 물론 나도 그렇고."

상통걸의 말머리가 가장 가까운 혁련제에게로 향했다.

"혁 장문인은 어떻소이까? 장문인도 능히 이 각 이상은 물속에서 놀 수 있겠죠?"

그의 시선은 상황이 어떻게 돌아가나 궁금해하며 열심히 헤엄을 치고 있는 이십 대 초반의 화산파 이대제자에게 닿았다.

"그럼 저 녀석은 어떨까?"

상통걸에게 지목당한 이대 제자는 죄라도 지은 것처럼 얼굴이 붉어지며 어쩔 줄을 몰랐다.

"일각은 버티겠지만 이 각은 무리겠지?"

"그럼 상 방주님의 말씀은 물속에서 오래 버틸 수 있는 사람들이 후에 나가야 한다는 말씀인가요?"

"당연한 일 아니겠나? 물론 여자들은 먼저 내보내야겠지."

상통걸의 말이 타당했고, 대협으로서의 당연한 행동이었다. 하지만 그렇게 되면 당연히 대부분의 하급 무사들이 먼저 빠져나가야 했다. 지금 상황에서 그랬다가는 자칫 구파의 장문인이 떼 몰살당할 수도 있었다.

"그건 안 됩니다!"

외침은 상통걸에게 지목을 당했던 이대제자에게서 나왔다. 수줍음 많게 생긴 청년은 사람들의 시선이 일제히 모아지자 얼굴이 잔뜩 붉어졌다. 당황했는지 얼굴이 반 이상 물속에 파묻혀 사람들을 놀라게도 했다.

이내 손과 발을 부지런히 놀려 물 밖으로 완전히 나온 청년은 부끄러움 속에서도 당당하게 말했다.

"어찌 제자들이 먼저 나갈 수 있겠습니까? 장문 어른들께서 나가신 뒤 제자들이 따르는 것이 당연합니다!"

"그게 뭐가 당연하다는 것이냐? 틀림없이 죽을 사람보다 남아도 살아날 가능성이 있는 사람이 남는 것이 당연하지."

"하지만 제자들이 어찌 사지가 될 수 있는 곳에 장문 어른을 남겨놓고 갈 수 있겠습니까? 그것은 인륜(人倫)에도, 천륜(天倫)에도 어긋나는 일입니다."

상통걸의 의견에도 일리가 있었지만 청년의 말 또한 틀리지 않았다. 명문 정파의 제자라면 문파의 존장 목숨을 자신보다 우선하는 것이 당연하기 때문이다.

"인석아, 넌 잘 모르는 모양인데 늦게 나가면 너 같은 녀석은 틀림없이 죽어. 물에 빠져 죽는 것이 얼마나 고통스운지 모르는 모양이구나."

상통걸은 마치 빠져 죽어본 것처럼 말했다.

"아무리 죽음이 두렵다고 인간의 도리를 저버릴 수는 없습니다."

"옳습니다. 절대 제자들 먼저 이곳을 나갈 수는 없습니다."

여기저기서 청년의 말에 동조하는 목소리가 들렸다. 상통걸은 허허 하고 웃을 뿐이었다. 구대문파의 존장이란 자들은 시종 침묵을 지키고 있었다. 하긴 그들이 이 상황에서 무슨 말을 하겠는가? 분위기가 그들이 먼저 나가는 상황으로 몰려가니 그냥 보고 있을 뿐이었다.

실랑이를 하는 사이 물은 이미 오 장 정도 차올라 있었다. 그사이 천장에 뚫린 구멍이 커져 물의 유입량이 늘어난 탓에 수면은 빠르게 솟아올랐다.

빠져나갈 수 있는 구멍과의 거리가 칠 장 정도로 가까워졌다.

우르릉―

몸이 느낄 정도의 흔들림이 들리더니 천장에서 돌덩이들이 떨어져 내렸다.

"피해!"

"모두 벽 쪽으로 붙어요!"

소소자와 기선진이 동시에 소리쳤다. 우박처럼 쏟아지는 바위들은 사람 머리통보다 커서 맞으면 중상을 면키 어려웠다. 이곳에서 부상을 당한다는 것은 곧 죽음을 의미했다.

사람들은 불 만난 메뚜기 떼처럼 차가운 물살을 헤치며 벽 쪽으로 헤엄쳤다.

풍덩! 풍덩!

바위가 물에 떨어지는 소리 사이로 퍼벅 하는 소리가 들렸다. 소소자는 벽에 손을 대고 이질적인 소리가 난 쪽을 보았다. 머리가 피투성이로 변한 정무문 무사가 허우적거리더니 이내 물속으로 사라졌다.

돌에 맞은 정무문 무사는 하나가 아니었다. 야광주 빛을 원본보다 더 눈부시게 반사시키던 대머리 사내의 머리도 피에 물들어 있었다.

"살려줘! 제발……! 제발……!"

충격으로 손발이 어지러워진 사내가 소리쳤지만 누구도 그에게 구원의 손길을 뻗치지 않았다. 잠시 그렇게 애원하며 허우적거리던 사내는 물속을 두어 번 들락거리더니 이내 사라져 두 번 다시 나오지 않았다.

그가 남긴 피의 흔적은 곧 쏟아지는 물에 희석되어 버렸다. 바위를 떨어뜨리는 진동은 한참 동안 이어지다 점차 강도가 약해졌다. 쉼없이 떨리게는 하고 있었지만 자잘한 돌멩이를 떨어뜨리는 정도였다.

한 번의 충격이 있은 뒤 물은 더 빨리 불어났다. 위쪽을 본 소소자의 입에서 '아!' 하는 탄성이 터졌다. 네 개의 구멍이 다섯 개로 늘어난 것이다. 다행이라고 생각하던 소소자는 그게 아니라는 것을 곧 깨달았다.

생명줄이 하나 늘어났으니 그것을 잡으려는 쟁탈전이 벌어질 것은 자명했다. 그의 예상은 곧 현실로 드러났다.

"저 구멍은 우리 몫이오!"

"새로 뚫린 구멍은 우리 것이에요!"

왕청일과 기선진이 동시에 목소리를 높였다. 주위는 순식간에 팽팽한 긴장감으로 휩싸였다.

"정파라고 군자처럼 행동해 오더니 정말 부끄러움을 모르는군! 이미 세 개를 차지했으면서 또 차지하려 하다니!"

"이미 말씀드렸을 텐데요! 통로의 분배는 사람 수가 아니라 전력으로 따지는 것이 당연한 일이라고!"

"웃기지 말아라! 정천맹 놈들은 모두 살고 우리는 빠져 죽으라는 소리냐!"

소리를 지른 사람은 정무문의 무사였다. 이마에 가로로 길게 흉터가 난 사내는 악에 받쳐 도까지 빼 들었다. 한 손이 자유롭지 못해 헤엄치기에 불편해 보였지만 무기를 거둘 것 같지는 않았다.

"맞아! 여기서 빠져 죽느니 차라리 싸우다 죽겠다!"

분노한 정무문 무사들은 무기를 빼 드는 데 주저함이 없었다. 가만있다 죽느니 싸우다 죽겠다는 그들의 의지는 뚜렷했다. 정무문 쪽이 무기를 들었는데 정천맹이라고 가만있을 리 없었다.

저마다 무기를 빼 들자 장내는 순식간에 살기로 뒤덮였다. 구멍이 뚫린 천장은 점점 가까워오고 장내는 핏물로 덮이기 직전이었다. 사태를 빨리 해결하지 못하면 모두 이곳에 뼈를 묻을 수도 있었다.

"왕 문주님, 정말 우리와 싸울 생각인가요?"

왕청일은 부하들의 뜻대로 대답할 수 없었다. 싸우면 결과가 어떠하리라는 것을 너무도 잘 알기 때문이다. 잘해야 서로 상잔하는 것이었고, 잘못하다가는 그를 포함해 정무문 전체가 이곳에서 죽을 수도 있었다. 현재 전력은 그만큼 차이가 컸다.

왕청일은 천장을 힐끔 쳐다보더니 부하들을 향해 입을 열었다.

"무기를 거둬라!"

바로 곁에서 헤엄을 치고 있던 사내가 말했다.

"문주님! 우리만 여기서 죽을 수는 없지 않습니까?"

부하의 항명(抗命)에 대한 왕청일의 응징은 단호했다. 커다란 손으로 사내의 얼굴을 잡고 그대로 벽에 부딪쳤다. 사내의 머리는 부딪힌 벽의 돌처럼 깨져 버렸다. 비명조차 지르지 못한 사내의 머리에서 피와 뇌수가 범벅이 된 죽음의 흔적이 흘러나왔다.

사내의 시체를 물속에 쑤셔 넣은 왕청일은 아직도 무기를 넣지 않은 부하들을 보았다. 슬그머니 눈길을 피한 부하들이 무기를 거뒀다. 왕청일로서는 자기 자신이라도 확실히 살 수 있는 방법을 택한 것이다.

하지만 상황이 항상 바라는 대로 흘러가는 건 아니었다. 가끔 전혀 예기치 못한 곳에서 사건이 일어나기도 했다. 이번처럼……

퍽!

"윽!"

그래도 성깔이 있는 정무문 무사 하나가 홧김에 도 손잡이로 벽을 때렸는데, 벽이 부서지며 튄 파편이 공교롭게도 정천맹 무사의 이마에 맞아 피를 튀겼다. 차분하게 생각하면 아무 일도 아니었겠지만, 잔뜩 흥분된 상태에서 피를 봤으니 눈이 뒤집히지 않을 수 없었다.

"어떤 녀석이 공격을 한 것이냐!"

멧돼지처럼 사납게 생긴 정천맹 무사가 집어넣으려던 검으로 수면을 때리며 소리쳤다. 그 영향은 일파만파(一波萬波)로 커졌다.

차앙!

최초의 부딪침은 원래 사건이 일어났던 곳의 반대 편이었고, 소소자와는 불과 이 장 정도밖에 떨어져 있지 않았다. 한 번의 격돌은 곧 집단전(集團戰)으로 치달았다.

"멈춰라!"

왕청일이 고함을 질러봤지만 싸움은 멈추지 않았다. 정천맹의 수장들도 무기를 거두라고 계속 소리쳤지만 이미 붙은 싸움을 말리기에는 늦어버렸다. 다섯 개의 폭포 같은 물기둥이 쏟아지는 가운데 수중전이 벌어졌다.

대부분의 싸움은 수면 위보다는 아래에서 행해졌다. 물속에서의 움직임이 자연스럽기 때문이었다. 싸움이 벌어지지 않는 곳으로 헤엄치던 소소자는 다리에 공격이 들어오는 것을 느꼈다. 물 흐름이 바뀐 것만으로도 알 수 있었다.

소소자는 황급히 머리를 아래쪽으로 하며 물구나무를 서서 정무문 무사의 도를 피한 후 양손을 쭉 뻗어 적의 머리를 잡아 돌렸다.

우두둑!

한 명을 죽인 소소자는 서둘러 싸움이 치열한 곳을 빠져나왔다. 지하 광장이 워낙 넓었고, 싸움은 대부분 중앙 쪽에서 이루어지고 있었기 때문에 피할 공간은 충분했다.

그는 물 밖으로 고개를 내밀고 사도철광과 나인현을 찾았다. 시선을 돌리던 소소자는 맞은편 벽에서 나인현을 안은 사도철광을 발견했다. 그들 또한 싸움에 휩쓸리지 않기 위해 안간힘을 쓰고 있었다.

왕청일은 어디에 있는지 보이지 않았다. 아마도 싸움을 피해 물속 깊숙한 곳에서 천장까지 물이 차기를 기다리고 있을 것이다. 반면 정천맹의 수뇌부들은 적극적으로 싸움에 가담했다. 상황이 이렇게 된 이상 이 안에서 정무문의 무사들을 정리하는 것이 나으리라 판단한 모양이다.

그 때문에 싸움은 거의 일방적으로 진행되고 있었다. 그러나 시체가 늘어나는 속도는 그리 빠르지 않았다. 지상이라면 이미 끝났겠지만 수중에서의 싸움은 느릴 수밖에 없었다.

소소자는 장내를 한번 훑어본 후 사도철광을 향해 양손을 흔들었다. 하지만 사도철광의 시선은 좀처럼 그에게 돌아오지 않았다. 그렇다고 큰 소리로 부를 수도 없는 것이, 시선을 끌었다가는 자칫 싸움에 휘말릴 수도 있기 때문이다.

그는 사도철광에게 직접 가기 위해 물속으로 들어갔다. 수중은 뿌연 막을 드리우고 있었다. 원래 맑던 물은 피와 인간의 몸속에서 튀어나온 내장이 뒤범벅이 되어 시궁창을 연상시켰다. 떨어져 나간 팔다리, 주인 잃은 머리통, 배가 갈라진 시체들이 소소자의 손과 다리에 걸려 저만치 밀려가고는 했다.

주위를 경계하며 헤엄을 치는 소소자의 시선에 이제 막 죽음의 문턱으로 들어서는 정무문 사내가 보였다. 입을 쩍 벌리고 비명 대신 거품을 내뿜는 사내는 금세 끈끈함을 잃어버리는 피를 토해내며 물속으로 천천히 가라앉았다.

생사의 간극(間隙)에 휘말린 물속은 격렬한 고요함을 품고 있었다. 생과 사의 갈림길에 비명도, 고함도, 절규도 없었다. 침묵 속에서 행해지는 살육은 그래서 더 처참하게 얼룩졌다.

소소자는 자꾸 손에 엉겨붙는 창자를 떼어내며 앞으로 나아갔다. 사도철광이 있는 곳까지 직진을 하는 것이 아니라 옆으로 빙 돌아야 하기 때문에 정확하게 위치를 파악할 수 없었다.

한참을 나아가자 앞에 벽이 나타났다. 소소자는 벽에 손을 대고 수면 위로 얼굴을 내밀었다.

"푸우—!"

물속에 반 각도 채 있지 않았는데 유난히 숨이 찼다. 그는 사도철광을 찾아 시선을 돌렸다. 다행히 사 장 저쪽에 사도철광이 있었고, 잠시 후 둘의 시선이 마주쳤다. 사도철광은 말 대신 손가락으로 천장을 가리켰다. 그들이 빠져나가야 할 구멍이 불과 이 장도 남지 않았다는 것을 알리려는 몸짓이었다.

사도철광의 품에 안긴 나인현의 입술은 파랗게 질려 있었다. 무공도 모르는 그녀가 이런 차가운 물에 장시간 있는다는 건 그 시간만큼의 고통을 의미했다. 소소자는 벽을 따라 사도철광에게 다가갔다.

"최대한 빨리 빠져나가세."

사도철광이 이빨을 격렬히 부딪치고 있는 나인현을 걱정스런 눈으로 보며 말했다. 그의 얼굴에도 초조한 빛이 역력했다. 이대로 두면 이 각 안에 그녀는 얼어죽고 말 것이다. 소소자는 물이 쏟아지고 있는 구멍으로 시선을 옮겼다.

"물이 이 안에 다 들어차서 흐름이 멈추지 않는 이상 나가기가 쉽지 않을 겁니다. 저 물을 뚫고 나가야 되는데 나 소저를 안고 갈 수 있겠소?"

"어떻게든 해봐야지."

그들이 얘기하는 사이 구멍과의 거리는 일 장 남짓으로 좁혀졌다. 벽을 따라 올라가면 자칫 집중적인 공격을 받을 수도 있었다. 소소자는 허리띠를 풀며 말했다.

"일단 나 소저를 업으시오. 그게 편할 테니까."

사도철광이 시키는 대로 하자 소소자는 둘의 몸을 단단히 묶었다. 물 위로 고개를 내민 얼굴이 많다는 것은 싸움이 막판에 다다랐다는 걸 의미했다. 싸움이 끝나기 전에 이 자리를 빠져나가는 것이 상책이었다.

"내가 아래에서 밀어줄 테니 뛰어올라 어떻게든 물을 뚫고 나가시오."

"자네는?"

"설마 이대로 죽기야 하겠소? 이 싸움으로 머릿수도 줄었으니 빠져

나가는 시간은 훨씬 줄 것이오. 시간이 없으니 빨리 내 손에 발을 얹으시오."

소소자는 말을 하며 양손을 겹쳐 각지를 꼈다. 잠시 망설이던 사도철광은 이내 그곳에 발을 얹었다.

"왕 문주! 거기 서시오!"

우측에서 도현 진인의 노한 음성이 들렸다. 소소자는 황급히 도현 진인이 보는 방향으로 시선을 돌렸다. 이제껏 사라져 있던 왕청일이 어느새 물이 쏟아지는 구멍에 도를 꽂은 채 매달려 있었다. 선수를 빼앗긴 셈이었다.

"준비하시오! 하나, 둘, 셋!"

소소자는 양팔을 힘껏 위로 치켜올렸다. 두 사람의 무게 때문에 몸이 물속으로 한참을 가라앉았다. 소소자는 황급히 물 밖으로 고개를 내밀어 눈앞을 가리는 물도 훔치지 않고 위를 올려다보았다. 사도철광은 다행히 엄청나게 쏟아지는 물을 맞으면서도 긴 손톱을 벽에 꽂고 떨어지지 않았다. 맞은편에 있던 왕청일은 물길 속으로 들어갔는지 볼 수 없었다.

"사도 형! 당신까지!"

도현 진인이 노한 얼굴로 헤엄쳐 왔다. 소소자는 바둥거리며 물길을 헤쳐 올라가는 사도철광을 일별하고 도현 진인의 앞을 막았다.

"사도 영감을 쫓아가려거든 나를 지나쳐야 할 것이오."

"소 의원! 자네 배짱이 좋은 것은 알지만 스스로 무덤을 파는군!"

일곱 자 정도 떨어진 그들 사이로 갑자기 상통걸의 얼굴이 솟아올랐다. 상통걸은 얼굴을 가린 머리를 뒤로 쓸어 올린 후 히죽 웃었다.

"이왕 이렇게 됐으니 어찌하겠소? 여기를 빠져나가는 데 전력을 다

합시다."

"그래요. 이곳에서의 일은 추후에 따지는 것이 좋겠어요."

어느새 다가온 기선진은 이제 손을 뻗으면 닿을 정도로 가까워진 구멍을 보며 말을 이었다.

"우선 구파 장문인들께서 먼저 빠져나가십시오. 그 다음 무각 대사와 소림의 십팔나한, 그리고 제가 따르겠습니다. 다음은 각 문파의 윗사람부터 차례로 나가십시오. 구멍이 다섯 개니 각 문파가 하나씩 맡으면 될 것입니다."

이미 생각을 해놓은 듯 그녀는 일사천리로 말을 했다.

"그럼 난?"

소소자의 물음에 그녀는 코웃음을 쳤다.

"사지마군처럼 먼저 빠져나가려고 시도해 보시지요."

"난 여기 남아서 죽으라는 소리군."

"오래 버티다 보면 살아날 수도 있겠죠. 행여나 정천맹 사람을 다치게 하고 빠져나올 생각은 하지 마십시오. 끔찍한 일을 당하게 될 테니."

소소자는 기선진의 얼굴에 안면을 들이밀고 말했다.

"걱정 마. 제자들을 버리고 도망치는 당신들과 같이 가고 싶은 생각은 추호도 없으니까."

"말을 함부로 하는군!"

도현 진인이 노한 음성을 터뜨리자 기선진이 말렸다.

"시간이 없습니다. 빨리 가시지요."

이제 수면은 물이 나오는 구멍보다 더 높이 올라와 있었다. 천장 중앙의 뾰족한 부분이 아니면 헤엄치는 사람들의 머리가 닿을 정도였다.

소소자는 최대한 중앙 쪽으로 다가갔다. 아무래도 가장 늦게까지 있어야 할 것 같으니 그동안 숨을 아껴야 했다.

그런데 그 자리 또한 차지하기가 쉽지 않았다. 나가는 순서가 뒤쪽인 정천맹 무사들이 모두 몰려들었기 때문이다. 마치 그곳은 콩나물 시루같이 붐볐다.

'어쩔 수 없군.'

소소자는 큰 숨을 들이쉬고 물속으로 들어갔다. 곧 물이 들어찰 테니 그리 큰 차이는 없을 것이다. 다섯 개의 구멍 안으로 헤엄쳐 들어가는 사람들의 뒷모습이 보였다. 정무문 무사들이 몰살을 당했고, 그 와중에 정천맹 무사들까지 죽어서 안에 남은 사람은 백이십여 명이 전부였다. 생각보다 시간이 오래 걸릴 것 같지 않았다.

'사도 영감은 무사히 빠져나갔을까?'

그 생각 뒤에 따라붙은 것은 당연히 주적자의 안위였다.

'그 녀석은 대체 어디 있는 거야?'

그그그긍—

섬 전체가 살아 있는 듯 요동을 쳤다. 섬 곳곳에서 집채만한 바위가 떨어져 나가고, 제 색깔을 찾은 나무들이 뿌리까지 뽑혀 부서지기를 반복했다. 섬은 금방이라도 모래성처럼 무너져 물속으로 가라앉을 것 같았다. 섬 정상에 있는 탑은 쓰러져서 수많은 파편으로 뒹군 지 오래였다.

주적자의 발에 밟힌 탑 조각이 밀가루 과자처럼 부서졌다.

"뭐라고 했나?"

그의 삼 장 앞에 서 있는 당과는 무표정한 얼굴로 말했다.

"지금은 널 사람으로 만들어줄 수 없다고 했어."

"왜? 무엇 때문에?"

콰앙!

아래쪽에서 바위끼리 부딪치며 폭약 터지는 소리가 울렸다. 그에 걸맞는 진동이 찾아오며 땅이 갈라졌지만 주적자는 자리에서 움직이지 않았다. 그것은 당과도 마찬가지였다. 붉은 머리칼을 휘날리며 선 당과의 시선은 그에게 멈춘 것 같기도 하고 뒤쪽의 다른 것을 보는 것 같기도 했다.

당과 곁에 선 술법사가 둘을 번갈아 보며 초조하게 말했다.

"일단 이곳을 빠져나간 후에 얘기를 하는 것이 좋겠습니다. 섬이 무너져 자칫 바위에라도 깔린다면 죽지 않는다 하더라도 영원히 갇혀 버리게 될지도 모릅니다."

하지만 둘 중 누구도 움직이려 하지 않았다. 술법사만이 중심을 잡으려 안간힘을 쓰고 있을 뿐이었다.

"네가 필요해."

당과의 목소리는 주위의 소음에 묻혀 간신히 들렸다.

"그것과 날 사람으로 되돌려놓는 것이 무슨 상관이지?"

"내 권태를… 참을 수 없는 권태를 몰아내 줄 수 있는 사람은 너뿐이야. 네가 내 곁에 있어야 해. 내가 살아 있는 날까지……."

"그럼 영원히 사는 네 곁에 너와 같은 생명력을 가진 나를 묶어두겠다는 것인가?"

"그래."

주적자는 깊이 숨을 들이켰다. 비록 당과가 흡혈야황으로 변했다 할지라도 그의 마음속에는 눈앞의 여인이 그때의 그 당과로 남아 있었다.

아무리 부인하려 해도 마음이 그쪽으로 움직이는 것만은 어쩔 수 없었다.

하지만 비록 그렇다 할지라도, 설사 당과가 흡혈야황이 아닌 당과로 남아 있다 하더라도 영원히 그녀 곁에 머물 수는 없었다. 영원한 삶이 주는 견딜 수 없는 무게는 경험해 보지 않아도 충분히 알 수 있었다.

그는 억겁의 세월을 괴로움으로 견딜 자신이 없었다. 얼마 동안은 행복이란 이름이 삼월의 늦은 눈처럼 덮일 수도 있었다. 영원히 변치 않을 것이란 착각을 할 수도 있었다. 하지만 그것은 이내 따가운 볕에 녹아 사라져 버리고 남는 것은 질척해진 황톳길 같은 상처뿐이리라.

한순간의 열정이 주는 치명적인 독을 삼키는 어리석음을 범하고 싶지 않았다. 그것이 당장은 상처가 된다 하더라도 심장을 도려내는 죽음에 비할 수는 없었다.

그래서 주적자는 고개를 저었다.

"내가 네 곁에 영원히 머무를 수는 없다."

"왜? 왜 안 된다는 거지? 난 널 사랑하고… 그래, 사랑이라는 인간의 말이 무슨 뜻인지 알지 못했지만 지금은 알 수 있어. 난 널 사랑해! 너도 날 사랑하잖아! 아니야? 대답해 봐!"

당과는 마치 세상에 널려 있는 여자들, 사랑에 빠져 어쩔 줄 모르는 여인처럼 소리쳤다. 인간이 아니기에 더욱 인간적으로 보이는 그녀의 그런 모습은 주적자의 가슴을 아프게 후벼 팠다.

"세상에 영원한 사랑이란 없다. 아니, 설사 그런 것이 있다 할지라도 그것은 죽음으로 가능한 것이겠지. 살아 있는 자들의 사랑이란 언젠가는 끝나기 마련이야."

주적자가 하기에는 어울리지 않는 말이었다. 그가 지금껏 사랑한 여인은 눈앞에 있는 당과가 전부니까. 어쩌면 그러기에 더 잘 알 수 있는 지도 모른다. 단 하나의 사랑만을 아는 그가 얘기하는 단 하나의 사랑이기에…….

당과의 붉은 머리칼이 좌우로 흔들렸다.

"아니야. 내 마음은 변하지 않아. 너만 변하지 않는다면 난 절대 변하지 않아."

주적자는 대꾸할 말을 찾지 못했다. 어떤 말을 해도 지금의 당과에게는 상처가 될 뿐이었다. 그가 말이 없자 다시 당과가 입을 열었다.

"그래, 영원히 산다는 것이 얼마나 고통스러운 줄 나도 알아. 그 참을 수 없는 권태와 허무를 왜 모르겠어?"

그녀는 조각조각 떨어지며 무너져 내리는 섬 한쪽을 보며 말했다.

"내가 왜 이곳에 있는 줄 알아?"

"……."

"그 권태와 허무를 벗어버리기 위해서야. 유한(有限)을 가진 사람이 되려고……."

주적자는 당과를 보았다. 설마 그녀가 그런 생각을 가지고 있으리라고는 생각하지 못했다.

"당과……."

"하지만 이젠 틀려 버렸어. 이유는 모르겠지만 이 섬이 완전히 부서져 버렸으니까."

그녀는 처연한 얼굴로 주적자를 바라보았다. 그녀의 얼굴을 보고 있는 것만으로 눈물이 날 것 같았다.

"내가 인간이 되면 널 다시 유한한 생명으로 돌려놔서 둘이 죽을 때까지 살려고 했는데, 죽을 때까지……."

그녀의 눈빛이 유난히 반짝거리는 이유가 눈물 때문인지도 모른다. 불안한 얼굴로 이리저리 흔들리던 술법사가 중얼거리는 듯한 목소리로 물었다.

"그럼 저한테 부탁하려던 것이 그것이었습니까?"

"그래. 하지만 이젠 모든 게 물거품이 되어버렸지."

그녀는 큰 숨을 들이쉬고 얼굴을 차갑게 굳혔다. 그 표정을 만드는 데 많은 노력이 필요하리라는 것쯤은 누구라도 알 수 있었다.

"네게 더 이상 매달리지는 않겠어. 내게는 어울리지 않으니까. 지금 확실히 말해. 내가 인간으로 돌아올 때까지 나와 함께 있어줄 거야?"

주적자는 굵은 침을 삼켰다. 그냥 말을 뱉으면 목에 걸린 울음이 같이 넘어와 버릴 것 같았다.

"인간으로 돌아올 수는 있나?"

'만약 그렇다면 난 당과 같이 있어야 하는 걸까?

"몰라. 아니, 솔직히 말하면 난… 천 년 후에도 살아 있을 확률이 높아."

그녀는 정말 솔직하게 말했다. 주적자는 눈을 감았다. 갑자기 세상이 빙글빙글 도는 듯했다. 섬이 부서지며 내는 굉음이 그를 갑작스럽게 집어삼켰다. 그는 눈을 떴다. 그의 대답을 기다리는 당과가 보였다.

주적자는 입을 열었다.

"영원히 살아야 하는 네 고통을 조금이라도 덜어주고 싶다."

두두두두두—

동굴이 무너지며 내는 소리는 마치 수백 마리의 말이 쫓아오는 것 같았다. 소소자는 혼신의 힘을 다해 기었다. 가파른 오르막을 오르는 손바닥과 무릎은 갈라져서 피가 흐르기 시작한 지 오래였다.

고개를 돌리자 이 장 뒤쪽에서 어둠의 조각처럼 무너지는 동굴이 보였다. 그의 기는 속도보다 배는 빨랐다.

후두둑!

눈앞에서 주먹만한 돌멩이가 떨어졌다. 곧 앞쪽도 무너질 것이란 예고였다. 소소자는 다리를 세워 마치 개구리가 뛰듯 앞으로 나아갔다.

그가 방금 지나왔던 자리가 풀썩 주저앉았다. 두 번쯤 그렇게 뛰자 구멍은 서서 뛸 수 있을 만큼 넓어졌고, 더 반가운 것은 십 장 저쪽에 빛이 보인다는 것이었다. 인공의 빛이 아니라 희미한 여명이라는 것은 밖이 아니라도 알 수 있었다.

소소자는 벌떡 일어서 정신없이 뛰었다. 뒤에서 천장 무너지는 소리가 뒷덜미를 덮쳤다. 그는 애써 뒤를 돌아보지 않았다. 눈으로 죽음을 확인하기가 두려웠기 때문이다. 뒤쪽에서 부서진 바위의 파편이 장딴지를 때렸다.

그는 오 장여를 앞두고 몸을 날렸다. 천장이 무너지는 소리보다 귓가를 스치는 바람 소리가 더 크게 들렸다. 부드러운 빛줄기가 그의 몸으로 떨어졌다.

쿠쿠쿠쿵!

그가 나온 동굴이 완전히 무너지며 뿌연 흙먼지를 토해냈다.

"휴—"

소소자는 안도의 한숨을 토했다. 하지만 위험이 아직 끝난 것은 아니었다. 아직도 섬은 새벽 오줌을 눈 남정네처럼 몸을 떨고 있었다. 소소자는 일어서서 섬 아래쪽을 보았다. 소 떼가 지난 풀밭처럼 몸을 눕힌 나무들 사이로 간간이 사람들이 보였다.

정천맹 무사들이 분명한 그들은 뒤도 돌아보지 않고 아래로 내려가고 있었다.

"으아악!"

섬에서 떨어져 나간 바위가 누군가를 덮치며 만들어낸 비명이었다. 소소자는 위쪽으로 시선을 돌렸다. 탑이 있었던 정상에서 십 장 정도 아래였다.

'사도 영감과 나 소저는 무사할까?'

사도철광을 부르기 위해 배에 힘을 주던 그는 황급히 곁에 선 나무를 붙잡았다. 중심을 잡기 힘들 정도로 섬이 흔들렸기 때문이다.

우드득!

그가 잡고 있던 늙은 소나무가 견디지 못하고 뿌리를 드러냈다. 소소자는 황급히 뒤로 몸을 날리며 외침을 토해냈다.

"사도 영감! 사도 영감!"

떨어지는 바윗덩이를 피하며 소리를 질러봤지만 사도철광의 답은 들려오지 않았다.

쿠르르릉—

섬의 진동은 계속되었다. 세어졌다 약해졌다를 반복하고 있었지만, 이 섬이 물속으로 가라앉을 것이라는 데는 의심의 여지가 없었다. 그러기 전에 섬을 빠져나가 배를 타야 했다. 배를 못 타면 바위 더미에 깔려 죽지 않는다 하더라도 물에 빠져 죽을 것이다.

"소 의원!"

굉음을 뚫고 희미한 사도철광의 목소리가 들렸다. 소소자는 움직이는 것을 멈추고 귀를 기울였다. 다시 사도철광이 그를 불렀다. 왼쪽, 정상에 가까운 기슭이었다.

그는 황급히 몸을 날렸다. 사도철광은 동쪽의 볕이 잘 드는 커다란 바위 아래 있었다. 위에서 떨어지는 바위를 움직이지 않고 피할 수 있는 자리였다. 하지만 바위를 막고 있는 거석(巨石)이 더 위험해 보였다.

소소자는 사도철광의 곁에 다다라 거석에 등을 기댔다.

"괜찮소?"

"나는 괜찮네."

대답을 하면서 사도철광은 끊임없이 나인현의 몸을 문지르고 있었다.

"어디 좀 봅시다."

소소자는 나인현을 덮고 있는 사도철광의 옷을 걷고 그녀의 맥을 짚었다. 약한 맥이 불규칙적으로 뛰었다. 한기가 침투한 상태에서 호흡을 너무 오래 참은 나머지 몸 안의 기가 엉킨 상태였다.

그는 품에서 속명단을 꺼내 의식이 오락가락하는 나인현의 입에 넣어주었다.

"어떤가?"

"걱정 마시오. 생명에는 지장이 없을 테니까."

조금 쉬면서 몸만 따뜻하게 데워주면 별문제없었다. 정작 위험한 것은 이 섬 자체였다. 지금은 그냥 조각조각 떼어내고 있지만 언제 통째로 주저앉을지 모르는 일이었다. 빨리 그들도 섬 아래로 가야 하는데 문제는 주적자였다. 그의 걱정을 사도철광이 뱉어냈다.

"주 아우는 무사한지 모르겠군."

"녀석이 살아 있다는 데 전 재산을 걸 수도 있습니다."

실제로 소소자는 주적자의 생사는 별로 걱정되지 않았다. 주적자는 지옥의 불구덩이에서도 능히 살아 나올 수 있는 능력을 가지고 있으니까. 정작 문제는 지금 만날 수 없다는 것이었다.

빠져나갈 기회를 놓치면 그들은 물속 바위 틈에서 썩어 문드러질 것이 분명했다. 하지만 주적자만 남겨놓고 갈 수도 없는 노릇이었다.

쩌적!

바로 옆에서 날카로운 소리가 들렸다. 그들이 방패막이로 사용하고 있는 거석의 중앙에 금이 가고 있었다.

"빨리 이곳을 떠납시다!"

그가 몸을 날리자 나인현을 안은 사도철광이 뒤를 따랐다. 뒤쪽에서 거석이 무너지는 소리가 그들을 떠밀었다. 나무를 부러뜨리고 퉁겨져 나온 바위를 피하며 사도철광이 소리쳤다.

"주 아우는 벌써 이 섬을 떠난 것이 아닐까?"

"녀석이 우리를 두고 혼자 갔겠소?"

"하긴 그렇지. 그렇지만 이렇게 무작정 찾아다닐 수도 없는 노릇 아닌가?"

사도철광은 아무래도 빨리 섬을 떠나고 싶은 모양이다. 하긴 그 심정을 이해할 수 있었다. 사도철광 자신의 목숨보다 품안의 나인현이 걱정스러울 터였다. 혼자라면 저런 말을 꺼내지도 않을 위인이란 것을 소소자는 잘 알고 있었다.

그리고 실상 사도철광의 말이 맞았다. 이 위험한 곳에서 무턱대고 주적자를 찾아다닐 수는 없었다. 소소자가 굴러 오는 바위를 피해 멈춰 서서 난감해하고 있을 때 뾰족한 목소리가 들려왔다.

"뭐야? 같이 있을 수 없다고?"

소소자는 소리가 들린 섬의 정상 쪽을 보았다. 어디서 많이 듣던 목소리라고 생각했는데 사도철광이 그 주인공 이름을 뱉어냈다.

"저거 당과 목소리 같은데?"

확실히 그랬다. 저렇게 중성적이고 묘한 떨림을 가진 목소리의 여인이 또 있을 리 없었다.

"빨리 가보자구."

사도철광이 먼저 땅을 박찼다. 어지간히도 마음이 급한 모양이다.

"내게 영생을 강요하지 마라."

주적자의 목소리는 모습이 보임과 동시에 들렸다.

"주 아우!"

먼저 올라간 사도철광이 주적자를 불렀다. 당과와 삼 장 거리를 격하고 자리한 주적자는 왼쪽에 나타난 그들을 보고 입술 끝을 올렸다.

"다행히 무사하셨군요."

웃으며 말하려 한 것 같은데 도저히 웃음으로 보이지 않았다. 소소자는 그들에게 눈길도 돌리지 않는 당과를 보았다.

'혹시 당과가 흡혈야황?'

그는 자신의 예상이 맞을 것이라 생각했다. 그렇지 않다면 이처럼 장내 분위기가 살벌할 리가 없었다.

"정녕 나와의 약속을 어기겠다는 말이지?"

"내가 약속을 한 건 네가 아니야. 그건 당과와의 약속이었어."

당과가 버럭 소리를 질렀다.

"내가 당과야! 네가 언제나 편이 되어주겠다고, 곁에 있겠다고 약속한 당과라구!"

주적자는 고개를 저었다.

"아니, 넌 흡혈야황이지 당과가 아니야. 당과는… 그때 우화산에서 죽었어."

"너… 어떻게 그런 말을, 그런 말도 안 되는 소리로 나를 배신하다니. 난 널 정말 사랑하는데……."

당과의 중얼거리는 듯한 말속으로 주적자의 외침이 파고들었다.

"날 사랑한다는 말 따위는 하지 마! 너의 지금 이런 행동은 단지 집착에 불과해!"

"집착이라도 좋아! 너만 내 곁에 둘 수 있다면 그걸 뭐라고 부르든 상관없어!"

주적자는 물끄러미 당과를 보다가 들릴 듯 말 듯한 목소리로 말했다.

"넌 정말 날 영원히 사는 그 지옥 속으로 끌어들이고 싶은 것이냐?"

당과의 눈빛이 흔들렸다. 그녀의 몸이 비틀거린 것은 섬의 진동 때문만은 아니었다.

"그렇게도 내 곁에 있기가 싫은 거야? 그런 거야?"

주적자는 자신의 마음을 다잡듯 주먹을 움켜쥐었다.

"난 네 곁에 있을 수 없어. 그것은 변하지 않아."

당과의 떨림이 멈췄다. 섬은 끊임없이 흔들리는데 당과는 미동도 하지 않았다. 그녀는 마치 허공에 떠 있는 것 같았다.

"결국 날 배신하겠다는 말이지?"

"……."

"영원히 사는 이 고통 속에 나만 버려두겠다는 그 말이지?"

우르르릉!

굉음과 함께 섬 전체가 요동을 쳤다. 이제껏 느꼈던 어떤 진동보다 컸다.

"주적자! 빨리 섬을 빠져나가야 해!"

소소자가 소리치자 비로소 당과의 시선이 그에게 닿았다.

"넌 입 다물고 있어!"

"이런 젠장! 섬이 무너져도 넌 괜찮을지 모르지만 우린 그냥 평범한 사람이라구!"

그는 주적자를 향해 고함을 질렀다.

"어서 가자! 배를 놓치면 큰일 나!"

"입 다물라고 했잖아!"

"그렇게 죽고 싶으면 자살이라도 하지 그래!"

흡혈야황의 몸에서 냉기가 피어 올랐다.

"난 자살조차도 하지 못한다는 것을 모르나? 너희가 엉덩이에 머리를 붙이고 다니는 것보다 내가 자살하는 것이 어렵다는 것을!"

소소자가 알 리 없었고, 그것이 사실이라고 해도 여기서 빠져나가야 한다는 것에는 변함이 없었다.

"어쨌든 그건 네 사정이고·우린 여기를 떠나야겠어!"

그는 우두커니 서 있는 주적자에게 소리쳤다.

"꾸물거릴 시간이 없어! 흡혈야황은 상관하지 말고 빨리 가자!"

소소자는 '흡혈야황'이란 말에 특히 힘을 주었다. 당과의 눈동자가 햇빛을 받은 유리알처럼 변했다.

"죽는 게 소원이라면 그렇게 해주지!"

당과는 무릎도 굽히지 않고 허공으로 떠올랐다.

파앙―

그녀의 움직임은 너무도 빨라서 단숨에 소소자와의 공간을 없애 버렸다. 떠오른 것을 본 것 같은데 벌써 코앞에 다다라 있었다. 날카로운 바람과 함께 한 치나 되는 당과의 손톱이 관자놀이에 닿았다. 도저히 피할 수 없었다. 소소자는 차라리 눈을 감아버렸다.

카앙!

귓가에서 폭죽이 터진 것처럼 귀가 울리더니 이내 통증이 찾아왔다. 소소자는 눈을 뜨지도 않고 손으로 얼굴을 더듬었다. 손가락이 광대뼈 근처를 지날 때쯤 끈적한 액체가 손에 느껴졌다. 보지 않아도 피라는 것을 알 수 있었다.

'머리가 깨져 버린 것일까?'

소소자는 두려운 마음으로 눈을 떴다. 자신의 허연 뇌수가 바닥에 뿌려져 있을 것 같았다.

"소 의원! 괜찮나?"

소리를 지르는 사도철광의 얼굴이 크게 확대되었다. 소소자는 상처를 더 더듬은 후에야 관자놀이에서 머리 위쪽으로 피부가 조금 찢어졌다는 것을 알았다. 멍하던 정신도 차츰 가라앉았다.

"난 괜찮……."

그의 말을 당과의 목소리가 꿰뚫었다.

"주적자! 네가 나를……!"

소소자는 고개를 돌려 당과를 보았다. 가슴 높이로 치켜든 그녀의 팔뚝에서는 사람의 피보다 더 진한 선혈이 뚝뚝 떨어지고 있었다. 소소자는 그와 불과 두 자 사이를 두고 서 있는 주적자를 보았다.

검을 내려뜨린 주적자의 표정은 잔뜩 일그러져 있었다. 그제야 소소자는 그를 구한 사람이 주적자라는 것을 알았다. 하긴 주적자가 아니면 누가 그를 구했겠는가?

"감히 내게 상처를 입히다니……."

흡혈야황의 목소리는 섬이 붕괴하며 지르는 괴성보다 훨씬 또렷하게 울렸다.

"당과……."

"그 이름은 부르지도 말아라!"

그녀는 들고 있던 팔을 내리고 주먹을 움켜쥐었다. 멈추지 않은 핏물이 손목을 지나 손가락 사이를 타고 떨어졌다. 그 모습을 보던 주적자가 긴 한숨을 쉬었다.

"네가 그냥 흡혈야황이었으면 얼마나 좋았을까. 그냥 악한 흡혈귀로 적이 되었다면 얼마나 좋았을까. 아니, 네가 당과라는 이름으로 나와 인연을 맺지 않았던들… 이처럼 괴롭지는 않았을 것을… 너와 싸우기가 훨씬 수월했을 것을……."

"너… 너 정말… 진심으로 나를 적으로 여기기로 했구나."

주적자는 처연한 시선을 당과에게 던졌다.

"어차피 너와 나는 싸울 수밖에 없는 운명이다. 바라기는 내가 너를 죽여 네게 씌워진 영생의 굴레를 벗겨줄 수 있기를… 그러면 나도 죽음을 맞이하기가 훨씬 편하겠지."

"주적자……."

"네가 나를 죽여도 그리 나쁘지는 않겠군. 어차피 네가 아니었으면 난 벌써 죽었을 테니까. 한 가지 확실한 것은 우리 둘 중 하나는 여기서 죽게 된다는 거야. 아니, 어쩌면 둘 다일 수도……."

주적자의 말은 처음 말을 배우는 어린아이의 그것처럼 어눌하게 들렸다. 주위는 잠시 침묵에 휩싸였다. 땅이 갈라지고 그들이 선 아래쪽의 바위가 떨어져 나가는 요란함조차 침묵의 일부인 것만 같았다.

"호호호호……!"

당과의 웃음소리가 침묵의 장막을 갈기갈기 찢어버렸다.

"역시 인간을 믿는 것이 아니었어! 모든 인간이 거짓과 위선으로 가득 찼다 할지라도 너만은 다를 줄 알았는데! 호호호!"

그녀는 거짓말처럼 웃음을 멈추고 주적자를 노려보았다.

"그래, 죽여주지. 여기 있는 네 녀석들을 이 세상에서 가장 처참하게 죽여주마!"

당과의 붉은 머리가 하늘로 치솟았다. 양팔을 벌린 그녀의 모습은 그대로 하나의 불꽃을 보는 듯했다.

"야황님! 금부(禁符)를!"

술법사가 소리쳤다. 당과는 가슴으로 손을 집어넣어 무언가를 떼어냈다. 그녀의 갈색 젖꼭지가 잠깐 나타났다 사라졌다. 당과는 금부를 보다가 손 안에서 부숴 버렸다.

"날 숨기고 내 힘을 제어하던 이 금부와 함께 주적자, 너와의 인연은 끝난 것이다."

살색을 띤 금부는 고운 가루가 되어 허공으로 흩어졌다. 순간 소소자는 뒤로 주춤주춤 물러섰다. 당과에게서 뿜어져 나오는 기가 완전히 변해 버렸다. 아니, 변했다기보다는 엄청나게 증폭되었다는 표현이 옳았다. 가까이 가기가 두려울 정도의 존재감이 느껴졌다.

카앙!

주적자가 자신에게 날아온 돌멩이를 쳐낸 후 검끝을 당과의 미간에 겨누었다. 말없는 주적자에게서도 전에 느낄 수 없었던 살기가 피어올랐다.

쩌적!

주적자와 당과 사이의 땅이 갈라지더니 점점 입을 벌렸다. 마치 둘 사이의 단절을 땅이 말해 주는 것 같았다.

우우웅—

당과의 주위에 있던 돌멩이들이 공중으로 떠오르며 묘한 울림을 만들어냈다. 서서히 떠오른 돌멩이들은 멈칫하는가 싶더니 이내 주적자를 향해 날아갔다. 돌멩이가 쏜살처럼 빠르다고는 하지만 주적자가 감당할 수 없을 정도는 아니었다. 하지만 소소자는 그 속에서 더 위험한 것을 느낄 수 있었다.

돌멩이를 품고 날아가는 공기의 파동(波動)!

그것은 만근 철벽이 날아가는 것과 다름없었다. 소소자가 위험을 경고하기도 전에 주적자가 먼저 움직였다. 주적자는 머리 위로 검을 올리더니 느리다 싶을 정도의 속도로 내리그었다.

푸스스스—

주적자를 향해 날아가던 돌멩이들이 허공에서 먼지로 흩어졌다. 소소자는 막대한 공기의 파동이 반으로 갈라지는 것을 느꼈다. 파동은 검기(劍氣)에 의해 반으로 갈라져 주적자의 양쪽으로 지나갔다.

"허업!"

그 광경에 넋을 잃고 있던 소소자는 헛바람과 함께 황급히 몸을 날렸다. 갈라진 공기의 파동이 그를 덮친 것이다.

콰앙!

그가 있던 자리가 벼락을 맞은 것처럼 터져 나갔다. 등에 아픔이 느껴졌지만 바위의 파편에 맞은 것뿐이기 때문에 대수롭지 않았다.

소소자는 땅을 한 바퀴 구르며 허리띠에 꽂아둔 침을 꺼내 들었다. 아무리 주적자가 강해졌다고 하지만 당과와 홀로 싸우기에는 아직 무리였다.

"하앗!"

주적자가 기합과 함께 당과를 향해 뛰어올랐다. 일 장 넓이로 갈라진 틈을 넘은 주적자는 검과 함께 당과에게로 쏘아져 갔다. 소소자도 양손에 든 여덟 개의 침을 떨쳤다. 고수와의 싸움에서는 작은 차이가 큰 간격을 만드는 법이었다. 그의 침이 당과를 죽일 수는 없겠지만 정신을 흐트러지게 만들 수는 있을 것이다.

당과는 유성처럼 날아오는 주적자를 향해 손을 저었다. 그녀의 공격은 마치 권풍(拳風)이나 장풍(掌風)을 보는 듯했다. 하지만 그녀의 힘은 인간이 내는 위력과는 근본적으로 달랐다.

카앙 하는 소리와 함께 허공을 가르던 주적자의 몸이 뒤로 퉁겨져 나갔다. 그 여파로 소소자가 던진 침들도 전혀 엉뚱한 곳으로 방향을 바꿔 버렸다.

소소자는 공중제비를 돌아 내려서는 주적자를 보며 여덟 개의 침을 손에 쥐었다. 그때 다급한 사도철광의 목소리가 들렸다.

"위험해!"

소소자는 목을 향해 날아오는 무언가를 느꼈다. 그는 눈으로 정체를 확인하기도 전에 털썩 주저앉았다.

서걱!

비도 같은 것이 그의 머리카락을 자르고 지나갔다. 소소자는 황급히 고개를 돌렸다. 그의 시선에 한 다발의 부적을 든 술법사가 보였다.

"정정령령(精精靈靈) 혁혁장생(赫赫長生), 통천달지(通天達地) 도기인온(道氣氤氳), 천심정법(天心正法) 제련통령(祭煉通靈)……."

술법사는 주문을 외우며 부적을 든 손을 뿌렸다. 허공에 펄럭이던 수십 장의 부적이 갑자기 뻣뻣하게 변하더니 그를 향해 날아왔다. 빠르기는 했지만 못 피할 정도는 아니었다. 그런데 갑자기 사도철광이 그의 허리를 잡으며 땅으로 뒹굴었다.

칙 소리와 함께 어깨에서 화끈한 통증이 전해졌다.

'뭐야?'

술법사가 방금 던진 부적은 아니었다. 벌떡 일어선 소소자는 비로소 아까 머리를 지난 부적이 다시 돌아왔다는 것을 깨달았다.

"상대하기 까다롭겠는걸."

소소자는 양손을 가슴 앞에 모으며 말하는 사도철광을 일별하고 날아오는 부적을 향해 침을 뿌렸다. 여덟 개의 침은 그만큼의 부적을 정확히 맞췄다. 하지만 그 부적들은 위로 조금 퉁겨 올라갔다가 다시 그를 향해 쏘아졌다.

사도철광이 먼저 도착한 다섯 장의 부적을 쳐내고 뒤로 주춤 물러섰다. 손이 저린지 얼굴에 주름이 잡혔다. 소소자는 땅에 뒹구는 돌멩이 네 개를 집어 들었다. 날아오는 부적을 상대하는 데는 침보다 돌멩이가 나을 것 같았다.

소소자는 앞에 오는 부적을 향해 손을 뿌렸다. 하지만 그가 던진 돌멩이는 부적을 맞추기도 전에 먼지로 부서져 버렸다.

'왜?'

그의 의문을 뚫고 나인현의 목소리가 들렸다.

"돌멩이는 안 돼요."

소소자는 사도철광이 부적들을 쳐내는 것을 보고 나인현에게로 시선을 돌렸다. 얼굴에 화색이 도는 것으로 보아 많이 나아진 것 같았다.

"왜 안 되는 것이오?"

"침에는 주술문이 새겨져 있지만 돌멩이는 그렇지 않기 때문이지요."

어느새 두 장의 부적을 꺼내 든 나인현이 사도철광을 향해 소리쳤다.

"제 뒤로 오세요!"

그녀는 소리를 지른 후 주문을 외우기 시작했다.

"보도현성(普度顯聖) 묘도진군지신왈(妙道眞君之神曰), 유신득도(維神得道) 우주위변(宇宙威變), 건곤조화막측(乾坤造化莫測)……."

사도철광이 나인현 뒤에 내려서자 열세 장의 부적이 바짝 뒤쫓았다. 그녀는 손바닥에 부적 한 장씩을 올려놓고 양손으로 큰 원을 그렸다.

파파파팡!

부적들이 그녀가 그린 원에 부딪히며 폭발했다. 나인현은 양팔을 돌리며 연신 뒷걸음질을 쳤다. 열세 장의 부적을 모두 받아낸 그녀의 얼굴에 송골송골 땀이 맺혔다.

"술법사는 제가 상대할 테니 어서 주 보표님을 도와주세요!"

소소자는 망설이는 표정의 사도철광에게 말했다.

"사도 영감은 나 소저를 도와주시오. 내가 주적자에게 가볼 테니."

어차피 직접 타격을 가해야 하는 사도철광이 당과에게 덤비는 것은 무리였다. 만의궁을 손에 드는 나인현을 일별한 소소자는 주적자를 보았다. 그동안 싸움이 격렬했는지 주적자의 옷 여기저기는 찢어지고 부서져 걸레처럼 변해 있었다.

까아악!

그는 나인현이 불러낸 반용귀의 괴성을 들으며 주적자를 향해 몸을 날렸다.

우웅!

당과가 손목을 돌리자 진동음이 들렸다. 그녀는 허공에 있는 무형의 것을 움켜쥐어 타격할 수 있는 힘으로 바꾸는 것 같았다. 주적자가 땅을 박차자 당과의 팔이 움직였다. 무형의 구(球)가 허공을 가르며 수만 마리의 벌이 일제히 날갯짓하는 것 같은 소리를 만들어냈다.

주적자는 횡으로 검을 휘둘러 구를 쳐내고 주춤했던 몸을 다시 끌어올렸다. 소소자도 손에 쥔 열 개의 침을 날렸다. 당과가 날린 구를 주적자가 막아낸 사이 소소자가 던진 침이 적중했다.

하지만 침은 조금의 타격도 주지 못한 채 철벽에 막힌 것처럼 퉁겨져 나왔다. 보이지 않는 강기막이 쳐져 있는 것 같았다. 그사이 주적자가 당과의 지척으로 다가가 검을 내리그었다.

파앙!

검과 육이 부딪쳤다고는 믿기지 않는 소리가 울리며 둘이 동시에 물러섰다. 공격을 한 주적자도 충격을 받은 듯 땅에 깊숙한 발자국을 남겼다.

꽈아악—

침을 빼 들던 소소자는 뒤쪽에서 들린 기음에 고개를 돌렸다. 술법사의 등 쪽에서 나인현의 반용귀처럼 생긴 검은색의 사무가 몸을 뒤틀며 지른 소리였다. 반용귀와 흑사무는 커다란 아가리를 벌려 서로를 물려고 엉켜든 상태였다. 언뜻 보기에도 반용귀가 밀리는 것을 알 수 있었다.

술법사의 손에는 푸른색의 형태가 뚜렷한 막대 같은 게 들려 있었는데, 자세히 보니 손에 쥔 부적에서 뻗어 나온 것이었다. 부적검이라 할 수 있었다.

술법사는 오른손에 든 부적검으로 사도철광을 공격하며 왼손의 흑색 방패로 나인현의 화살을 막았다. 그 방패 또한 부적에서 생긴 기로 만든 것이었다.

이 대 일의 싸움인데도 우위를 점하지 못했다. 만약 반룡귀와 흑사무의 싸움에서 반룡귀가 밀리게 되면 전세는 급하게 술법사 쪽으로 기울 것이다.

소소자는 시선을 당과에게로 돌렸다. 지금은 이쪽 싸움에 정신을 집중해야 할 때였다.

주적자는 한 번의 부딪침 뒤로 다시 몸을 날리고 있었다. 소소자도 양손을 교차시켜 당과를 향해 침을 뿌렸다. 그의 침이 박히지 않는다 하더라도 지금으로써는 달리 방법이 없었다. 어찌 되었든 당과의 신경이 조금이라도 흐트러질 것이다. 물론 바램이지만……

촤라라락!

이제껏 불꽃처럼 꼿꼿이 서 있던 당과의 머리칼이 주적자를 향해 뻗어갔다.

"협!"

주적자는 헛바람을 내뿜으며 가슴으로 쏘아져 오는 머리칼을 바깥쪽으로 밀어냈다. 그런데 직선으로 뻗어오던 머리칼이 검에 닿는 순간 뱀처럼 검신을 타고 휘감아왔다. 주적자는 황급히 손을 털었지만 팔까지 감아오는 것을 막을 수는 없었다.

소소자가 던진 침은 속절없이 퉁겨져 상황을 바꾸지 못했다. 한쪽 팔이 묶인 주적자를 향해 당과의 다른 쪽 머리칼이 뻗어왔다. 그녀의 머리칼은 마치 거미가 줄을 뽑아내듯 길어졌다.

머리칼은 채찍처럼 주적자의 왼쪽을 후려쳤다. 주적자는 팔을 들어 허공을 가르는 머리칼을 막았다.

촤라라락—

머리칼이 주적자의 팔목에 감기더니 팽이를 돌리는 끈처럼 빠르게 돌아갔다.

"크윽!"

주적자의 입에서 억누른 비명이 터졌다. 머리칼이 떠난 그의 팔은 피범벅이 되었다. 조각조각난 살점이 당과의 머리칼에 묻어 사방으로 흩어졌다.

소소자는 장침을 꺼냈다. 이 상황에서 비침(飛針)을 던지는 것만으로는 아무런 도움도 되지 않았다. 그가 막 땅을 박차려 할 때 검을 잡은 주적자의 팔이 빙글 돌아갔다.

서걱!

무명묵검은 명검이라는 것을 확인시키듯 당과의 머리칼을 썩은 새끼줄처럼 잘라 버렸다. 팽팽하던 머리칼이 끊어지자 둘이 사이좋게 세 걸음씩을 물러섰다. 주적자의 발 뒤꿈치가 땅이 갈라진 곳의 가장자리에 닿아 위태롭게 보였다.

몸을 바로 세운 당과의 입이 열렸다.

"생각보다 제법이군."

그녀는 심줄이 끊어지고 뼈가 드러난 주적자의 팔을 턱으로 가리켰다.

"많이 아파?"

"……."

"하긴 고통은 고스란히 찾아오니까."

긴 숨을 내뱉고 한걸음을 내딛는 주적자에게 다시 당과의 목소리가 떨어졌다.

"지금이라도 늦지 않았어. 내 곁에 있어준다는 약속만 하면 날 배신했던 것을 용서해 줄게."

　바짝 마른 주적자의 입술이 열렸다.

　"내게 그런 기대는 하지 마."

　주적자의 신형이 허공을 갈랐다.

죽음은 그녀의 가슴을 타고

제49장 죽음은 그녀의 가슴을 타고

허리에 찬 가방에 손을 집어넣은 나인현의 얼굴이 일그러졌다. 그녀가 가진 가장 강력한 무기인 만의시가 떨어진 것이다.

쾅!

술법사가 부적으로 만든 합기검(合氣劍)과 사도철광의 손톱이 부딪치며 강력한 소리를 만들어냈다.

크와아아악—!

고막을 찢는 듯한 괴성에 그녀는 크게 몸을 흔들었다. 그녀의 반룡귀와 술법사의 흑룡귀(黑龍鬼)가 부딪치며 충격이 전해졌다. 그녀의 몸과 연결된 반룡귀의 힘이 점점 떨어지는 것을 느낄 수 있었다.

만의시는 바닥났고, 반룡귀도 밀리고, 사도철광 또한 고전을 면치 못하고 있으니 상황은 점점 최악으로 치닫고 있었다. 그렇다고 주적자와 소소자에게 도움을 청할 수도 없는 노릇이었다.

나인현은 가방에서 부적 다발을 꺼냈다. 만의궁만큼 위력이 세지는 않지만 지금으로써는 유일한 타격 무기였다.

'천의지에서 수련을 더 쌓았어야 했는데……'

후회는 아무리 빨라도 늦는 법. 지금으로써는 주어진 상황에서 최선을 다하는 수밖에 없었다.

"강하도아(江河渡我) 풍우송아(風雨送我), 뇌정순아(雷霆順我) 팔괘준아(八卦遵我), 구궁둔아(九宮遁我) 음양종아(陰陽從我)……"

그녀는 주문을 외우며 부적을 날렸다. 천지만물(天地萬物)의 힘을 빌려 닿지 않는 곳이 없다 하여 무극부(無極符)라고 하는 이것은 원래대로라면 만의궁보다 위력이 강해야 했다. 하지만 그녀의 수련이 얕은 탓에 원래 위력의 이 할도 채 미치지 못했다.

아니나 다를까, 그녀의 무극부는 술법사의 손에 들린 묵색 방패에 부딪쳐 힘없이 깨져 버렸다. 그녀의 공격이 더 이상 위협이 되지 못한다는 것을 알았는지 술법사는 방패를 만드는 부적을 버리고 새로운 부적을 꺼냈다.

"재천포강(在天逋降) 재지통령(在地通靈), 부위조난(扶危助難) 정국안방(定國安邦), 음양표리(陰陽表裡) 제발군생(濟拔群生)……"

주문이 이어질수록 부적에서 검은색의 연기가 무럭무럭 피어나더니 그것은 이내 검의 형태를 띠었다. 다른 형태의 합기검이었다.

술법사는 그것으로 사도철광을 공격하기 시작했다. 술법사가 무공을 모른다 할지라도 부적은 스스로의 힘만으로 엄청난 위력을 발휘했다. 그것은 무림의 일류 고수인 사도철광이 막무가내로 휘둘러지는 듯한 합기검에 쩔쩔매는 것만 봐도 알 수 있었다.

카카카캉!

두 개의 합기검은 사용하는 사람이 다른 듯 전혀 상이하게 사도철광을 압박했다. 좌측과 아래쪽을 동시에 공격하는가 하면 중앙과 바깥쪽을 동시에 점하기도 했다. 그것은 한 사람이 동시에 행할 수 없는 각도였다.

사도철광의 손발이 갈수록 어지러워졌다. 나인현이 무극부를 날려 보았지만 그것은 너무도 쉽게 막혀 버려 별 도움이 되지 못했다. 그녀가 상대하기에는 상대 술법사의 능력이 너무 뛰어났다.

무극부가 사라질수록 그녀의 마음은 점점 초조의 극을 향해 달렸다. 무슨 수를 써도 저 술법사를 쓰러뜨릴 수 없을 것 같았다.

"크윽!"

기어코 사도철광의 입에서 비명이 터져 나왔다. 옆구리가 금세 피로 범벅이 되었다.

"사도 선배!"

나인현이 황급히 무극부를 뿌려준 덕분에 사도철광은 전장에서 발을 뺄 수 있었다. 옆구리를 움켜잡은 사도철광의 손가락 사이로 내장이 삐져 나왔다.

"괜찮아요?"

그녀는 금방이라도 울음을 터뜨릴 것 같은 표정으로 물었다. 사도철광의 부상이 온전히 자신의 탓처럼 생각되었다.

"난 괜찮네."

애써 아무렇지 않게 말하는 사도철광의 이마에 절로 주름이 생겼다. 그가 몸을 추스르기도 전에 술법사가 빠르게 거리를 좁혀왔다.

쿠르르릉—

균형을 잡기 힘들 만큼 큰 진동이 찾아왔다. 사도철광조차 바닥에 주저앉을 정도로 심한 흔들림이었다. 덕분에 술법사도 걸음을 멈추었고, 반용귀와 흑룡귀의 부딪침도 멎었다. 사도철광은 바닥을 기어 엎어진 나인현에게 다가갔다.

"저 술법사를 쓰러뜨릴 방법이 없겠나?"

나인현은 말없이 고개만 저었다. 그녀가 어찌해 볼 수 있는 상대가 아니었다. 사도철광은 당과와 주적자의 싸움을 힐끔 보고 자리에서 일어섰다. 여전히 균형을 잡기 힘들었지만 그는 쓰러지지 않았다.

"자네가 던진 그 부적의 위력이 어느 정도 되는가?"

"무극부 말씀인가요? 그건 왜요?"

사도철광이 되물었다.

"반 자 바위를 꿰뚫을 수 있는가?"

"그 정도는 가능할 거예요. 하지만 저 술법사에게는 어림없어요. 이미 아시잖아요."

"만약 술법사가 막지 못한다면 죽일 수 있겠지?"

나인현은 주춤주춤 일어서 중심을 잡는 술법사를 보며 말했다.

"특별히 몸을 보호하고 있는 술법을 펼치지 않고 있다면 가능하겠죠. 하지만……."

그녀의 말을 사도철광이 끊었다.

"그럼 됐네."

그는 두 다리에 힘을 주고 술법사를 향해 섰다. 그에게서 어떤 비장함이 풍겨져 나왔다.

"뾰족한 방법이라도 있나요?"

사도철광이 고개를 돌려 그녀를 보았다.

"이대로 싸운다면 어차피 우린 둘 다 저놈에게 죽을 수밖에 없어.

안 그런가?"

몰라서 묻는 것은 아닐 것이다. 이미 그녀도 충분히 느끼고 있었다. 술법사는 완벽하리만치 그들을 압도한 상태였다. 패하는 것은 시간문제였고, 그 시간조차 길지 않을 것이다. 그리고 결과는…….

"내가 저 녀석의 양팔을 묶을 테니 그사이 무극부를 날리게."

"어떻게 양팔을 묶는다는 거예요? 그리고 무극부는 어디로 날리라는 거죠?"

사도철광은 의미를 알 수 없는 웃음을 지었다.

"내가 저 녀석의 양팔을 묶으면 자연히 알게 될 것이네."

사도철광은 다리에 힘을 주었다. 끊임없이 흔들리는 섬은 그가 유리한 단 하나의 조건이었다. 술법을 이용한 공격은 그보다 강하다고 해도 균형을 잡는 데는 무공으로 단련된 다리를 가진 그가 훨씬 유리했다.

"힘들겠지만 반용귀로 저 녀석의 묵룡귀를 잡아두게. 그리고 기회가 만들어지면 지체없이 무극부를 날리게. 망설이지 말고!"

사도철광은 말을 한 후 술법사를 향해 다가갔다. 녀석은 다리를 어깨보다 넓게 벌려 균형을 잡고 있었다. 불안한 하체와는 달리 부적을 쥔 양팔은 다른 사람의 것처럼 빈틈없이 돌아갔다.

그는 심호흡을 크게 하고 땅을 박찼다. 땅의 흔들림 때문에 떠오른 자잘한 돌들이 얼굴을 따갑게 때렸다. 귓불을 찢는 바람의 세기에 비례해서 술법사와의 거리도 가까워졌다.

쓰와앙—

술법의 힘을 담은 검은 특유의 소리를 지르며 어깨 어림의 허공을 갈랐다. 오른손을 들어 막자 짜르르한 통증이 팔을 타고 어깨까지 밀려왔다. 그 고통이 채 가시기도 전에 다시 허벅지를 타고 위쪽으로 공격이 들어왔다.

사도철광은 손목을 비틀며 아래로 팔을 쳐냈다. 통겨져 나간 검이 이번에는 목과 옆구리를 향해 동시에 덮쳤다. 이를 악물고 검을 막자 사라지지 않은 고통위에 다시 그만큼의 고통이 얹어져 절로 신음을 뱉게 만들었다.

어떻게든 바짝 다가서야 하는데 술법사의 검은 그럴 기회를 주지 않았다. 머리 바로 위쪽에서 격돌하는 반룡귀와 묵룡귀의 냉기가 쏟아졌다.

정수리로 떨어지는 검을 통겨내자 그것은 어깨를 스치고 한줄기 피를 토하게 만들었다. 옆구리와 어깨의 상처는 그의 움직임을 갈수록 둔하게 했다. 시간은 그를 불리하게 만드는 적이었다.

사도철광은 목을 향해 가위처럼 휘둘러지는 검을 머리 위로 흘리며 돌진했다. 이것이 얼마나 위험한 행동인지 알고 있지만 모험을 할 수밖에 없었다. 아니나 다를까, 머리칼을 스친 검 하나가 등을 향해 떨어졌다. 그리고 다른 하나는 이해할 수 없는 각도를 이루며 눈앞으로 확대되어 왔다. 인간의 팔이 만들어낼 수 없는 움직임이었고, 빠르기까지 했다.

사도철광은 양손을 가슴에 모으고 몸을 땅과 수평으로 만들어 횡으로 돌았다. 빙글빙글 돌아가는 세상이 온통 회색으로 섞여 보였다.

서걱!

팔의 바깥 쪽에 시큰한 통증이 전해졌다. 가까스로 중심을 잡은 사도철광은 바닥에 떨어진 자신의 살점을 볼 수 있었다. 안 그래도 비쩍 마른 상박은 뼈를 훤히 드러냈다. 주춤 멈췄던 사도철광은 팔을 쭉 뻗고 술법사의 품으로 뛰어들었다.

원래 의도한 것은 이런 공격이 아니었지만 훤히 드러난 가슴이 그를 유혹했다. 어쩌면 이대로 강하기 이를 데 없는 술법사를 죽일 수 있을지도 몰랐다.

손톱 끝에 술법사의 가슴이 느껴졌다. 이대로 촌각만 더 파고들면 심장을 움켜쥘 수 있었다. 그리고 그렇게 되리라 확신했다. 눈앞에 피가 튀기 전까지는…….

사도철광의 팔은 팔꿈치 위까지 깨끗하게 잘려 나갔다. 술법사의 검은 도검불침이 아닌 그곳을 정확히 긋고 지난 것이다.

"안 돼!"

나인현의 외침 속에서 사도철광은 마치 엄마의 품에 안기는 아이처럼 술법사의 가슴으로 뛰어들었다. 술법사는 주춤 뒤로 물러섰지만 사도철광의 뿌려지는 피를 피할 수는 없었다. 아니, 또 피할 수 없는 것이 있었다. 바로 반밖에 남지 않은 사도철광의 팔이었다. 사도철광은 짧아진 팔로 술법사를 힘껏 껴안았다.

내공이 없는 술법사는 그 힘만으로도 고통스러운지 인상을 찡그리며 사도철광을 떼어내려 애썼다. 하지만 팔의 자유를 잃은 상황에서는 쉽지 않았다. 뒤로 물러서려 해도 사도철광의 힘이 그것을 막았다.

"나 소저!"

사도철광이 커다랗게 나인현을 불렀다. 그녀는 사도철광의 팔이 떨어져 나간 충격에서 화들짝 벗어났다.

"어서 무극부를!"

'무극부를 어떻게……?'

의문이 끝나기도 전에 사도철광의 의도를 알 수 있었다. 무극부가 반 치 두께의 바위를 뚫을 수 있느냐는 사도철광의 질문도 이해할 수 있었다.

그녀는 고개를 저었다. 사도철광은 무극부로 그와 술법사의 몸을 동시에 꿰뚫기를 바라고 있었다.

"안 돼요."

소리를 지르려 했는데 목에 뭐가 걸려 중얼거림밖에 나오지 않았다.

"어서 던져!"

사도철광의 목소리에 힘겨움이 배어 나왔다.

"떨어져!"

술법사가 소리를 지르며 손목을 움직였다.

푸욱!

두 개의 검은 사도철광의 옆구리를 관통해서 반대쪽으로 삐져 나왔다.

"크읍!"

가래를 뱉어내는 듯한 신음이 나인현의 가슴을 갈가리 찢어놓았다. 그녀는 그저 '어… 어' 하는 목소리만으로 이 상황의 충격을 표현할 뿐이었다. 눈앞에 펼쳐지는 광경이 뿌옇게 흐려지기 시작했다. 잠이 들기 직전의 느낌과 비슷했다.

'이건 꿈이야. 다시 눈을 뜨면… 눈을 뜨면……'

"무극부를… 무극부를……."

소리를 지르려는 것이 분명한데 사도철광의 목소리는 너무도 미약하게 들렸다. 그것이 나인현을 더욱 빨리 현실로 내동댕이쳤다. 그녀는 눈을 깜빡여 시야를 밝게 만들었다.

사도철광의 옆구리를 관통한 검은 어느새 사라져 원래의 부적으로 땅에 떨어져 있었다. 손을 사도철광의 배 쪽으로 밀어넣어 빠져나오려던 술법사는 그것이 여의치 않자 허리에 찬 주머니로 손을 옮겼다.

다른 술법을 쓰려는 것이 분명했고, 그 술법이 펼쳐지면 그녀의 무극부는 소용이 없어질 것이다. 나인현의 이성은 상황을 분명하게 직시하는데 몸이 따라주지 않았다. 어떻게 해야 할지 판단을 내릴 수가 없었다.

"어서… 무극부를……."

사도철광의 목소리에서 가래 끓는 소리가 섞여 나왔다. 나인현은 반사적으로 무극부를 손에 쥐었다. 하지만 날릴 수가 없었다. 사도철광의 저 등을 향해 부적을 날릴 수가 없었다. 그 뒤의 상황이 어떻게 될지 너무도 자명했기 때문이다.

사도철광의 죽음!

생각하기도 싫은 악몽을 현실로 맞고 싶지 않았다. 그녀가 무극부를 들고 덜덜 떨고 있을 때 술법사의 주문이 들렸다.

"신인합심(神人合心) 뇌정령보(雷霆靈寶), 화속봉행(火速奉行) 오봉(吾奉) 보도현성(普度顯聖), 묘도진군(妙道眞君)……."

술법사의 양손에 쥐어진 부적을 보지 않아도 보호진언(保護眞言)이라는 것을 알 수 있었다. 저 주문이 끝나면 그녀의 무극부는 종이 쪼가리로 변하는 것이다.

그녀는 사도철광의 등을 보았다. 유난히 좁고 초라해 보이는 등이었다. 밭을 가는 시골 촌부의 등보다 더 연약해 보였다. 그녀는 그의 등이 아닌 얼굴을 보고 싶었다. 언제나 그녀의 마음을 포근하게 하는 그 웃음을 보고 싶었다.

하지만 그녀는 사도철광의 옆구리를 비집고 나온 내장 한 가닥을 보고 더 이상 그의 웃음을 볼 수 없다는 것을 깨달았다. 사도철광은 다시는 웃을 수 없었다. 되돌릴 수 없는 현실은 그녀를 희망의 대지에서 절망의 땅속으로 끌어당겼다.

우웅—

이미 완성된 주문을 먹은 네 장의 무극부가 둥실 허공으로 떠올랐다. 술법사의 주문은 곧 완성되려는 듯 목소리가 절정에 달해 있었다. 나인현은 사도철광의 오른쪽 등을 향해 무극부를 날렸다.

술법사의 눈이 더 이상 커질 수 없을 정도로 커졌다. 주문을 외우던 그의 입에서 절규가 터져 나왔다.

"안 돼!"

퍼억!

네 장의 무극부는 물속에 빠진 것처럼 사도철광의 몸속으로 사라졌다.

휘청.

그녀의 몸이 힘없이 꺾이더니 바닥에 주저앉았다. 땅의 흔들림을 견딜 수 없었다. 뿌옇게 변하는 시야 속에서 술법사를 안은 사도철광은 움직이지 않았다. 둘 다 그대로 하나의 석상으로 엉켜 버린 것 같았다.

나인현은 고개를 떨궜다. 꽉 쥔 손 밖으로 삐져 나온 마지막 무극부 위로 눈물 한 방울이 떨어졌다.

털썩!

우르릉거리는 섬의 외침 속에서도 무언가 쓰러진 듯한 그 소리는 너무도 또렷이 들렸다. 고개를 든 그녀에게는 여전히 아무것도 보이지 않았다. 물속에서 세상을 보는 듯했다. 이 물을 걷어내면 그녀 앞에 사도철광이 우뚝 서 있을 것 같았다. 아니, 그랬으면 했다. 그것이 터무니없는 바램이라는 것을 알지만 그랬으면 했다.

나인현은 팔뚝으로 눈물을 훔쳤다. 한 번, 두 번, 세 번… 자꾸 훔쳐도 세상은 뚜렷하게 보이지 않았다. 주체할 수 없이 흐르는 눈물이 그녀의 시야를 금세 막아버렸다.

그녀는 흐릿한 세상 속을 엉금엉금 기었다. 회색과 그보다 옅은 회색이 눈앞을 스쳐 갔다. 단단하지 않은 그녀의 무릎에서 피가 배어 나왔다.

이제 막 기기 시작한 아이처럼 느리게 움직이던 그녀는 이내 그녀가 낼 수 있는 최대한의 속도로 나아갔다. 사도철광의 주검을 그만큼 빨리 확인할 뿐이라는 것을 알면서도 그녀는 속도를 늦추지 않았다. 바위에 걸려 넘어지기를 수차례나 반복한 그녀의 손에 부드러운 무언가가 걸렸다.

그것은 회색이 아니었다. 옅은 회색도, 짙은 회색도 아니었다. 그것은 또한 색깔로 표현할 수도 없었다. 그녀는 눈을 감았다. 아주 오랫동안 어둠을 간직한 후에 눈을 뜨자 비로소 시야가 밝아졌다.

그렇게 가장 먼저 사도철광의 주검을 보았다. 팔뚝도 없고, 내장도 밖으로 나오고, 가슴도 뚫린 사도철광의 모습은 그럼에도 살아 있을 때와 다르게 보이지 않았다. 그는 여전히 사도철광이었다.

똑!

그의 늙은 뺨으로 그녀의 눈물 한 방울이 떨어졌다. 볼을 타고 흐르는 눈물은 마치 사도철광이 흘리는 것처럼 보였다.

"미안해요. 정말… 미안해요……."

그녀는 사도철광의 볼에 흐르는 눈물을 닦아주었다. 그의 죽음이 그녀의 어깨로 올라섰다. 사도철광의 죽음을 그녀에게 탓할 사람은 아무도 없겠지만 그녀만은 그의 죽음을 스쳐 갈 수 없었다.

당연히 둘이 죽어야 함에도 사도철광은 그 짐을 혼자 짊어졌다. 그래서 그녀에게 남은 생의 반은 사도철광의 몫이었고, 그의 죽음의 반은 또한 그녀 몫이기도 했다.

그녀는 까칠한 사도철광의 뺨을 쓰다듬었다. 그러고 보니 한 번도 이처럼 사도철광을 만져 보지 못했었다.

"당신 뺨은 이처럼 거칠군요."

낮게 중얼거리는 그녀의 그림자 위로 긴 그림자가 덮쳤다. 나인현은 서두르지 않고 고개를 돌렸다. 가슴에서 쉼없이 피를 흘리는 술법사가 그녀를 향해 다가왔다.

"이년! 감히 나를……!"

나인현은 불안정하게 흔들리는 술법사를 일별하고 손을 폈다. 꼬깃꼬깃해진 무극부가 허공으로 둥실 떠오르더니 술법사와의 거리를 단숨에 없앴다.

서걱!

술법사의 목을 지난 무극부는 뒤쪽의 바위에 깊숙이 틀어박혔다. 처음 옅게 배어 나오던 핏줄기는 이내 세 자가 넘게 뿜어졌다. 술법사의 몸이 중심을 잃자 가죽만으로 동체와 연결된 머리가 아래로 축 처졌다.

나인현은 다시 사도철광을 보았다. 술법사가 쓰러지는 소리가 천상의 선율처럼 들렸다.

소소자는 당과의 등을 향해 장침을 내리찍었다. 주적자와 당과가 부딪친 순간을 정확히 포착해서 들어간 공격은 제대로 들어맞았다. 그의 침이 옷에 닿는 순간 갑자기 당과가 뒤로 튕겨졌다.

주적자와 격돌해서 받은 충격 때문이었다. 덕분에 당과와 침은 훨씬 더 강력한 힘으로 만날 수 있었다.

푸욱!

침은 소소자가 생각하기에도 너무 쉽게 살 속으로 파고들었다. 소소자는 거의 반이 들어간 침을 잡고 당과와 한 덩어리가 되어 뒤로 물러섰다.

파앙!

널빤지로 물을 때리는 것 같은 소리와 함께 가슴에 극심한 고통이 찾아왔다. 소소자는 넘어오는 핏물 때문에 비명도 지르지 못하고 뒤로 홀홀 날아가 거칠게 뒹굴었다. 별빛 하나 없는 밤처럼 눈앞이 캄캄했다. 단숨에 죽어서 지옥의 나락으로 떨어진 것 같았다.

그를 현실로 끌어올린 것은 우습게도 가슴에 느껴지는 통증이었다. 뼈가 갈라지는 듯한 고통에 이어서 기도를 꽉 메운 핏덩이가 울컥 넘어왔다.

"웨엑!"

시커멓게 변한 핏덩이 속에는 자잘한 부스러기도 섞여 있었다. 내장이 자리를 이탈하며 생긴 흔적이었다. 여신우에게서 얻은 상처가 완전히 낫지 않은 상황에서 받은 충격이라 더욱 컸다. 소소자는 등을 바닥에 눕혀 한참 동안 심호흡을 했다.

무엇으로 얻어맞았는지 모르지만 고통은 쉽게 가라앉지 않았다. 다행인 것은 차츰 시력이 정상으로 돌아온다는 점이었다.

'죽을 것 같지는 않군.'

그는 그대로 전신의 힘을 뺐다. 무리하게 움직였다가는 몸속에 엉켜 있는 기(氣)와 혈(穴)이 충돌하여 거동조차 못하게 될 수도 있었다. 소소자는 고르게 호흡을 하도록 노력하며 천천히 가슴을 더듬었다. 소령단(召靈丹)을 담은 나뭇갑은 충격으로 부서졌는지 잡히지 않았다.

계속 가슴을 더듬던 그는 왼쪽 늑골 부근에 떡처럼 으깨져서 붙어 있는 소령단의 감촉을 느낄 수 있었다.

"젠장, 내 희대의 영약이… 이처럼 초라하게 변하다니."

소소자는 투덜거리며 소령단을 조심스럽게 떼어냈다. 원형을 잃었다고는 해도 약효에는 지장이 없을 터였다. 그는 행여나 부스러기가 떨어질까 봐서 신중하게 손을 놀렸다. 납작하게 으깨진 소령단이 그의 입으로 들어가는 데까지 거의 반 각이나 걸렸다. 소소자는 주적자가 싸우는 곳으로 시선을 돌렸다.

콰앙!

당과가 던진 구를 검 옆면으로 막은 주적자의 상박 옷자락이 먼저처럼 부서졌다. 주르륵 뒤로 밀린 주적자는 갈라진 땅 앞에서 멈추지 못하고 그 사이로 떨어졌다. 소소자는 화들짝 놀라 상체를 일으키다 밀려오는 통증에 다시 몸을 뉘었다.

'저 정도로 죽을 녀석이 아니야.'

그의 예상을 맞춰주기라도 하려는 듯 주적자가 틈 사이에서 솟구쳤다. 그를 향해 다시 당과가 구를 날렸다. 허공에 뜬 주적자는 빙글 돌아 구를 등 뒤로 흘린 후 땅에 내려섰다. 딱딱하게 굳은 주적자의 표정에서는 아무것도 읽을 수 없었다.

왼팔에서는 더 이상 피가 나오지 않았다. 하지만 떨어져 나간 살점의 흔적은 여전히 남아 있었다. 아물려면 시간이 필요할 것이다. 물론 살아나야 가능한 일이겠지만.

그는 사도철광과 나인현이 싸우는 것을 보기 위해 고개를 돌렸다. 빨리 술법사를 해치우고 주적자를 도와줬으면 하는 바램을 품고 본 상황은 심장에 못을 박은 듯한 충격을 주었다.

사도철광이… 사도철광이 바닥에 누워 있고 나인현이 그 앞에서 멍한 눈으로 주검을 내려다보고 있었다.

그랬다.

그것은 분명 주검이었다. 다시는 그를 향해 농담을 던지지도 못하고, 그의 화를 돋울 일도 없고, 싸울 일은 더 더욱 없는 차가운 주검이었다.

"정말 사도 영감이 죽은 것일까?"

소소자는 자신에게 묻는 듯 중얼거렸다. 늙은 사도철광이 죽는 것은 이상할 것이 없었지만 최소한 지금은 아니었다. 그가 손자를 두엇 안고 환갑 잔치를 할 때도 사도철광은 살아 있으리라 생각했다. 그의 머리가 백발이 되고 관절이 삐걱거려 움직이기 힘들 정도의 나이가 되었을 때, 사도철광은 그때 그의 곁을 떠나야 했다.

아니, 그가 이제껏 겪은 사도철광은 설사 나이로 삶과 죽음을 결정한다 하더라도 그보다 오래 살아남을 그런 사람이었다.

그런데… 그런데 그런 사도철광이 저기 누워 있었다. 나인현의 눈물을 받으며 죽어 있는 사도철광은 너무도 낯설었다. 지금이라도 벌떡 일어나 '죽은 줄 알았지?' 라며 그를 놀려먹어야 어울리는 그런 사람이 사도철광이었다.

하지만 차츰 심장의 고통이 잦아들고 잔뜩 치켜든 고개의 힘이 빠져 뒤통수가 땅에 닿을 즈음 소소자는 사도철광의 죽음을 현실로 받아들였다. 아니, 현실이라는 것은 알고 있었지만 그의 느낌이 그것을 거부했다는 표현이 옳았다.

사도철광은 죽은 것이다. 겨우 이백 일 남짓 정도의 날을 같이 보냈고, 그 날 수만큼 다툰 사도철광의 죽음이 숨을 쉬기 힘들 정도의 고통으로 찾아오는 이유를 알 수 없었다. 왜 호미령의 팔이 잘려 나간 아픔만큼, 아니, 그보다 더 가슴이 미어지는지 그는 알 수 없었다.

소소자는 관자놀이에 따뜻한 물이 흐르는 것을 느끼고서야 시야가 흐려짐을 깨달았다. 슬퍼해야 할 죽음이 곁에 있다는 것은 살아 있을 때의 기쁨과 비례하기 마련이었다. 어쩌면 사도철광은 그에게 그런 즐거움을 안겨준 사람이었는지 모른다.

소소자는 그 또한 사도철광에게 그런 사람이었기를 바랐다. 그것이 죽은 이에게 무의미하고 살아남은 그에게만 위로가 될 그런 종류의 것이라 해도 좋았다.

"사도 영감, 당신과 나… 그렇게 나쁘지 않았죠?"

그는 하늘에 대고 그렇게 중얼거렸다. 아무 대답도 들려오지 않았다.

"빌어먹을 영감탱이, 또 사람 말을 먹는군."

소소자는 투덜거리며 눈을 감았다. 졸음이 밀려왔다. 누워 있어도 등이 아플 정도로 땅은 흔들리고, 언제 숨이 끊어져도 이상하지 않을 상황에서 오는 잠은 막기가 힘들었다. 귀에서 위잉 하는 이명이 들리고 의식이 두 개로 분리되기 시작했다.

막 소용돌이치는 어둠의 나락으로 떨어지려 할 때, 비명 하나가 그를 현실 세계로 끌어올렸다.

"크윽—!"

그것은 분명 주적자의 것이었다. 소소자는 얼음물에 빠진 것처럼 화들짝 놀라 주적자가 있는 곳을 보았다. 살점이 뭉텅 떨어져 나간 그의 옆구리에서 피가 쉴 새 없이 쏟아져 나오고 있었다.

상처는 그곳뿐만이 아니었다. 오른쪽 허벅지와 왼쪽 정강이도 뼈가 보일 정도로 살이 패어 있었다.

휘리릭!

주적자의 몸에 상처를 낸 것이 분명한 머리칼이 다시 허공을 갈랐다. 큰 원을 그리며 주적자를 향해 뻗어가는 머리칼은 불꽃으로 만든 채찍 같았다. 당과의 머리칼 아래쪽은 땅을 쓸듯이 낮았고, 위쪽은 정확히 주적자의 키 높이에 맞춰져 있었다.

그녀의 공격은 너무도 빨랐고, 범위 또한 넓어서 뒤로 물러서거나 위로 솟구칠 시간적 여유조차 없었다. 완전치 않은 다리로는 더 더욱 무리였다.

주적자는 내려뜨린 검을 끌어안듯이 가슴 앞에 놓았다. 정면으로 부딪치려는 것 같았다.

촤라라락—

당과의 머리칼이 지척에 다다랐을 때, 주적자의 몸이 급속하게 회전을 시작했다.

카카카카—!

톱으로 쇠를 써는 듯한 소리는 고막을 찢고 뇌 속을 후벼 파는 것처럼 들렸다. 황급히 귀를 막았지만 피부를 타고 스며드는 것처럼 벗어날 수가 없었다. 소소자는 그 상황에서도 눈을 부릅뜨고 싸움을 지켜보았다. 여기서 주적자가 쓰러지면 당과의 장담처럼 누구도 살아남지 못할 것이다.

고통을 부르는 소리는 당과의 머리칼이 한 올도 남김없이 허공으로 솟구친 후에야 멈췄다. 주적자의 회전이 천천히 멈추며 상태가 드러났다.

소소자는 차라리 눈을 감고 싶었다. 주적자의 전신은 한 군데도 성한 곳이 없었다. 산발한 머리칼 사이로 언뜻 보이는 얼굴은 면도(緬刀)로 그은 것 같은 상처가 빽빽이 나 있었고, 가슴과 하체는 피로 범벅이 되어 어느 만큼의 부상을 입었는지 가늠하기조차 힘들었다.

한 사람의 피를 몽땅 쥐어짜서 뒤집어쓴다 해도 저같이 완벽한 혈인(血人)이 되지는 못할 것이다.

뚝! 뚝!

아교처럼 끈끈한 피는 긴 꼬리를 남기며 땅으로 떨어졌다. 제 빛깔을 가진 곳은 오직 흰자위가 짙은 갈색의 눈동자밖에 없었다. 주적자는 자신의 몸 아래쪽을 힐끔 보더니 한 걸음을 내디뎠다. 그러자 기다렸다는 듯 전신에서 피가 뭉클뭉클 쏟아져 나왔다.

소소자는 움직이지 말라고 소리치려다 이내 그만두었다. 주적자가 어떤 선택을 하든 결과는 변함이 없었다. 죽음이라는 두 글자가 비켜 가기에는 당과가 만든 벽이 너무 컸다.

'사도 영감 가는 길이 적적하지는 않겠군. 금세 길동무가 셋이나 생길 테니.'

체념 어린 생각을 하는 소소자의 눈에 무언가가 들어왔다. 그것은 땅이 갈라진 곳에서 기어나오고 있었다. 상체가 완전히 드러나기도 전에 무엇인지 알 수 있었다.

"화백?"

당연히 주적자의 품에 있어야 할 화백이 보이지 않는다 했더니 따로 떨어진 모양이다. 화백은 흔들리는 땅속에서 어렵지 않게 기어 올라와 땅에 엉덩이를 걸쳤다. 그녀의 손에 유난히 끈적한 주적자의 피가 묻었다.

화백은 불에 덴 것처럼 화들짝 놀라 손을 보더니 이내 주적자에게로 시선을 돌렸다. 그녀의 눈이 놀람으로 동그랗게 떠졌다.

—쭈— 쭈—!

이해할 수 없는 음성을 터뜨린 화백은 당과를 향해 위태롭게 걸어가는 주적자를 쫓았다. 그 작은 몸뚱이는 금세 주적자를 따라붙어 앞을 가로막았다. 계속 쭈쭈 하는 음성을 뱉으며 양팔을 벌려 막으려 했지만 주적자의 걸음은 멈춰질 기미가 보이지 않았다.

너덜너덜해진 장딴지의 살덩이를 잡아당겨도 마찬가지였다. 주적자에게는 의식이 빠져나가고 본능만이 남았는지 모른다.

"화백… 인가?"

당과도 화백을 발견했는지 의심스런 목소리를 뱉어냈다. 화백은 비로소 주적자의 적을 발견하고 적의에 찬 시선을 보냈다.

"아직 변태를 하기 전인가 보군."

당과는 그 말만을 하고 주적자를 보았다. 그녀의 눈가에 스친 아픔은 그야말로 찰나였다. 그것이 아픔이었는지조차 확신할 수 없었다.

"널 내 손으로 죽이면 과연 어떤 기분이 들까?"

그녀는 독백처럼 말을 하고 팔을 서서히 들어 올렸다. 어깨 높이로 올라간 그녀의 손에서 우웅 하는 소리가 울렸다. 손을 중심으로 돌아가는 자잘한 먼지의 움직임이 점점 커졌다. 점점 커진 구는 당과의 어깨 부위의 옷까지 가루로 만들어 버렸다.

"다시는 너 같은 인간을 만날 수 없겠지?"

그것이 주적자에게 하는 당과의 마지막 인사였다. 그녀의 손이 어깨

너머로 넘어갔다.

바로 그 순간!

캬오오오—

갑자기 화백의 입에서 괴수의 울부짖음 같은 소리가 터져 나오더니 외형이 빠르게 변했다. 그것은 마치 화백의 몸 어딘가에 대롱을 꽂고 바람을 집어넣는 것 같았다. 급속하게 커지는 화백의 몸은 순식간에 성인 여자의 체구로 돌변했다.

"뭐지? 이미 변태를 한 화백인가? 하지만……."

당과의 의문이 채 끝나기도 전에 화백의 몸에서 하얀 실 같은 것이 뻗어 나왔다. 전신의 땀구멍에서 토해진 듯한 수만 가닥의 실은 일제히 당과를 향해 쏟아져 갔다.

"감히 화백 따위가!"

당과는 소리를 지르며 손에 든 구를 날렸다. 은빛 실과 구가 허공에서 부딪치며 요란한 폭발음을 만들었다.

콰앙!

실이 산산조각으로 끊어지며 화백이 뒤로 주춤주춤 물러났다. 충격을 받은 것은 당과도 마찬가지인 듯 땅에 깊숙한 발자국이 만들어졌다.

조각조각 끊어져 허공으로 비산(飛散)했던 실이 어지러운 일렁임을 만들더니 다시 당과를 향해 쏟아졌다. 당과는 손을 허리 높이에 두고 손바닥을 위로 한 후 팔을 힘껏 쳐들었다.

콰콰콰콰—!

마치 땅에 묻어두었던 폭약이 터지는 것 같았다. 삼 장 높이로 치솟은 흙먼지가 쏟아져 오는 실을 단 한 가닥도 남김없이 끊어버렸다.

"혼까지 가루로 만들어주마!"

당과는 기필코 그렇게 하겠다는 의지를 담고 양팔을 앞으로 쭉 뻗었다. 처음 주적자와 격돌할 때와 같은 형식의 장벽이 화백을 향해 돌진했다.

화백의 몸에서 새로운 실이 뿜어져 나오더니 벽을 향해 쏘아졌다.

쩌엉!

철벽이 부딪친 것 같은 소리가 울렸다. 화백의 실은 빈틈없는 넝쿨처럼 벽을 휘감아 밀어냈다. 당과의 벽 또한 실을 밀어내기 위해 안간힘을 썼다. 실이 휘어지는가 싶으면 다시 팽팽해지고 다시 구부러지기를 반복했다.

그런데 어느 순간부터 휘어진 실이 펴지지 않았다. 벽은 점점 실의 각도를 좁게 만들며 압박해 갔다.

그그그긍—

벽이 땅에 끌리는 소리가 사신의 발자국 소리처럼 들렸다.

'조금만 힘을 내! 조금만!'

소소자가 응원을 보내봤지만 화백의 열세를 막을 수는 없었다. 실은 점점 안쪽으로 밀려들고 벽과 화백의 사이는 이 장으로 좁혀졌다. 소소자는 참지 못하고 몸을 일으켰다. 아직은 좀 더 쉬어야 하지만 이대로 화백이 밀려 버리면 쉬고 싶지 않아도 영원히 쉬어야 하는 사태가 발생할 것이다.

그가 완전히 일어섰을 때, 벽과 화백과의 거리는 일 장 안쪽으로 좁혀져 있었다. 화백의 힘이 급격히 떨어지고 있다는 증거였다. 소소자는 품에서 소도를 꺼냈다. 언젠가 시장의 상인에게 강탈하다시피 얻은 칼이었다.

초라하기는 했지만 지금은 비침보다 소도가 나았다. 몇 번 심호흡을 하고 당과에게 몸을 돌린 그는 움직임을 멈추었다. 주적자가 피를 뚝뚝 흘리며 당과를 향해 걸음을 옮기고 있었다. 이미 쓰러진 줄 알았는데 주적자는 아직도 당과를 향한 공격을 멈추지 않은 것이다.

당과는 주적자가 여섯 자 안쪽으로 들어온 후에야 그를 발견했다. 혼신의 힘을 다 쏟고 있는지 일그러진 그녀의 얼굴에 당혹감이 떠올랐다. 이처럼 화백과 대치를 한 상황에서 주적자를 공격할 여력이 없는 모양이다.

소소자의 뇌리에 '어쩌면' 이란 희망이 솟구쳤다. 지금 주적자가 당과에게 타격을 준다면 충분히 승산이 있었다.

"힘을 내!"

그의 외침과 동시에 당과의 머리칼이 움직였다. 주적자의 전신을 걸레 조각으로 만들어 버린 그 끔찍한 머리칼이 이번에도 주적자를 향해 쏘아졌다.

퍼벅!

수백 가닥의 머리칼은 그 하나하나가 강침이 되어 주적자의 목과 가슴, 배에 여지없이 틀어박혔다. 당과가 잠깐 주적자에게 신경을 쓴 덕분에 벽이 뒤로 두 자가량 물러서기는 했지만 그 이상의 효과는 없었다. 소소자의 뇌리에 절망이라는 두 글자가 떠올랐다.

턱!

그때 마치 그의 절망을 비웃기라도 하듯 주적자가 당과의 머리칼을 잡았다. 하얀 뼈가 드러난 손으로 머리칼을 움켜쥔 주적자는 그대로 걸음을 옮겼다.

서억— 서억—

발을 옮길 때마다 관통된 육체와 머리칼의 마찰음이 스며 나왔다.

천천히, 아주 천천히 가는 것 같았는데 둘 사이가 세 자 가까이로 좁혀질 때까지는 눈 두 번 깜빡할 시간밖에 걸리지 않았다. 주적자는 검을 든 팔을 쭉 뻗었다. 당과의 가슴에 닿은 검이 주춤하는가 싶더니 이내 살 속으로 파고들었다.

푸욱—

사람의 살을 후비는 소리와 다르지 않았다. 예리한 검은 당과의 가슴을 뚫고 등으로 삐죽 튀어나왔다. 그녀의 얼굴에 놀람보다 당혹감이 먼저 떠올랐다. 그 표정에는 '난 널 해칠 수 있어도 넌 그렇게 하지 못할 줄 알았는데' 라는 뜻이 담겨 있었다.

당과의 얼굴에 떠오른 당혹감은 이내 분노로 바뀌었다.

"우아아아—!"

마치 절규 같은 외침이 터져 나오며 그녀의 고개가 돌아갔다. 주적자의 몸속에 박혀 있던 머리칼이 사방으로 흩어졌다. 그녀의 머리칼을 따라 긴 피의 궤적이 그려졌다. 주적자에게서 빠져나간 살점과 뼛조각들은 피보다 훨씬 짧은 거리를 날아가 땅에 떨어졌다.

후두둑— 후두둑—

그것은 빗방울이 부딪치는 소리와 비슷했다. 주적자의 몸은 가을의 끝 자락에서 나무꾼의 도끼질에 만신창이가 된 나무 같았다. 목은 반쯤 패어 있었고 왼쪽 팔은 떨어져 나가 바닥에 뒹굴었다. 갈라진 배와 옆구리에서 삐져 나온 내장은 금세 떨어질 낙엽처럼 흔들렸다.

삐걱삐걱 무릎 관절의 뼈가 소리를 지르며 휘청였다. 금방이라도 쓰러질 것 같던 주적자가 기어코 모로 넘어졌다. 그러자 당과의 가슴에 박혀 있던 검이 몸을 옆으로 가르고 지나갔다.

"크윽!"

그녀의 비명과 함께 팽팽한 대치를 이루고 있던 벽이 순식간에 뒤로 밀렸다. 벽을 밀어내는 은빛 실은 단숨에 당과의 지척에까지 다다랐다. 이빨로 아랫입술을 깨문 당과의 팔이 양 옆으로 벌어졌다. 그러자 벽이 산산조각으로 흩어지며 실이 당과의 몸에 꽂혔다.

송곳으로 찌르는 듯한 소리는 크고 오랫동안 울렸다. 그런데 그 뒤로 마땅히 따르는 비명은 당과가 아닌 화백의 입에서 터져 나왔다.

─끼익─!

사람의 것이 아니었지만 비명이 분명했다. 화백은 당과가 쏘아낸 벽의 파편에 전신이 너덜너덜하게 찢어져 뒤로 퉁겨져 나갔다. 주적자와 별반 다를 바 없는 처참한 모습이었다. 화백의 실을 고스란히 받은 당과 또한 걸레처럼 너덜너덜하게 변해 있었다.

"너희들이 감히… 너희들이 감히……!"

그녀는 같은 말을 반복한 후 땅에 몸을 뉘었다. 셋 모두 쓰러졌고 그중 누구도 일어서지 못했다. 그들이 입은 상처를 보면 너무도 당연한 일이었다. 불사의 몸을 지니고 있다 하더라도 저 정도면 죽음이 찾아와도 이상할 것이 없었다.

소소자는 천천히 걸음을 옮겼다. 그는 아직도 소도를 들고 있었고, 방향은 당과 쪽이었다. 당과를 죽일 수 있는 기회는 지금뿐이었다. 지금 입은 부상이 치명적이라 하더라도 시간이 지나면 당과는 분명 살아날 것이다.

그것은 주적자도 마찬가지였다. 그러기에 그는 살리는 것보다 죽이는 쪽을 먼저 선택하기로 했다.

피투성이의 당과는 솜씨 좋은 요리사가 살을 발라놓은 것 같았다. 하지만 눈을 뜨고 입을 달싹거리는 것으로 보아 죽지는 않은 상태였다.

저런 모습으로도 죽지 않았는데 어떻게 해야 죽일 수 있을지 알 수 없었다.

소소자는 소도를 힐끔 본 후 그것을 품에 집어넣고 주적자에게로 다가갔다. 소도로는 당과를 죽일 수 없을 것 같았다. 그는 잘 저며진 고깃덩이 같은 주적자 앞에 쭈그리고 앉았다. 잠시 주적자를 보던 그는 '살아나겠지'라는 희망 섞인 말을 뱉고 무명묵검을 잡았다.

하지만 검을 쉽게 들 순 없었다. 이미 의식을 잃은 주적자는 검을 놓으려 하지 않았다. 소소자는 주적자의 팔을 누르고 검을 잡은 손에 힘을 줬다. 끈끈하고 탄력 좋은 심줄의 감촉이 느껴졌다.

주적자가 부서질까 봐 무리하게 힘을 끌어올릴 수도 없었다.

"젠장, 제발 좀 놔라."

그는 의식없는 주적자에게 사정을 하다가 방법을 바꾸기로 했다. 손톱이 빠지고 뼈만 남은 손가락을 펴기로 한 것이다. 엄지 하나만을 펴는 데도 상당한 힘과 시간을 소비해야 했다.

우두둑!

검지를 펴는데 뼈가 부러지는 소리가 들렸다. 관절이 굳은 탓이었다. 소소자는 더욱 조심스럽게 손을 놀렸다. 그가 막 중지를 펴기 위해 손을 가져갈 때였다. 뭔가가 일 장 옆을 빠르게 스치고 지나갔다. 소소자는 황급히 고개를 돌렸다.

"여신우!"

그것은 분명 여신우였다. 어떻게 그가 이곳에 있는지 알 수 없었지만 갑작스럽게 나타난 여신우는 바닥에 놓인 당과를 안고 장내를 쏜살같이 빠져나갔다.

"거기 서!"

일어서며 소리를 질렀지만 그런다고 멈출 여신우가 아니었다. 소소자가 채 세 걸음을 옮기기도 전에 여신우는 시야에서 사라졌다.

쿠쿠쿠쿵!

잘게 몸을 떨던 섬이 다시 한 번 크게 흔들렸다. 이번 진동은 전에 일던 것과는 뭔가 달랐다. 그것을 증명하듯 땅이 거북의 등처럼 갈라지기 시작했다. 쩍쩍 갈라지는 땅속으로 술법사의 시체가 떨어졌다. 균열은 나인현에게도 예외없이 찾아왔다.

소소자는 주적자를 안으며 소리쳤다.

"나 소저! 피해요!"

그녀의 고개가 돌아왔지만 여전히 멍한 얼굴이었다. 소소자는 주적자를 안고 나인현 쪽으로 몸을 날렸다. 바위로 내려치는 것 같은 통증이 가슴에 느껴졌다. 몸이 절로 안쪽으로 움츠러들었지만 아픔을 진정시킬 시간이 없었다.

튀어 오르는 바위를 피해 가까스로 땅에 내려선 소소자는 나인현의 팔을 잡았다.

"빨리 피합시다!"

그제야 얼굴에 표정을 드러낸 나인현이 사도철광의 시신을 보았다.

"사도 선배는요?"

소소자는 애써 주검을 외면하며 말했다.

"사도 영감을 거둘 시간이 없소."

그도 사도철광의 시신을 가져가서 양지 바른 곳에 묻어주고 싶었다. 하지만 나인현을 업고 주적자를 안아야 하기 때문에 어쩔 수 없었다.

"안 돼요! 사도 선배를 이곳에 두고 갈 수는 없어요!"

소리를 지르는 그녀의 발 아래가 쩌억 갈라졌다. 소소자는 나인현의 어깨를 잡고 황급히 물러섰다. 그녀가 있던 자리가 여섯 자 넓이로 벌어졌다. 가장자리에 걸린 사도철광의 시체가 틈 속으로 급속하게 기울었다.

소소자는 반사적으로 발을 뻗어 사도철광의 머리칼을 밟았다. 아래로 떨어지던 사도철광은 그가 밟은 머리칼에 의지해 대롱대롱 매달렸다. '그냥 놔뒀으면 좋았을 걸' 하는 생각이 들었음에도 그는 발을 떼지 못했다.

나인현은 소소자의 손을 뿌리치고 사도철광의 어깨를 붙잡았다. 어떻게든 끌어 올려보려 애썼지만 그녀의 힘으로는 무리였다.

"나 소저, 사도 영감은 죽었소."

그의 말이 나인현의 행동을 멈추게 하지는 못했다. 소소자는 아프다 싶을 정도로 세게 잡고 나인현을 일으켜 세웠다.

"정신 차리시오! 죽은 사람은 죽은 사람이고, 산 사람은 살아야 하지 않겠소!"

"하지만 이대로 두고 갈 수는 없어요! 제대로 묻은 후 제를 지내 그의 혼이 구천을 떠돌지 않게 해야 한단 말이에요!"

"자신의 시체 때문에 나 소저가 죽는다면 사도 영감이 저승에서나마 편히 쉴 수 있을 것 같소?"

"……"

소소자는 품에서 소도를 꺼내 자신이 밟은 머리칼로 가져갔다.

"안 돼요!"

나인현의 외침이 들렸지만 그의 칼질을 막지는 못했다.

서걱!

낮은 소리와 함께 머리칼이 잘려 나갔다. 사도철광의 시체는 힘없이 땅의 갈라진 틈, 한없이 어두운 저쪽으로 떨어졌다. 사도철광이 이 세상에 남긴 흔적이라고는 그의 발 아래 놓인 머리칼이 전부였다.

사도철광이 사라진 곳을 하염없이 바라보던 나인현이 소소자의 가슴을 주먹으로 두드렸다.

"나쁜 사람! 나쁜 사람! 나쁜 사람―!"

소소자는 나인현의 절규를 그대로 받아주었다. 한 번씩 주먹이 닿을 때마다 일류 고수의 장을 맞은 것처럼 고통이 찾아왔지만, 그것이 그녀의 아픔보다 클 리가 없었다. 아픔을 느껴본 자만이 그 아픔의 정도를 알 수 있는 법이었다.

한참 동안 그의 가슴을 때리던 나인현은 그의 옷자락을 잡고 힘없이 무릎을 꿇었다. 소소자는 밟고 있던 머리칼을 집어 나인현에게 내밀었다.

"사도 영감의 죽음을 헛되게 하지 맙시다."

그는 주적자를 내려놓고 그녀를 향해 등을 돌렸다.

"업히시오."

나인현은 손 안의 머리칼을 잠시 만지작거리다 이내 품 안에 갈무리했다. 소소자는 그녀와 자신의 몸을 허리띠로 단단히 묶은 후 주적자를 안았다. 막 걸음을 옮기려던 그의 뇌리에 화백이 떠올랐다.

소소자는 화백이 있었던 자리를 보았다. 그곳은 이미 갈라져 있었고 화백은 보이지 않았다.

"젠장!"

떨어진 것이라 단정하고 돌아서려는데 꾸물거리는 무언가가 눈에 걸렸다. 그것은 다 큰 여인으로 변하기 전의 화백이었다. 소소자는 황급히 그곳으로 달려가 화백을 조심스럽게 안아 들었다.

고통스러운지 신음을 흘리는 화백은 그냥 작은 핏덩이에 불과했다. 소소자는 옷자락을 찢어 화백을 감싼 후 옆구리에 찬 주머니에 넣었다. 졸지에 생명 셋을 떠맡은 셈이었다.

그는 무너져 내리는 섬의 꼭대기를 일별하고 몸을 날렸다.

'제발 남아 있는 배가 있어야 할 텐데……'

그들에게 내일은 영원하다

제50장 **그들에게 내일은 영원하다**

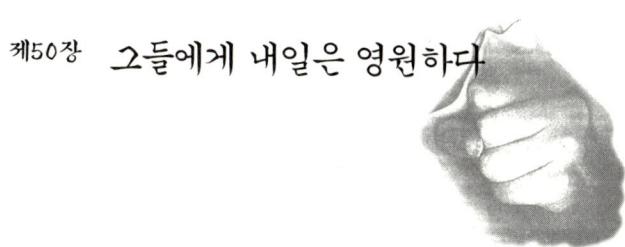

꽈지직!

나무가 으스러지는 소리에 상통걸은 뒤를 돌아보았다. 바로 일 장 뒤에 따라오던 배가 교에게 감겨 반쪽으로 쪼개졌다.

"으아악! 살려줘!"

배에 탄 여섯 명의 무사는 제대로 헤엄도 치지 못하고 허우적거리며 아우성을 쳤다. 그러나 누구도 그들을 구할 시도조차 하지 못했다. 지금 물에 뛰어드는 것은 섶을 지고 불속으로 들어가는 것이나 마찬가지였다.

"상 방주! 빨리 올라오시오!"

이미 큰 배인 강선(江船)에 올라선 혁련제가 소리쳤다. 상통걸은 교에게 잡혀 물속으로 끌려 들어가는 무사들을 일별하고 강선을 향해 몸을 날렸다. 높이가 일 장 오 척에 달했기 때문에 일반 무사들은 줄을 내려줘야 했다.

상통걸은 갑판에 내려서서 주위를 둘러보았다. 육십여 명의 사람들은 갑판 중앙에 있는 선실 벽에 기대거나 앉아 있었는데 모두 참담한 표정이었다. 떠나올 때 이백여 명이던 사람이 지금은 고작 육십 명밖에 남지 않았다.

그렇다고 황금도에서 특별히 무슨 일을 한 것도 아니었다. 그저 저 파룡에게 쫓기다 함정에 빠져 구사일생으로 살아 나온 것 외에는 아무것도 한 일이 없었다. 전 중원의 안위를 어깨에 짊어진 것처럼 출정했는데 남은 것은 시체와 허탈감뿐이었다.

"무사해서 다행이구려."

정천맹의 수뇌부 다섯 명이 일제히 그를 향해 다가왔다. 가장 먼저 배에 올랐을 그들의 얼굴에는 그래도 살아나서 다행이라는 표정이 역력했다. 상통걸은 '늙은 목숨들이 질기기도 하구려' 하고 핀잔을 주려다 관두기로 했다. 아끼는 제자를 잃은 저들의 마음이 편할 리 없었기 때문이다.

그는 새삼스럽게 주위를 둘러보다 기선진에게 물었다.

"주적자 일행은 한 명도 보이지 않는군."

그제야 기선진도 주위를 둘러본 후 말했다.

"아직 섬을 빠져나오지 못한 모양이에요."

그녀의 말 뒤로 선장의 고함 소리가 들렸다.

"빨리빨리 움직여라! 일각 안에 배가 움직이지 못하면 네 녀석들 다리를 분질러 노로 삼아버릴 테니까!"

상통걸은 의아한 얼굴로 물었다.

"지금 떠날 생각인가?"

"서둘러야지요. 갑자기 섬이 붕괴된 것에는 무슨 이유가 있을 거예요. 어쩌면 정무문이 어떤 음모를 꾸미지 않았나 하는 생각이 들어요. 그렇지 않기를 바라지만……."

"정무문 때문에 이처럼 서둘러 떠난다는 말인가?"

"네. 다른 배들도 아마 대부분 출발했을 거예요."

상통걸은 고개를 돌려 동정호 저쪽을 보았다. 그토록 짙던 안개는 어느새 걷혀 있었다. 삼십 장 저쪽에 떨어진 강선 한 척이 뱃머리를 섬과 반대 방향으로 돌리고 있었다.

"그럼 주적자 일행은?"

기선진은 꼭대기부터 붕괴하며 서서히 물속으로 가라앉는 섬을 보며 말했다.

"그들을 기다릴 여유가 없어요. 지금까지 못 빠져나온 것을 보면 죽었을 확률이 높죠."

"하지만 살아 있을 수도 있잖나? 주적자 일행의 무공 수준으로 보면 그쪽 가능성이 훨씬 크지."

곁에 있던 도현 진인이 나섰다.

"그럼 상 방주는 그들을 기다리자는 얘기요?"

"당연한 일 아니겠소? 섬에서 생사(生死)를 같이했으니 기다려 주는 것이 당연한 의리지. 아암!"

도현 진인은 한심하다는 얼굴로 상통걸을 보았다.

"상 방주께서는 지금이 얼마나 급박한 상황인지 모르시는 모양인데, 만약 정무문이 흉측한 마음을 먹고 있다면 촌각이라도 빨리 대비를 해야 하오이다."

"우리 사정이 아무리 급한들 저 섬에 남아 있는 사람들만큼이나 하겠소?"

"허허, 참! 상 방주가 주적자 일행을 왜 이처럼 감싸는지 이해할 수 없구려."

상통걸은 뒷머리를 긁적였다.

"그냥 마음에 들어서요. 특히 그 소 의원이. 나와 눈 높이를 나란히 하는 사람을 만나기는 쉽지 않으니까 말이오."

"상 방주, 그런 사소한 일로 대세를 그르칠 수는 없소이다."

"도현 진인께는 네 명의 목숨이 사소할지 몰라도 내게는 그렇지 않소이다."

잠시 상통걸을 보고 있던 도현 진인이 주위에 있는 다른 수뇌부들을 보며 말했다.

"아무래도 다수결로 결정을 해야 할 것 같소. 지금 당장 떠나자는 의견에 찬성하는 사람은 손을 들어주시오."

팔을 움직이지 않은 사람은 상통걸뿐이었다. 물론 예상했던 결과였다. 도현 진인은 '이제 됐소?' 하는 표정으로 그를 보았다. 상통걸은 어깨를 으쓱한 후 말했다.

"뭐, 여러분이 가신다면 어쩔 수 없는 일이지요. 하지만 난 가지 않겠소이다."

"상 방주! 정천맹 전체의 의견을 거스르겠다는 것이오?"

상통걸은 도현 진인의 말에 개의치 않고 강선의 옆구리에 매달린 소선으로 다가갔다.

"난 원래 다수의 의견보다 내 의견을 더 존중하는 사람이외다. 그럼 여러분은 먼저 떠나시오. 난 주적자 일행을 조금 더 기다릴 테니."

"상 방주는 정녕 죽고 싶은 것이오? 지금 저 물속에는 수십 마리의 교와 저파룡이 우글대고 있소이다! 그 배를 물 위에 떠우는 순간 산산 조각나고 말 것이오!"

도현 진인이 그를 막는 이유가 다른 곳에 있다 할지라도 어쨌든 그 말만은 맞았다. 하지만 그는 모험을 하기로 했다. 저들에게 말하지 않았지만 그가 생각하는 주적자 일행은 모두 협객이었다.

아직 판정하기 모호한 주적자는 제쳐 두고 사도철광은 비록 흑도로 분류되어 있지만 그가 보기에 분명 협객이었다. 그리고 소소자는 입이 거칠 뿐 하는 행동은 협객에서 벗어나지 않았다. 또한 나 뭐라고 하는 여인은… 여인이니 어쨌든 구해야 했다.

상통걸은 협객이 저런 곳에서 속절없이 죽게 내버려 둘 정도로 모질지 못했다. 협객 구경 하기가 하늘의 별 따기인 요즘, 두 명의 협객을 구하는 일이라면 목숨을 걸 만했다. 거기에 부록으로 여인까지 있으니 망설일 이유가 없었다.

그는 소선 위로 올라가 배와 연결된 줄을 풀었다.

"정말 가실 생각이오?"

도현 진인이 내려다보며 물었다.

"정말 갈 생각이오."

그는 같은 말로 대답을 하고 도르래로 연결된 줄을 늘어뜨렸다.

"그 배로는 일각도 견딜 수 없소이다!"

상통걸은 이십 장 저쪽에 있는 강선을 보며 말했다.

"저 배로 옮겨 탈 것이니 걱정 마시오."

바람이 거의 없기 때문에 바람의 힘으로 가는 강선보다 노를 젓는 소선이 훨씬 빨랐다. 문제는 저곳까지 무사히 갈 수 있느냐는 것이었다. 다행히 그는 노 젓는 데 제법 익숙한 편이었다. 오십여 년을 거지로 빌어먹다 보면 안 해본 것보다 해본 것이 더 많기 마련이었다.

배가 천천히 내려가더니 이윽고 철썩 하는 소리와 함께 수면에 닿았다. 상통걸은 밧줄을 놓고 잽싸게 노를 잡았다. 내력을 최대한 끌어올려 노를 젓자 배는 빠르게 물살을 갈랐다.

노가 한 번씩 움직일 때마다 삼 장씩 쑥쑥 나아갔다. 그런데 저쪽에서 하얀 선 하나가 빠르게 다가왔다. 굳이 본 모습을 다 확인하지 않아도 교라는 것을 알 수 있었다.

교는 그가 나아가는 속도보다 배는 빨랐다. 십 장 정도 떨어졌던 거리는 금세 좁혀져 바로 코앞에 따라붙었다. 상통걸은 노를 놓고 타구봉을 잡았다.

좌아—

교는 물을 차고 허공으로 치솟는 제비처럼 물 밖으로 튀어나와 그를 덮쳤다. 생선 썩는 듯한 비린내가 확 밀려왔다. 그는 뒤로 몸을 젖히며 타구봉을 횡으로 휘둘렀다. 백 일 동안 기름에 담근 박달나무로 만든 타구봉은 삼십 년 간 손때가 묻어 여느 철봉보다 더 단단했다.

빠악!

까아악!

타격음과 비명이 동시에 울리며 교의 머리가 옆으로 휘청 꺾여 다시 물속으로 들어갔다. 머리를 따라 곡선을 그리던 꼬리가 우연처럼 그를 덮쳤다.

거의 눕다시피 한 상통걸은 배 밑바닥을 쳐서 아래쪽으로 이동했다.

꽈직!

꼬리 끝이 배를 때리며 주먹만한 구멍을 만들었다. 그곳으로 금세 물이 솟아올랐다.

"젠장! 늙은 거지를 고생시키는군!"

그는 황급히 윗도리를 벗어 배 밑창을 막았다. 여전히 물이 들어오기는 했지만 당장 가라앉을 정도는 아니었다. 상통걸은 물속으로 가라앉은 교가 보이지 않는 것을 확인하고 노를 잡았다.

뱃전에 부딪친 물살이 작은 방울로 변해 등으로 튀었다. 노를 채 세 번 젓기도 전에 또 다른 적이 나타났다. 이번에는 등과 머리 일부만 밖으로 드러낸 네 마리의 저파룡이었다.

저파룡은 교보다 훨씬 느려 소선이 나아가는 속도와 비슷했지만 나타난 지점이 그의 양쪽이었다. 거리는 대략 칠팔 장 정도 되었고, 그의 소선과 강선의 거리는 십오 장 남짓 떨어져 있었다. 그나마 다행이라면 저파룡은 그의 배를 따라와야 하기 때문에 직선이 아닌 사선으로 와야 한다는 것이다. 그러므로 그를 공격하기 위해서는 칠팔 장이 아니라 더 먼 거리를 와야 했다. 그렇다고 해도 그와 강선까지의 거리보다는 가까울 터였다.

늙은 팔에 파란 힘줄이 툭툭 불거졌다. 강선까지의 거리가 빠르게 좁혀졌지만 그보다 빨리 저파룡과의 간격이 없어졌다. 바닥에서 들어오는 물이 발목까지 차 올라 배의 속도를 떨어뜨렸다. 저파룡보다 먼저 강선에 닿을 수 있을 것 같지 않았다.

강선까지 거리가 오 장 정도 남았을 때 저파룡은 일 장 가까이까지 다가왔다. 배를 부술 것처럼 돌진해 오는 저파룡의 숨결이 느껴졌다. 상통걸은 젓고 있던 노를 배에서 뽑아 강선 쪽으로 힘껏 던진 후 몸을 솟구쳤다.

쾅!

저파룡에게 부딪힌 소선은 산산조각으로 부서졌다. 상통걸은 발바닥에 닿는 배의 파편을 느끼며 던진 노 쪽으로 날아갔다. 노는 그가 던지려던 곳에서 일 장 정도 못 미친 곳에 떨어졌다. 그래서 배와 노의 거리가 일 장 다섯 자나 되었다.

상통걸은 무게 때문에 가라앉으려는 노를 박차고 강선을 향해 몸을 솟구쳤다. 아래쪽에서 저파룡이 튀어 올라 그를 바짝 뒤쫓았다. 배의 난간이 눈앞으로 다가왔지만 저곳까지 다다를 수 있을지는 알 수 없었다. 거리가 못 미치면 톱날 같은 이빨을 빛내는 저파룡의 아가리 속으로 들어가게 될 것이다.

위로 솟구치는 힘이 현저히 떨어지는 것을 느낄 수 있었다. 그만큼 밑에서 쫓아 올라온 저파룡과의 거리도 가까워졌다. 발바닥이 저파룡에게 닿은 듯 간질간질했다. 다섯 자 저쪽에 배의 난간이 보였다. 조금만 더 올라가면 손을 뻗어 잡을 수 있는 거리였다.

하지만 상통걸은 그 다섯 자의 간격을 다 좁히지 못하리라는 것을 몸으로 느낄 수 있었다. 위로 올라가던 속도가 현저하게 느려지더니 거의 정지 상태에 놓였다. 찰나의 시간이 지나면 아래로 떨어져 저파룡의 위장 속으로 사라질 것이다.

'저 녀석들이 늙은 거지는 질길 뿐 아니라 맛도 없다는 것을 알까?'

죽음을 손에 잡은 상태에서 생각하기에는 너무 우스꽝스러웠지만 천성이니 어쩔 수 없었다.

'그리고 보니 주적자 일행도 못 구하고 방주 자리도 제대로 못 물려주는군.'

두려움과 아쉬움 속에서 떨어지려는 그의 눈앞으로 길다란 무언가가 날아왔다. 그것은 분명 밧줄이었다. 상통걸은 반사적으로 밧줄을 잡고 팔에 힘을 주었다. 다행히 밧줄은 순식간에 팽팽해져서 도약하기에 충분했다.

찌익―

그의 몸이 빠르게 솟구치는 순간 날카로운 소리와 함께 엉덩이가 시원해졌다. 고통이 느껴지지 않는 것으로 보아 상처는 나지 않은 것 같았다. 그는 커다란 물보라를 일으키며 떨어지는 저파룡을 향해 소리를 질렀다.

"이놈아! 거지가 옷 한 벌 구하기가 얼마나 힘든데 그것을 찢어먹냐! 이 못된 놈아!"

상통걸은 구시렁거리며 강선 위로 올라섰다. 그에게 밧줄을 던져 준 초로의 사내가 놀란 얼굴로 물었다.

"괜찮습니까?"

상통걸은 쌍바위골이 그대로 드러난 자신의 엉덩이를 힐끔 보고 말했다.

"전혀 괜찮지 않구려. 또 이 장로 옷을 훔쳐 입어야겠군. 젠장! 어쨌든 고맙소이다. 덕분에 늙은 한 목숨 건졌구려."

그는 투덜거림과 사례를 한 번에 한 후 물었다.

"이 배의 선장이 누구요?"

그를 구한 초로의 사내가 대답했다.

"접니다만."

"잘됐구려. 지금 배를 돌릴 수 있겠소?"

"네?"

상통걸은 반쯤 무너진 섬을 가리키며 말했다.

"저 섬으로 돌아가야겠소."

"저 끔찍한 곳으로 다시 돌아가자구요?"

"끔찍할 것이 뭐가 있겠소?"

그는 배 아래를 힐끔 내려다보았다. 저 파룡들은 강선 아래서 배회할 뿐 위로 올라오거나 부수려 달려들 기미는 보이지 않았다. 자신보다 덩치가 수십 배나 큰 상대에게는 덤비지 않는 본능 때문일 것이다.

"배에 타고만 있으면 안전할 테니 어서 갑시다."

선장은 완강하게 고개를 저었다.

"안 되오이다! 섬이 무너진 상황에서 물속이 어떻게 변했는지 어찌 알겠소? 자칫 새로 생긴 암초에 부딪치기라도 하는 날에는 꼼짝없이 죽을 수밖에 없소이다!"

"암초에 안 부딪치면 되잖소?"

선장은 어이없는 표정을 지었다.

"그게 맘대로 되는 일이오? 어쨌든 절대 갈 수 없으니 그리 아시오."

"그럼 어쩔 수 없구려."

상통걸은 난감한 표정으로 타구봉을 쥐었다.

"혹시 내가 누구인지 알고 있소이까?"

선장은 대답하지 않았지만 찔끔하는 표정으로 보아 알고 있는 모양이다.

"거지 성질 더러운 줄은 소문으로라도 들었을 테지요? 특히 오래 묵은 거지일수록 더러운 성질이 쌓이는 법이외다."

그는 주위를 두리번거리며 중얼거렸다.

"뭘 먼저 부술까? 아! 저기 돛을 먼저 꺾으면 배가 움직이지 못하겠군. 그 다음에 밑창에 구멍을 뚫어야겠군. 이왕이면 큼지막하게 뚫어서 거지의 더러운 성질을 만천하에 알려야지."

상통걸은 배 중앙에 칠 장 높이로 자리한 돛대로 다가갔다.

"이, 이보시오! 정말 그럴 작정은 아니겠지요?"

그는 허공에 타구봉을 휘휘 돌리며 말했다.

"거지가 한 입으로 두말 하는 것 봤소?"

물론 못 봤을 확률이 높았다. 선장이 언제 거지와 상종을 해봤겠는가?

선장은 이러지도 저러지도 못하고 엉거주춤 서 있었다. 상통걸은 '돛대 먼저 부숴볼까?' 하고 중얼거리며 걸음을 옮겼다. 그의 앞을 선장이 재빨리 막았다.

"어, 어르신! 제발 고정하십시오."

"난 아까부터 고정하고 있었소이다."

선장은 배 밑창이 꺼져라 한숨을 쉬었다.

"올 때는 가까이 가기도 겁나는 사람 넷을 태우더니 이번에는… 휴~ 지지리 복도 없지."

선장은 신세 한탄을 하고 멀뚱멀뚱 서 있는 선원들에게 버럭 고함을 질렀다.

"뭘 멍청하게 서 있어! 빨리 배 돌려!"

*   *   *

여신우는 뒤쪽에서 굴러 떨어지는 집채만한 바위를 황급히 피했다. 바위가 물에 빠지며 자욱한 물보라를 일으켰다. 물가의 바위에 올라선 여신우는 품 안의 흡혈야황을 보았다.

짜지 않은 빨래처럼 축 늘어졌지만 의식은 남았는지 그를 보고 있었다. 피를 뚝뚝 흘리는 고깃덩이가 올려다보고 있는 모습은 절로 등골을 서늘하게 만들었다. 설사 이런 모습이 아니더라도 흡혈야황은 그에게 충분히 두려운 존재였다.

"조, 조금만 참으시오. 빨리 안전한 곳으로 모시고 갈 테니."

그는 흡혈야황에게서 시선을 떼고 주위를 둘러보았다. 그가 배를 대놓았던 곳 같은데 배를 발견할 수가 없었다. 하긴 지형이 너무 많이 변해서 그가 배를 놔둔 곳인지 확실하지도 않았다.

여신우는 이곳에서 배 찾는 것을 포기하고 다른 곳으로 이동하기로 했다. 눈사태가 나듯 바위가 쏟아졌다. 묵룡에게 힘을 받기 전의 그였다면 도저히 피할 수 없었을 것이다.

물을 따라 섬 가장자리를 백 장 정도 이동했을 때 소선이 눈에 띄었다. 소선은 이십 장 저쪽에서 다가오지도, 멀어지지도 않은 채 심하게 흔들리고 있었다. 양쪽에 놓인 암초에 부딪쳐 금방이라도 부서질 것 같았다.

이십 장이면 한 번에 건너뛰기에는 먼 거리였지만 중간에 암초 세 개가 놓여 있었기 때문에 소선까지 가기에는 무리가 없었다.

여신우는 지체하지 않고 땅을 박찼다. 암초는 지형의 변화 때문에 이제 막 생긴 듯 전혀 미끄럽지 않았다. 그는 세 번의 도약으로 가볍게 소선에 내려섰다. 다행히 부서진 곳은 없었다.

여신우는 흡혈야황을 내려놓은 후, 윗옷을 벗어 바닥에 깐 후 그 위로 흡혈야황을 옮겼다. 그의 세심한 배려에도 흡혈야황은 고마워하는 기색을 보이지 않았다. 하긴 그런 표정을 지을 수조차 없겠지만.

그는 노로 바위를 밀어내 비교적 잔잔한 물 위로 배를 옮겼다. 이제 껏 단 한 번도 노를 저어보지 않아 서투르기는 했지만 조금 시간이 지나자 익숙해졌다. 무공을 익힌 자에게 몸으로 하는 모든 행위는 빠르게 습득되기 마련이었다. 특히 그처럼 인체의 모든 감각 기관이 최고조에 달한 자에게 노 젓기란 어려운 일이 아니었다.

엇갈리게 저어지던 노가 동시에 물에 닿을 정도로 능숙해지자 배는 빠르게 물살을 갈랐다. 강선을 타고 가면 좋겠지만 지금 상황에서는 이 소선으로 만족해야 했다. 심한 파도만 치지 않는다면 이 배로도 육지까지 다다를 수 있을 것이다.

하지만 그는 곧 그 생각을 바꿔야 했다. 십 장 저쪽에서 교와 저파룡이 쫓아왔기 때문이다. 물론 교나 저파룡 따위가 그를 어찌할 수는 없겠지만 배가 부서지는 날에는 낭패가 아닐 수 없었다. 그는 공력을 최대한 끌어 올려 노를 저었다. 하지만 채 반 각도 지나지 않아 훨씬 빠른 교가 코앞까지 다가왔다. 그는 노를 놓고 검을 빼서 배 뒤편으로 갔다.

파아!

두 마리가 동시에 물을 박차고 뛰어올랐다. 여신우는 교의 머리가 물 밖으로 튀어나오는 순간 검을 휘둘렀다. 서걱 하는 소리와 함께 머리가 잘려 나갔다. 물속이라면 모르지만 밖으로 나온 이상 그의 상대가 될 수 없었다.

여신우는 배로 떨어지는 머리를 밖으로 차낸 후 다시 노를 잡았다. 저파룡은 삼 장 가까이 다가와 있었다. 물 위로 드러난 숫자만 네 마리였다. 물 밑에 또 있을지 모르는 일이었다.

그는 최대한 빨리 노를 저어 저파룡과의 간격을 벌리려 애썼다. 소선이 처음 출발할 때는 일 장 가까이까지 따라붙었지만 탄력이 붙자 더 이상 거리를 좁히지 못했다. 그렇다고 그가 떨칠 수 있는 것도 아니었다.

그와 저파룡은 딱 일 장 거리를 두고 추격전을 벌였다. 이대로 망망대해(茫茫大海) 같은 동정호를 가로질러 간다는 것은 무리였다. 아무리 그가 초인적인 능력을 가졌어도 체력에는 한계가 있었다. 저파룡을 떨치지 못한다면 결국 싸울 수밖에 없는데, 그러면 배가 부서질 확률이 높았다.

열심히 노를 젓는 그의 시야 가장자리에 언뜻 무언가가 걸렸다. 거의 가라앉은 섬이 주먹만하게 보일 정도로 멀리 왔기 때문에 암초일 리가 없었다. 여신우는 왼쪽으로 고개를 돌렸다.

강선이었다.

누구의 것인지 알 수 없지만 일단 타고 봐야 했다. 선원들만 탄 강선이기를 바랐다. 만약 정천맹의 것이라면 소선을 돌릴 수밖에 없었다. 앞에 있는 흡혈야황에 대해 설명할 길이 없기 때문이다. 그리고 정무문의 강선이라면 올라타는 데 주저하지 않을 것이다.

야심만만한 왕청일이라면 얘기하기가 훨씬 수월했다. 흡혈야황에 대해 설명만 잘 한다면 아군으로 끌어들일 수 있었다. 야망이 있는 자치고 어느 누가 흡혈야황의 힘을 거부할 수 있겠는가?

그가 섬으로 다시 돌아간 이유도 그것이었다. 만약 그대로 아무 소득 없이 섬을 떠났다면 목숨이야 위험없이 보전했을 것이다. 하지만 그 후의 인생은?

설사 그가 강해졌다고 해도 흡혈야황이나 묵룡에게 이길 자신은 없었다. 거기에 결정적으로 그의 발길을 돌리게 만든 사람은 주적자였다. 동정호 변에서 보여주었던 그를 향한 증오는 너무 두려워 다리가 떨릴 지경이었다.

자신을 드러내지도 못하고 죽을 때까지 주적자에 쫓겨다니다 비참하게 생을 마칠지도 몰랐다. 절대 그처럼 될 수는 없었다. 설사 흡혈야황이 그의 행동으로 인해 분노를 터뜨려 죽이려 든다 해도 주적자에게 쫓기며 하루하루를 두려움 속에 보내는 것보다는 나았다.

운이 좋아 흡혈야황에게 다시 신임을 얻을 수 있는 기회가 생기기를 바랬고, 현재까지 그의 운은 더 이상 좋을 수 없을 정도로 좋았다. 이처럼 초주검의 흡혈야황을 구했으니 말이다. 물론 흡혈야황이 분노를 터뜨릴 수도 있지만 최소한 그가 죽는 일은 없을 것이다.

흡혈야황의 목숨을 구한 것 때문만은 아니었다. 묵룡도 죽은 상태에서 그마저 없다면 흡혈야황이 인간 세계에서 고립되는 것은 시간문제였다. 그가 살아 있음으로 흡혈야황에게 얼마나 이득이 돌아갈지 납득시키는 것이 지금으로써는 가장 중요했다.

갈라진 물살이 배 안으로 튈 정도로 빠른 속도였기 때문에 강선과의 거리는 대략 삼십여 장 정도로 좁혀져 있었다. 여신우는 콧김이 느껴질 정도로 가까이 쫓아온 저파룡을 힐끔 보고 흡혈야황에게 시선을 던졌다.

흡혈야황은 시리도록 푸른 하늘에 눈길을 두고 있었다. 눈보다 하얗고 밤보다 더 까만 그 눈만 봐서는 무슨 생각을 하고 있는지 알 수 없었다. 여신우는 뒤쪽으로 고개를 돌렸다. 곧 강선에 도착할 수 있을 것 같았다.

"왜 날 살렸느냐?"

갑작스런 물음에 황급히 시선을 옮겼다. 흡혈야황은 여전히 하늘을 올려다보고 있었다.

"내게 원하는 것이 뭐냐?"

목의 가죽이 벗겨져 말을 할 때마다 성대가 울리는 것이 보였다. 여신우는 굵은 침을 삼키고 말했다.

"빚을 갚고 싶소이다."

흡혈야황의 눈동자가 그에게 돌아왔다.

"빚?"

"그렇소. 내 어리석음에 대한 빚 말이오."

"큭큭큭……."

흡혈야황은 웃음인지 울음인지 분간할 수 없는 목소리를 토한 후 입을 다물었다. 여신우도 굳이 말을 걸지 않았다.

삼 장 정도까지 강선이 가까워졌다. 그는 노를 힘껏 저은 후 흡혈야황을 안고 배를 박찼다.

콰앙!

소선이 산산조각으로 부서졌다. 여신우는 강선 갑판 위로 올라서 재빨리 주위를 살폈다. 이 배의 주인이 누구인지 아는 것이 급선무였다. 갑판에는 줄을 감고 있는 삼십 대 초반의 사내 혼자만이 있었는데 소선이 부서지는 소리에 깜짝 놀라 고개를 돌렸다. 검은 무복의 가슴에 무(無)라는 글자가 새겨져 있는 것으로 보아 정무문의 무사 같았다.

'이 배가 정무문의 배란 말인가?'

사내는 놀란 얼굴로 그를 보더니 선실로 후닥닥 뛰어 들어갔다.

잠시 후 선실 안에서 사람이 나왔다.

"왕청일!"

선실에서 나온 사람은 분명 왕청일이었다. 왕청일도 그를 보더니 놀랍다는 표정을 지었다.

"여 장로께서 이 배엔 무슨 일이오?"

여신우는 주위를 둘러보며 물었다.

"황금도에 혼자 살아남은 것이오?"

그는 왕청일 뒤에 고개만 내밀고 있는 사내를 보고 말을 이었다.

"둘이구려."

부하 하나만이 남고 전멸했으니 비참하다 아니할 수 없었다. 왕청일은 대답 대신 여신우의 품에 있는 흡혈야황을 보고 물었다.

"시체까지 안고 내 배를 찾은 이유를 듣고 싶소만."

"시체가 아니오."

왕청일은 이해할 수 없다는 표정을 지었다.

"시체가 아니라니요? 그럼 그 사람이 살아 있다는 말이오?"

"물론 살아 있소이다. 하지만 사람은 아니오."

왕청일은 새삼스런 눈으로 흡혈야황을 보았다. 그런 그에게 여신우가 물었다.

"왕 문주께서는 힘을 얻고 싶지 않소?"

"후후, 힘이라면 이미 충분히 가지고 있소이다. 내 배를 찾은 용건이나……."

여신우는 갑판을 박찼다. 낮고 빠르게 왕청일을 덮치며 검을 뺐다. 왕청일이 움찔 놀라며 등의 도를 잡았지만 이미 여신우의 검이 목에 닿은 상태였다. 워낙 갑작스런 기습을 한 탓도 있었지만, 그보다는 그와 왕청일의 격차가 크다고 봐야 했다.

지금 여신우는 주적자 외에 당해낼 사람이 없었다. 천하제이고수(天下第二高手)인 셈이었다. 소림 방장이라도 꺾을 자신이 있었다. 왕청일이 이처럼 힘없이 제압당한 것은 어찌 보면 당연했다.

"어떻소?"

여신우가 싱긋 웃으며 물었다.

"비겁하게 기습을 하다니!"

"오호, 비겁하다?"

여신우는 검을 거두고 세 걸음 물러섰다. 그는 여전히 한 손으로 흡혈야황을 안은 상태였다.

"그럼 정식으로 겨루어보겠소?"

왕청일은 그를 뚫어지게 노려볼 뿐 입을 열지 않았다. 그 또한 이 한수로 둘의 격차를 느끼고 있을 터였다.

"과거에는 왕 문주의 십초지적도 되지 않던 내가 이처럼 강해진 이유가 궁금하지 않소?"

왕청일의 시선이 흡혈야황에게 닿았다.

"혹시… 그 핏덩이가 흡혈야황이란 그 괴물이오?"

여신우는 노기 어린 음성을 뱉어냈다.

"말조심하시오! 괴물이라니!"

왕청일은 그와 흡혈야황을 번갈아 보다가 물었다.

"날 찾아온 용건이 무엇이오?"

*   *   *

쿵!

뒷머리에 충격이 오며 정신이 아득해졌다. 정신없이 구르고 있다는 것을 느낄 뿐 균형을 잡을 수 없었다. 소소자는 가슴에 다시 한 번 통증을 느끼고 나서야 구르는 것을 멈출 수 있었다. 억지로 몸을 일으킨 소소자는 겨우 중심을 잡았다.

"으음……!"

뒤에서 나인현의 낮은 신음 소리가 들렸다.

"괜찮소?"

"네… 괜찮아요."

말과는 달리 그녀의 관자놀이 부근과 팔에서는 피가 흐르고 있었다.

"조금만 참으시오."

소소자는 말을 하며 품에서 퉁겨져 나가 버린 주적자를 찾았다. 주머니 안의 화백은 살필 겨를조차 없었다. 주적자는 삼 장 저쪽 바위투성이 언덕에 팽개쳐져 있었다. 그는 허위허위 비탈길을 올라갔다. 경공을 제대로 펼칠 수 없을 정도로 그의 몸도 만신창이가 되어 있었다.

콰르르르—

그가 주적자를 안아 들 때 위에서 집채만한 바위들이 굴러 떨어졌다. 사방을 온통 먼지로 뒤덮을 정도로 많은 숫자였다.

"빌어먹을!"

소소자는 욕설을 뱉으며 아래쪽으로 내달렸다. 바위 구르는 소리가 바짝 따라붙었다. 그는 돌아볼 생각도 하지 못했다. 생각 같아서는 쫓아오는 바위들처럼 굴러가고 싶었다.

그의 눈앞으로 비탈진 길이 아닌 절벽이 나왔다. 폭이 십 장 정도 되는 절벽이었는데, 절벽 양쪽은 다른 곳과 마찬가지로 비탈길이었다. 절벽의 높이가 어느 정도 되는지 알 수 없어 불안했지만 그렇다고 피해가기에는 시간이 없었다.

죽음이 반드시 찾아올 길보다는 삶의 가능성이 조금이라도 있는 곳을 택해야 했다. 소소자는 땅을 박차고 절벽 아래로 뛰어내렸다. 귓가를 스치는 바람 소리를 느끼며 아래를 내려다보았다. 눈앞으로 바위 덮인 땅이 확 다가왔다. 각오한 것보다 훨씬 낮은 높이였다. 그는 다리에 힘을 빼며 몸을 옆으로 비스듬히 눕혔다.

턱!

발목에 시큰한 통증이 찾아왔다. 모로 쓰러진 소소자는 황급히 일어서 뒤쪽 벽에 붙었다. 머리 위로 바위들이 쿵쿵거리며 지나가더니 일장 저쪽에서 지축을 울리며 떨어졌다.

"손으로 머릴 보호해요!"

소소자는 소리를 지르고 머리를 감쌌다. 자잘한 돌멩이들이 손등으로 떨어지며 피를 튀겼다. 바위가 지나가자마자 소소자는 몸을 일으켰다. 먼지가 채 가라앉지도 않았지만 꾸물거릴 시간이 없었다.

"윽!"

막 한 걸음을 내딛는 그의 입에서 신음 소리가 터져 나왔다. 생각보다 발목이 심하게 삔 모양이다.

"다치셨어요?"

나인현이 걱정스럽게 물었다.

"별것 아니오."

그는 대답을 한 후 주적자를 내려놓았다. 품에서 침통을 꺼내 한 치짜리 소침으로 발목 부근에 있는 비양혈(飛陽穴)과 승산혈(承山穴), 지기혈(地機穴)에 깊숙이 꽂았다. 언 발에 오줌 누기 형태의 처방이었지만 고통은 빠르게 없앨 수 있었다.

발을 몇 번 구른 소소자는 주적자를 품에 안고 땅을 박찼다. 큰 바위 하나를 넘자 바로 앞에 대해(大海) 같은 동정호가 나타났다. 물가의 바위에 내려선 소소자는 아득한 절망을 느꼈다. 곳곳에 암초만 보일 뿐 배는 찾을 수 없었다. 부서진 배의 파편만이 이곳저곳을 떠돌 뿐이었다.

배를 찾기 위해서는 섬을 돌아가야 하는데 우박처럼 떨어지는 바위를 헤치며 배를 찾을 엄두가 나지 않았다.

'이대로 죽어야 한단 말인가?'

그의 절망 속으로 목소리 하나가 파고들었다.

"소 의원!"

소소자는 목소리가 들린 쪽으로 고개를 돌렸다. 섬의 왼쪽 끝자리에서 강선 하나가 서서히 나타나고 있었다. 강선의 뱃머리에서 그를 부르는 사람은 분명 상통걸이었다. 손톱보다 작게 보이는 상통걸은 손나팔을 만들어 소리를 질렀다.

"조금만 기다리게!"

왜 상통걸이 저곳에 있는지 알 수 없지만 삶으로의 길이 뚫린 것이다. 소소자는 불안한 눈으로 무너지는 섬을 보고 외쳤다.

"빨리 오시오! 빨리!"

콰아이아앙—!

이십 장 저쪽의 섬 한쪽이 완전히 무너져 내리며 굉음을 터뜨렸다. 잘려진 단면이 칼로 자른 듯 깨끗했다. 언제 이곳도 저처럼 무너질지 알 수 없었다.

쿠르르르—

전조를 보이듯 바닥이 심하게 흔들렸다. 소소자는 주저앉아 튀어나온 바위 조각을 붙잡았다.

"절 내려주세요."

나인현의 말에 그는 허리띠를 풀었다. 그녀는 바위의 움푹한 곳에 몸을 기대 균형을 잡으며 물었다.

"주 보표님은 어때요?"

소소자는 품 안의 주적자를 보았다. 눈조차 감고 있어서 시뻘겋지 않은 곳은 한 군데도 없었다. 맥박조차 뛰지 않으니 의학적인 소견으로는 분명 죽은 것이었다. 하지만 어차피 주적자에게 의학이란 무의미했다. 시간이 지나면 살아나리라. 소소자는 그렇게 믿었다.

"녀석은 괜찮을 거요."

그럴 것이다. 틀림없이 괜찮을 것이다. 소소자는 시선을 상통걸에게 옮겼다. 아까보다는 가까워졌지만 여전히 다가오는 속도는 느렸다. 그는 사시나무 떨듯 흔들리는 섬을 일별하고 소리쳤다.

"젠장! 노라도 저어서 오시오! 우리가 죽으면 물귀신이 되어서라도 찾아가겠소이다!"

그의 협박이 효과가 있었는지 상통걸이 소선에 올라타는 것이 보였다. 바람이 없으니 노를 젓는 게 빠를 터였다. 상통걸은 노인네답지 않게 힘차게 노를 저었다. 소소자는 초조한 심정으로 섬 위쪽과 소선을 번갈아 보았다.

우르르릉—

삼 분의 일로 작아진 섬이 마지막 발악을 하듯 길게 떨리더니 사분오열(四分五裂)로 쩍쩍 갈라지기 시작했다.

"영감! 빨리 오시오, 빨리!"

"뭐 빠지게 가고 있잖아!"

"말하지 말고 그 힘으로 노를 저어요!"

"말시킨 사람이 누군데!"

"말하지 말라니까!"

소소자가 올라선 바위가 급격히 왼쪽으로 기울었다. 지탱하던 바위에서 떨어져 나가기 직전이었다. 소소자는 주적자와 나인현을 낚아채서 오른쪽으로 몸을 날렸다. 그가 서 있던 곳 전체가 갈라지며 바위가 떨어졌다.

소소자는 우측으로 더 이동하려다 걸음을 멈췄다. 그가 가려 하던 바위도 부서지고 있었다.

투둑!

밟고 있는 바위에 금이 가기 시작했다.

"젠장!"

옮길 장소를 찾았지만 위태로운 이곳이 그나마 가장 안전한 장소였다. 상통걸은 아직 삼십 장은 더 와야 했다. 소소자는 밟고 있는 바위가 무너지는 것을 느끼며 나인현에게 외쳤다.

"등에 업히시오!"

잔뜩 긴장한 나인현이 그의 목을 끌어안았다. 이제 갈 곳은 물밖에 없었다. 초주검이 된 주적자와 화백이 걱정되기는 했지만 선택할 길이 그뿐이었다.

"꽉 잡으시오!"

소소자는 소리를 지르고 물속으로 뛰어들었다. 섬이 무너지는 소리가 길게 늘어져서 들렸다. 소소자는 다리만을 놀려 수면 위로 고개를 내밀었다.

"푸우—!"

물속에 있었던 것은 잠시뿐인데 유난히 숨이 찼다. 소소자는 한 팔로만 주적자를 안고 헤엄을 쳐 섬에서 멀어졌다. 눈 먼 바위가 날아와 뒤통수를 때릴지도 몰랐다. 그는 헤엄을 치면서 주위를 살피는 것을 게을리 하지 않았다. 저파룡 때문이었다.

섬이 무너지며 모두 죽었으면 모르지만 그렇지 않다면 분명 물 어딘가에 있을 터였다.

"조금만 기다리게!"

상통걸이 십 장 저쪽에서 소리쳤다. 소소자는 대꾸할 힘으로 부지런히 팔과 다리를 놀렸다. 땅이라면 눈 깜빡할 사이에 닿을 수 있는 거리인데 너무도 멀게 느껴졌다.

"후우— 후우—"

고개만 내밀고 헤엄치는 그의 눈앞에 노가 불쑥 다가왔다. 어느새 다가온 상통걸이 내민 것이다.

"빨리 잡게!"

소소자가 노를 움켜쥐자 상통걸은 그들을 통째로 들어 배 위에 올려놓았다.

"다친 곳은 없나?"

그는 고개만 끄덕이고 주적자를 살폈다. 핏물이 빠진 주적자는 훨씬 끔찍하게 보였다. 마치 한 달 된 시체에 밀가루를 입혀놓은 것 같았다. 주적자를 본 상통걸이 침울하게 말했다.

"주 보표는 결국 죽었군."

"죽긴 누가 죽어요!"

상통걸은 그가 화내는 이유를 모르겠다는 얼굴로 물었다.

"설마 주 보표가 살아 있다고 우기려는 건가?"

"쓸데없는 소리 말고 빨리 노나 저어요! 섬이 무너지면서 생기는 소용돌이에 말리면 빠져나가지도 못할 테니까!"

"목젖 튀어나오겠군."

상통걸은 중얼거리며 노를 저었다. 소소자는 옆구리의 주머니를 열어 화백을 살폈다. 화백의 모습도 주적자와 별반 다르지 않았다. 주적자야 다시 살아난 전력이 있으니 모르지만 화백은 살아날 가망이 없어 보였다.

"그래도 모르는 일이니 두고 봐야지."

넣고 다니기 힘들지도 않으니 밑져야 본전이었다.

"이런 우라질! 또 저놈들이군."

상통걸이 소소자의 뒤쪽에 시선을 두고 말했다. 고개를 돌리자 자파룡이 무섭게 쫓아오는 것이 보였다.

"젠장! 움직일 힘도 없는데!"

소소자는 말을 하며 허리로 손을 가져갔다.

"걱정할 필요 없어요."

나인현이 말을 하며 부적 다발을 꺼냈다. 그녀는 빈 종이 두 장을 펴더니 검지를 깨물었다. 흘러나온 핏물로 부적에 알 수 없는 문양을 그린 나인현은 그것을 배의 양쪽 옆에 붙였다. 그러자 저파룡이 일 장 가까이 다가오더니 더 이상 접근하지 못했다.

"신기하군. 술법의 힘은 정말 신기해."

상통걸이 중얼거렸다.

잠시 후, 강선에 오른 소소자는 가장 먼저 주적자를 선실로 옮겼다. 햇빛을 받지 않는 편이 빠른 회복에 도움이 되리라는 판단 때문이었다.

소소자는 침상에 주적자를 눕히고 갑판으로 나왔다. 나인현 혼자 선실 벽에 기대 앉아 있었다.

"거지 영감은 어디 갔소?"

뒤쪽에서 목소리가 들렸다.

"치료를 해야 할 것 같아서."

상통걸의 손에는 나무로 만든 약통이 들려 있었다.

"거지 영감이 생긴 것 답지 않게 꼼꼼하구려."

그는 약통을 열어 금창약과 붕대를 꺼냈다. 다친 곳은 많았지만 피류이 상한 것뿐이어서 걱정할 정도는 아니었다. 치료를 하고 있는 그에게 상통걸이 물었다.

"왜 이렇게 늦은 건가? 섬에서 무슨 일이 있었나?"

"무슨 일이 있었죠."

"무슨 일이 있었는데?"

"나중에 설명해 드리리다."

소소자는 나인현의 머리에 붕대를 감다가 불현듯 생각나서 물었다.

"혹시 여신우 보지 못했소?"

*　　　*　　　*

"지금까지 한 말이 모두 사실이오?"

왕청일은 도저히 믿을 수 없다는 표정으로 물었다. 여신우는 목소리를 잔뜩 낮춰 대답했다.

"그렇소. 만약 그때 섬이 폭발하지 않았다면 난 지금쯤 천하제일인이 되어 있었을 것이오."

그는 자신이 묵룡을 해친 얘기는 하지 않았다. 동지가 될 왕청일에게 그런 얘기를 한다는 것은 멍청한 짓이었다.

왕청일의 목소리도 덩달아 낮아졌다. 흡혈야황과는 선실 네 개를 사이에 두고 있었지만 조심해서 나쁠 건 없었다.

"흡혈야황을 잘 이용하면 최강의 힘을 얻을 수 있다, 그 말이지요?"

"물론이오. 흡혈야황은 거의 신적인 능력을 가진 정괴요. 그 힘만 흡수할 수 있다면 능히 그렇게 될 수 있지요."

왕청일은 지그시 여신우를 보았다. 어떤 의미를 품고 있는 눈빛이었다. 왕청일이 무엇을 생각하는지 능히 짐작할 수 있었다.

"왕 문주는 내가 왜 이런 얘기를 하는지 그것이 의심스러운 것이오?"

왕청일은 탁자에 얹은 팔꿈치를 내리고 몸을 의자 등받이에 밀착시키며 말했다.

"이왕 먼저 말을 꺼내셨으니 그 이유까지 마저 말씀하시지요."

여신우는 여유있는 웃음을 지어 보였다.

"그리 복잡하게 생각하실 것 없소이다. 왕 문주가 흡혈야황의 힘을 얻기 위해서는 내가 필요하듯이 나 또한 왕 문주의 도움이 필요하기 때문이오."

"어떤 도움을 말씀하시는 것이오?"

"안전한 장소와 목표를 이루기 위해 필요한 시간이지요. 이미 말씀드렸다시피 현재 우리의 가장 큰 적은 주적자요."

그는 '우리' 라는 말에 특히 힘을 주었다.

"알고 계실지 모르지만, 현재 주적자를 상대할 수 있는 사람은 아무도 없소. 녀석을 홀로 제압할 수 있는 자는 오직 흡혈야황뿐이오. 그런데 지금 흡혈야황은 거의 초주검 상태요. 물론 내 눈으로 본 주적자도 마땅히 죽어야 할 정도의 부상을 입었지만 녀석은 분명 다시 살아날 것이오. 만약 주적자가 날 쫓는다면……."

여신우는 말끝을 흐렸다. 그가 하고 싶은 말을 왕청일이 뱉었다.

"내가 지켜줘야 한다는 말씀이군요."

"그렇소이다. 주적자와 부딪친다면 그만한 피해는 각오하셔야 할 겁니다."

언제나처럼 그는 팔 할의 진실만을 말했다.

"그 외에 또 있을 것 같은데요?"

"물론 그렇지만 그건 서로가 노력해야 할 부분이겠지요. 나머지는 어차피 흡혈야황의 힘을 우리가 갖는 것에 대한 문제일 테니까요."

왕청일은 곰곰이 생각하는 표정을 짓다가 입을 열었다.

"그 일원이분기라는 것을 만들기 위해서는 묵룡 같은 술법사가 필요한데 이미 묵룡은 죽었다고 하지 않았소. 그 문제는 어떻게 할 생각이오?"

"세상에 술법사가 묵룡만 있는 것은 아니지요."

*   *   *

그들은 어둠이 완전히 내려앉은 후에야 원래 출발했던 선착장에 도착했다. 떠났던 거의 모든 배들이 그곳에 정박해 있었다.

"저건 정천맹에서 타고 간 배로군."

상통걸이 바로 곁에 있는 강선을 가리키며 말했다. 그 강선 위에는 항해 후의 마무리를 하는 선원들밖에 보이지 않았다.

"어이! 그 배에 탔던 사람들은 모두 어디 갔나?"

상통걸이 갑판을 청소하는 청년에게 물었다.

"반 시진 전에 모두 떠났습니다!"

청년은 대답을 하고 하던 일에 열중했다. 상통걸이 곁에 선 소소자에게 물었다.

"우리도 슬슬 가보자구. 용두장으로 가기 뭐하면 악양의 거지 소굴로 안내함세. 거기도 적응만 하면 그리 나쁘지는 않아."

소소자는 고개를 저었다.

"날 거지 소굴로 데려갈 생각은 꿈에도 하지 마시오."

"그럼 용두장으로 갈 생각인가?"

"미쳤다고 내가 거길 가겠소?"

"마땅히 갈 데라도 정해놓은 모양이군."

"주적자가 회복할 때까지는 움직이지 않을 작정이오."

상통걸은 주적자가 있는 선실을 힐끔 보고 말했다.

"자네는 자타가 공인하는 천하제일 의원이지?"

"하늘도 땅도 인정하는 천하제일 의원이오. 그런데 새삼스럽게 그건 왜 묻소이까?"

"그런데 정말 주적자가 회복할 것이라고 믿는 것인가? 내가 보기에 는……."

소소자는 버럭 소리를 질러 상통걸의 말을 끊었다.

"거지 영감 눈에 술통하고 밥통밖에 더 보이겠소? 주적자가 일어나 는지 못 일어나는지 두고 보면 알 거 아니오!"

상통걸은 고개를 갸웃하며 중얼거렸다.

"참으로 모를 일이군."

"거지 영감이 모르는 것이 한두 가지겠소? 괜히 쓸데없는 소리 하지 말고 어디 가서 황소나 한 마리 구해다 주시오."

상통걸이 어리둥절한 표정으로 물었다.

"황소는 뭐 하게? 잔치라도 벌일 생각인가?"

"다 쓸 데가 있으니 꼬치꼬치 캐묻지 말고 구해주기나 하시오."

소소자는 말을 하고 은자 한 냥을 내밀었다. 개방의 방주라지만 그도 거지는 거지였다. 그중에서 상거지에 속하니 돈이 있을 리 없었다.

"난 여기 있어야 하니 빨리 다녀오시오."

"쩝, 개방 방주 체면이 말이 아니군. 이런 심부름이나 해야 하다니."

상통걸은 용케 고분고분 그의 말에 따랐다.

"원래 거지는 돈 주고 뭘 사는 법이 아닌데 황소 같은 것을 훔칠 수는 없으니 어쩔 수 없군."

중얼거리며 배를 내려가는 상통걸을 소소자가 불렀다.

"거지 영감!"

"왜 또 불러?"

"살려줘서 고맙소. 나중에라도 이 원수를 갚을 기회가 있었으면 좋겠소이다."

"나중은 필요없고 시간 나면 보약이나 지어주게. 새벽마다……."

상통걸은 오른쪽 팔뚝을 위로 힘차게 올렸다.

"불뚝하게 말일세. 알지?"

그는 말을 하고 어둠 속을 휘적휘적 걸어갔다.

"하여간 영감이 주책이라니까. 빨리 다녀와요! 늦으면 큰일 나니까!"

소소자는 주적자가 있는 선실로 걸음을 옮겼다. 여섯 평 크기의 선실에 들어선 소소자는 벽에 걸린 등잔에 불을 붙였다. 침상에 누운 주적자의 몸은 섬을 떠나올 때와 많이 달라져 있었다.

떨어져 나간 부위에 새 살이 붙고 끊어진 힘줄도 대부분 이어진 상태였다. 그가 보고 있는 순간에도 하얀 거품이 끊임없이 일어나며 주적자의 몸에 변화를 주고 있었다. 자칫 상통걸이 오기 전에 회복되어 흡혈귀의 본성을 드러낸다면 큰일이었다.

"거지 영감이 늦지 않아야 할 텐데."

*   *   *

"잘 지키고 있거라."

"네, 문주님!"

속사정도 모르는 두 명의 젊은 무사는 힘차게 대답했다. 여신우는 고개를 끄덕이는 왕청일을 보고 지하실을 나섰다. 뒤따라 나온 왕청일이 철로 만들어진 지하실 문을 닫고 자물쇠를 채웠다. 흡혈야황이 눕혀져 있는 이 지하실의 용도는 구조나 안에 있던 기구들로 보아 고문실 같은 느낌을 지울 수 없었다.

하긴 안전한 곳이기만 하면 이곳이 어떤 곳이든 상관없었다. 그런 의미에서 산 중턱에 자리한 이 장원은 여신우의 마음에 썩 들었다.

"이곳을 아는 사람은 정무문 내에서도 손가락에 꼽을 정도니 주적자나 정천맹에게 들킬 염려는 없소이다."

왕청일의 말은 그의 마음을 더욱 홀가분하게 했다.

"이만하면 안심할 수 있겠군요."

여신우는 말을 하고 지하실 문 앞에 놓인 의자에 앉았다.

"이곳에 계실 생각이오?"

"상황을 지켜봐야지요. 왕 문주는 어떻게 하실 생각이오?"

"난 여기저기 움직여야 할 곳이 많소이다. 서둘러 처리할 일이 몇 가지 있어서 말이오."

여신우는 일어서며 손짓을 했다.

"어서 일 보시지요. 여기 일은 내가 알아서 할 터이니."

"그럼 수고하시오."

왕청일은 말을 하고 지하실 계단을 밟아 올라갔다. 여신우는 왕청일의 모습이 완전히 사라지자 의자를 문에 바짝 붙여서 앉았다.

'언제쯤 깨어날까?'

* * *

소소자는 소를 집어넣고 선실문을 잠갔다. 다행히 상통걸이 늦지 않아 주적자가 깨어나기 전에 먹이(?)를 집어넣을 수 있었다.

"자, 이제 말해 보게. 대체 어떻게 주 보표가 깨어난다는 건가? 그리고 대체 섬에서는 무슨 일이 있었나?"

"조금 기다려요. 나 소저와 화백도 좀 살펴봐야 하니까."

선실은 갑판 위에 사각으로 지어져 있었고, 나무판으로 벽을 막아 선실을 분리한 형태였다. 선실 숫자는 열두 개나 되었다. 나인현은 주적자와 가장 먼 곳에 머무르고 있었다. 선실 벽을 타고 돌아가 문을 열자 침상에 앉아 있는 나인현이 보였다.

무릎을 가슴에 붙이고 앉아 있는 그녀는 불도 켜지 않았고, 그가 들어와도 눈길조차 주지 않았다. 소소자가 벽에 걸린 등잔에 불을 붙이려 하자 그녀가 말했다.

"그냥 이대로 두세요."

소소자는 화섭자를 집어넣고 물었다.

"괜찮소?"

"…네."

소소자는 그녀의 상처를 살필까 하다 이내 몸을 돌렸다. 지금은 혼자 놔두는 것이 가장 좋을 것 같았다. 그는 화백이 있는 방으로 자리를 옮겼다. 화백은 침상이 아닌 선실 탁자에 부드러운 천을 깔아 그 위에 올려놓았다.

화백 또한 여전히 정신을 차리지 못하고 있었는데 상처는 많이 회복된 모습이었다. 죽지는 않을 것 같았다.

"다행이군."

소소자는 별달리 손 쓸 방법이 없었기 때문에 그냥 선실을 나왔다. 화백에게 필요한 것은 언제나 물이었고, 지금 선실에는 물 다섯 양동이가 놓여 있었다.

그가 갑판으로 나가자 상통걸이 또 쫄래쫄래 따라왔다.

"소 의원, 말 좀 해보게. 늙은 거지 속 태워서 죽일 작정인가?"

"하여간 누가 개방의 상거지 아니랄까 봐 알고 싶은 것도 많아요."

소소자는 핀잔을 준 후 갑판 바닥에 엉덩이를 대고 앉아 이야기를 꺼내기 시작했다. 일 년도 안 된 사이에 벌어진 일이었지만 워낙 많은 일이 있었기 때문에 이야기는 길게 늘어졌다. 하지만 상통걸은 지루한 표정 없이 근 한 시진을 그의 입만 뚫어져라 쳐다보았다.

가끔 물음을 던지기는 했지만 말의 대부분은 소소자의 몫이었다.

"후우—"

'이게 다요'라는 소소자의 말이 끝나자마자 상통걸이 뱉은 한숨 소리였다. 상통걸은 한참 동안 소소자의 말을 음미하다가 입을 열었다.

"정말 세상에는 불가사의한 일이 많군."

"여신우처럼 나쁜 놈도 있구요."

상통걸은 그저 고개를 끄덕이는 것으로 그의 말에 동의했다. 정파의 다른 인물들처럼 그의 말을 의심하는 것 같지는 않았다.

"지금 가장 급한 문제는 여신우를 찾는 것이군. 그럼 자연히 흡혈야황도 찾게 될 테니까."

상통걸은 핵심을 정확히 이해하고 있었다.

"그렇죠. 거지 영감이 좀 도와주시겠소?"

개방이 이 일에 발벗고 나서준다면 일이 훨씬 수월해질 것이다.

"도와주는 것이야 어렵지 않지만……."

상통걸은 말을 흐리고 슬쩍 소소자를 보았다.

"뭐요?"

"아까 그 보약 얘긴데……."

"참나, 그렇게 고목(枯木)에 꽃을 피우고 싶으쇼?"

"헤헤… 마음에 딱 드는 과부가 있는데 몸이 따라줘야 말이지."

"알았소. 딱 삼 년 동안 아침마다 튼튼을 만들어 드리다. 그 이상 가면 복상사(腹上死)가 뭔지 경험하게……."

우워어어—

갑자기 들린 소리에 소소자는 말을 멈추고 벌떡 일어섰다. 분명 소 특유의 울음소리였다. 그는 부랴부랴 주적자가 있는 선실로 뛰어갔다. 소소자가 문 앞에 멈춰 서자 소의 울부짖음도 거짓말처럼 멎었다. 문에 귀를 대봤지만 아무 소리도 들리지 않았다.

"어떻게 된 건가?"

소소자는 손을 들어 상통걸의 입을 막았다. 상통걸도 그처럼 문에 귀를 댔다.

"아무 소리도 안 들리는데?"

그는 귀를 떼고 문을 뚫어지게 쳐다보았다. 보지 않아도 무슨 일이 일어났는지 짐작할 수 있었다.

'회복한 것일까? 행여 완전히 다른 형태로 변한 것은 아니겠지?'

소소자가 내심 가장 걱정하는 부분이었다. 이번까지 합하면 벌써 세 번의 죽음을 경험한 셈이었다. 비록 흡혈귀로 변했다고 하지만 원래 인간인 주적자가 그처럼 자주 죽음을 경험했으니 무슨 변화가 일어난다 해도 이상할 건 없었다.

그는 몇 차례 심호흡을 하고 잠금 장치를 풀었다.

딸깍!

쇠가 마찰하는 소리가 유난히 크게 들렸다. 소소자는 땀이 배어 나온 손바닥을 바지에 문지르고 문고리를 잡았다.

끼이익—

문은 안의 상황을 예고하듯 긴 비명을 질렀다. 소소자는 선실 안으로 한 발을 집어넣다가 이내 걸음을 멈췄다.

맞은편 벽에 맞닿은 침상에 걸터앉은 주적자가 보였다. 온몸에 피칠을 한 주적자는 팔꿈치를 무릎에 얹은 채 고개를 숙이고 있었다. 그의 발 아래 놓인 피골이 상접한 황소가 아프게 눈을 파고들었다.

"괘, 괜찮냐?"

주적자의 고개가 들렸다. 얼굴을 덮고 있는 머리칼 사이로 빛도 없는데 반짝이는 눈이 보였다. 주적자의 피 묻은 입술이 열렸다.

"당과는?"

*   *   *

"으아아악!"

지하실에서 들린 비명에 여신우는 벌떡 일어섰다.

"드디어 깨어난 건가?"

그는 지하실의 철문을 뚫고 들어갈 것처럼 바짝 붙었다.

쾅쾅쾅!

"살려줘! 문 열어! 문 열란 말이야!"

문을 두드리며 지르는 고함은 심장을 토해내는 것처럼 처절했다. 여신우는 철문을 한 번 만졌다가 이내 물러섰다. 비명은 끊이지 않고 계속 들렸다. 그는 문 앞을 초조하게 왕복하며 소리가 잦아들기를 기다렸다.

그러던 어느 순간!

비명이 끊겼다.

주위는 삽시간에 심연의 소리없음으로 빠져들었다. 여신우는 철문에 귀를 댔다. 아무 소리도 들리지 않았다. 한참을 망설이던 그는 천천히 빗장을 풀었다. 침착하려 애쓸수록 손이 떨렸다.

빗장을 푼 여신우는 주먹을 오므렸다 펴기를 반복하며 긴장을 풀었다.

"후우—"

긴 숨을 토해낸 여신우는 지하실의 철문을 밀었다. 끼이익 하며 울리는 소리가 그의 비명처럼 느껴졌다.

턱!

문이 무언가에 걸려 더 이상 나아가지 않았다. 여신우는 시선을 아래로 떨어뜨렸다. 목내이처럼 변한 시체가 문에 걸려 있었다. 힘을 주자 시체가 바닥을 쓸며 밀려났다.

여신우는 몸이 들어갈 정도로만 공간을 만든 후 안으로 들어갔다. 오른쪽으로 돌아가던 고개가 우뚝 멎었다.

그곳!

벌거벗은 몸에 피를 묻히고 비스듬히 뒷모습을 보인 흡혈야황은 마치 어둠의 일부 같았다. 주적자와 싸울 때 이미 여인이라는 것을 알았지만 육감적인 저 모습은 너무도 낯설었다.

여신우는 굳은 듯 그 자리에서 꼼짝도 하지 않았다. 까닭 모를 두려움이 목까지 치밀어 올랐다. 지금이라도 몸을 돌려 세상 끝까지 도망치고 싶었다.

흡혈야황의 고개가 그를 향해 천천히 움직였다. 갈색의 유두가 어둠에 묻혀 살짝 모습을 드러냈다. 하지만 전혀 유혹적이지 않았다.

흡혈야황은 피 묻은 입술을 혀로 핥은 후 물었다.

"주적자는?"

〈7권으로 이어집니다〉

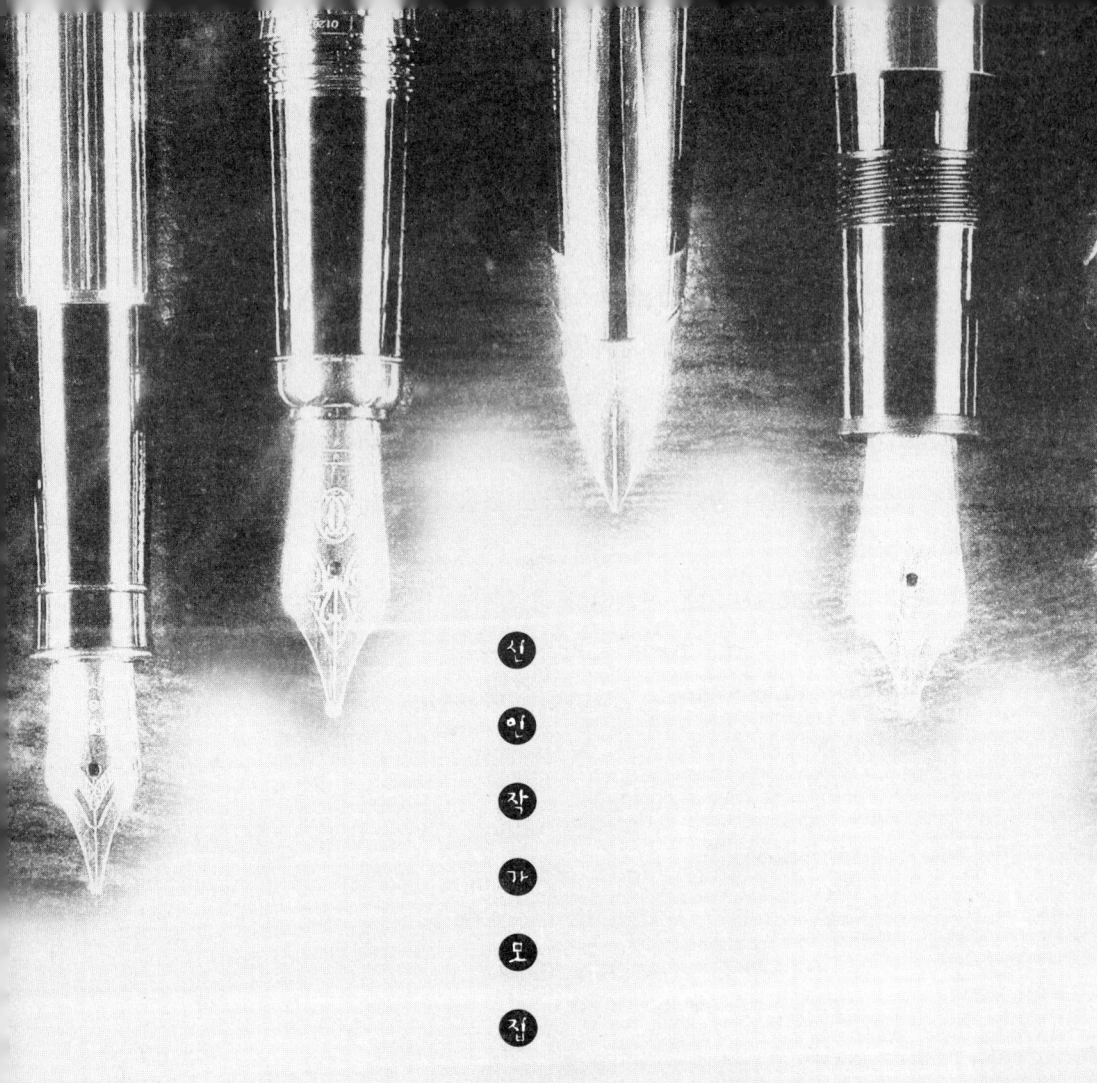

신

인

작

가

모

집

시작이 반이라고 했습니다.
작가의 길에 대한 보이지 않는 벽을 과감히 깨뜨리십시오!
청어람은 작가 지망생 여러분들의
멋진 방향타가 되어드리겠습니다.

저희 도서출판 청어람에서는
소설 신인 작가분들을 모집합니다.
판타지와 무협을 사랑하시는 분들의 많은 참여를 바랍니다.
소정의 원고(A4용지 150매)를 메일이나 우편으로 보내주시면
검토 후 출판 여부를 알려드리겠습니다.

주소:경기도 부천시 원미구 심곡1동 350-1 남성B/D 3F 우편번호420-011
TEL:032-656-4452 · **FAX**:032-656-4453
http://www.chungeoram.com
e-mail:chungeoram@chungeoram.com